द लास्ट कोच शृंखला

जिंदगी के कैनवास पर कुछ रंग

जिंदगी के कैनवास पर कुछ रंग

संजय स्वतंत्र

प्रलेक प्रकाशन

प्रलेक प्रकाशन

PRALEK PRAKASHAN

(an Imprint of "PRALEK PUBLISHING HOUSE PVT. LTD.")

मुख्य कार्यालय : 702, जे-50, ग्लोबल सिटी, विरार (वेस्ट), मुम्बई, महाराष्ट्र-401303
दिल्ली एनसीआर कार्यालय : 03/सी, ज्ञान खण्ड-4 इंदिरापुरम गाजियाबाद, उ.प्र.-201014
बनारस कार्यालय : 02, उर्मिल प्रेम सदन, नासिरपुर, वाराणसी, उ.प्र.-221005

E.mail : pralek.prakashan@gmail.com
Website : www.pralekprakashan.com
दूरभाष : +91 7021263557

जिंदगी के कैनवास पर कुछ रंग : संजय स्वतंत्र

Zindgi Ke Canvas Par Kuchh Rang by Sanay Swatantra

ISBN : 978-93-5869-25-63

First Paperback Edition : 2025

आवरण एवं पुस्तक सज्जा : प्रलेक स्टूडियो

(प्रलेक प्रकाशन का लोगो मिक्की पटेल की तूलिका से।)

उन यात्रियों की कहानियाँ, जो
अपने-अपने स्टेशनों पर उतर गए

अनुक्रम

1. खुशियों की चाबी

आज मुझे हॉलीवुड की अदाकारा क्रिस्टिन बेल की याद आ रही है, जो कुछ अरसा पहले अनजाने में ही अपने एक बयान से सबको खुशियों की सौगात दे गई थीं।

...दो साल पहले न्यूजरूम में 'वर्ल्ड हैपीनेस रिपोर्ट' पढ़ कर मैं उदास हो गया था। उस अध्ययन में बताया गया था कि दुनिया में नार्वे अकेला देश है, जो सबसे अधिक खुशहाल है। भारत इस मामले में एक सौ बाइसवें स्थान पर है। ओह! खुशियों के पायदान पर कितने नीचे हैं हम? खुशी की तलाश में हम सभी भटकते हैं। फिर भी कितना इतराते हैं। झूठ ही सही, मगर जब लोग पूछते हैं- आप कैसे हैं, तो हम अक्सर यही कहते हैं कि अच्छे हैं। और जब यही सवाल आप करते हैं, तो सामने वाला भी झूठ बोल कर निकल लेता है। हम अच्छी तरह जानते हैं कि वह खुश नहीं है। हम सबकी जिंदगी का यही तो सच है।

पिछले दिनों दफ्तर में काम करते हुए संयुक्त राष्ट्र एजंसी-सस्टेनेबल डवलेपमेंट सोल्यूशन नेटवर्क की ठीक वैसी ही रिपोर्ट पढ़ी, जिसमें बताया गया था कि खुशहाली के मामले में भारत सात पायदान नीचे आ गया है। मेरे लिए यह नई बात नहीं थी। सवाल है कि हम लोग खुशहाल क्यों नहीं हैं। हम अब न खुल कर हंसते हैं और न मुस्कुराते हैं। महंगाई से मध्यवर्ग उदास है, तो बेरोजगारी से युवा वर्ग हताश है। तमाम तरह की बीमारियाँ हमें अवसाद में लेकर जा रही हैं। महंगे इलाज और चिकित्सा तंत्र के मकड़जाल में करोड़ों रोगियों को बेहाल कर दिया है। क्या खुश रहने की कोई गुंजाइश बची है? खुशहाली का जो भी पैमाना निर्धारित

किया गया है, उस पर हमारा देश खरा उतर सका है? इसके लिए जो भी जिम्मेदार हैं, उन्हें एक बार जरूर गहन मंथन करना चाहिए।

मेट्रो में सफर के दौरान आज जब हमेशा की तरह आखिरी डिब्बे में बैठा, तो यही समझने की कोशिश की कि दिल्ली में कितने लोग खुश हैं। यात्रियों के चेहरे को पढ़ना चाहा, तो पाया कि औसतन लोग खुश नहीं हैं। वही निर्विकार चेहरे। उलझे हुए और खुद में खोए। मानवीय संवेदना भी बची है या नहीं, मालूम नहीं। तो वो कौन सी चीज है जो मिल जाए, तो खुश हो जाएँगे हम। आलीशान घर, नई कार, महंगा मोबाइल, स्वादिष्ट भोजन, ब्रांडेड कपड़े...या फिर दुख-सुख बाँटने वाला कोई प्यारा दोस्त। आखिर क्या चाहिए हमें। इसकी तो कोई सीमा ही नहीं। और अब तो अधिकतर दिल्ली वालों के पास इन चीजों की कमी नहीं।

मुझे याद है, कई बरस पहले नील्सन के सर्वे में दिल्ली को सबसे खुशहाल शहर बताया गया था। बंगलुरु दूसरे नंबर पर था और मुंबई तीसरे पर थी। वहीं मुंबई, जहाँ शेयर बाजार उछाल मारता है, तो हम पत्रकार लोग बिजनेस पेज पर इस खबर को लीड बना देते हैं, मगर हम मुंबई का खुशहाली सूचकांक कभी नहीं बताते। अब हम खुशहाली के वैश्विक सूचकांक में एक सौ बाईसवें स्थान पर हैं। सस्टेनेबल डवलेपमेंट सोल्यूशन नेटवर्क की रिपोर्ट में तो हम एक सौ चालीसवें नंबर पर हैं। सोचता हूँ कि तब नील्सन ने क्या सोच कर दिल्ली को भारत का सबसे खुश शहर बताया था? क्या देश की राजधानी सच में सबसे खुशहाल है? या उसकी उपभोक्ता आदतें उसे पल दो पल खुश रहने का झांसा देती हैं।

कोई दो राय नहीं कि हम दिल्ली वालों की आदतें बहुत बदली हैं, लेकिन जीने का नजरिया नहीं बदला है। लोग गैजेट पर बेशुमार खर्च करते हैं। इससे खुशियाँ तो मिली हैं, मगर वह सतही किस्म की हैं। जिस चीज को पाने के लिए हम बेताब रहते हैं, वह मिल जाने के बाद उसकी खुशी कितने दिनों तक रहती है? एक सप्ताह या एक महीना या बहुत हुआ तो साल भर। फिर दूसरी किसी खास चीज की ख्वाहिश कुलबुलाने लगती है मन में।

अभी मैं मेट्रो में सफर कर रहा हूँ और देख रहा हूँ दिल्ली वालों को। क्या उनके चेहरे पर खुशी है? आमतौर पर यात्रियों के चेहरे पर चिंता की बारीक लकीरें दिख रही हैं। किसी चेहरे पर अधूरे काम को पूरा करने की बेचैनी है, तो किसी के चेहरे पर जीवन की असंतुष्टि की रेखाएँ हैं। इस लिहाज से मुझे लग रहा है कि जीवन स्तर को नाप कर खुशी की तलाश नहीं की जा सकती। भारत जैसे देश में जहाँ इतनी ज्यादा बेरोजगारी है। निजी क्षेत्र के लाखों लोगों को इतना भी वेतन नहीं मिलता कि वे घर का खर्च ठीक से चला सकें। ऐसे में वे परिवार को भला क्या खुश रख पाते होंगे? फिर भी वे खुश रहते हैं।

कोई खुश है और कोई क्यों नहीं है, आज भी रहस्य है। मेरे लिए यह कुछ ज्यादा ही है। वर्ल्ड हैपीनेस रिपोर्ट तैयार करने वालों ने खुशहाली का स्तर जानने के लिए मोटे तौर पर जो पैमाना बनाया, उसमें सबसे पहले, व्यक्ति की आय, फिर स्वास्थ्य को रखा। इसके बाद सामाजिक सुरक्षा को मानदंड बनाया। यही नहीं, खुद फैसले लेने की कितनी स्वतंत्रता है, यह बात भी शामिल की।...इस मानदंड पर नार्वे खुशहाल देशों में नंबर एक है। तो फिर हम क्यों नहीं है?

मैं भारतीयों की खुशहाली पर सोच ही रहा हूँ कि अभी मेट्रो में एक मजदूर परिवार अपने बच्चों के साथ सवार हुआ है। हैरत में हूँ उन्हें देख कर। समृद्धि से अघाए दिल्ली वालों से कितना अधिक खुश है यह परिवार। इसकी क्या वजह हो सकती है? अगर किसी गरीब को रोज दो वक्त की रोटी और तन ढकने के लिए कपड़े मिल जाएँ, तो यही उसे खुशी देने के लिए काफी है। इसके बाद सेहत है, तो सब कुछ है। बीमार और थके लोग अक्सर मेट्रो में दिखते हैं। उनके चेहरे पर खुशी दिखे भी तो कैसे। सब कुछ है मगर सेहत ही ठीक नहीं, तो फिर कैसी खुशी? गरीब को दो जून की रोटी और सेहत के बाद सिर ढकने के लिए कहीं भी छत मिल जाए, तो ये बेचारे इसी में खुश हो जाते हैं।

दरअसल, खुशी मन की अवस्था है। एक समाजशास्त्री ने ठीक ही कहा है कि सच्ची खुशी किसी को तब मिलती है जब महसूस होता है कि उसे किसी चीज का अभाव नहीं और वह अपने समाज में सुरक्षित है। यानी खुशी धन-दौलत में नहीं, बल्कि संतुष्टि बोध में है। और इससे

भी बढ़ कर रिश्ते में सम्मान और स्नेह से जो खुशी मिलती है, उसे कोई पैमाना नाप सकता है क्या? मुझे लगता है कि हैपीनेस इंडेक्स बनाने वाले भी नहीं नाप पाएँगे। अगर वे नाप पाते तो भारत को एक सौ बाईसवें नंबर पर तो नहीं ही रखते। हम सबसे आगे होते।

मुझे अभी मेट्रो में फर्श पर बैठे इस मजदूर परिवार की खुशी और उसके बच्चों में उमंग के बारे में जानना है। क्या इनकी खुशी को किसी पैमाने से नापा जा सकता है? इस परिवार की महिलाओं के चेहरे पर वैसी चमक है, जो अमूमन लोगों के चेहरे पर नहीं दिखती। हॉलीवुड की अदाकारा क्रिस्टिन बेल उस दिन बता रही थीं कि चेहरे पर खुशी आपके भीतर से आती है। यानी जब आप मन से खुश होते हैं, तो चेहरे पर भी चमक आ ही जाती है। हमारी कोशिश एक अच्छा इंसान बनने की हो तो हम खुश ही नहीं, सुंदर भी दिखेंगे।

इस मजदूर परिवार को देख कर लग रहा है कि खुशी धन-दौलत या भोग-विलास में नहीं है, वह तो हमारे भीतर है। जैसा कि क्रिस्टिन भी यही मानती हैं। हम जिस भी परिस्थिति में हों, खुशी का कोई बहाना तलाश लें। आप डायरी लिख लें। बागवानी कर लें। पसंद का कोई गीत गा लें या फिल्म देख लें। जेब में पैसे न हों, तो भी बाजार निकल जाएँ। जीवन में सिर्फ कामयाबी से खुशी नहीं मिलती। नाकामियों से लड़ने में भी खुशी मिलती है, यह सोच कर कि एक दिन इसे हराना है। कई कामयाब स्त्री-पुरुष निजी जीवन में खुश नहीं हैं। फिर भी जी रहे हैं, जद्दोजहद कर रहे हैं। हम जरा सा भी खुश होते हैं, तो अपने सभी गम भूल जाते हैं। जब छोटी-छोटी बातों से खुशी मिल जाती है, तो बड़ी खुशियों के इंतजार में क्यों हलकान हुआ जाए। और कुछ नहीं तो अपनी गलतियों-नादानियों पर ही परिवार और दोस्तों के बीच हंस लिया जाए। हो सके, तो खुद से भी प्यार कीजिए।

खुशियाँ कभी भी और कहीं भी मिल सकती हैं। कॉफी पीते हुए। कोई किताब पढ़ते हुए। संगीत सुनते हुए। कविता रचते हुए। मोबाइल या कैमरे से सेल्फी लेते हुए। प्रियजनों की तस्वीर खींचते हुए। यहाँ तक कि खरीदारी करते हुए भी।...जब कोई अचानक उपहार दे दे, तो उस वक्त मिली खुशी तो अविस्मरणीय बन जाती है। अगर आप भी किसी के लिए

ऐसा करते हैं, तो वह खुशी आपके दिल में उतर आती है, दीये की लौ की तरह। फिर चेहरे पर जो चमक आती है, उसे सिर्फ आप नहीं, आपके आसपास के लोग भी महसूस करते हैं। इसलिए खुशियों को तलाशिए नहीं, इसे बांटिए। वहीं कहीं मिलेगी खुशियों की चाबी।

•••

मेट्रो में मेरे साथ चल रहे इस मजदूर परिवार को नोएडा जाना है। उनके पास चंद थैले और दो संदूक हैं। एक हाथ में रेडियो भी है। इनका एक शरारती बच्चा उसके कान उमेठने की लगातार कोशिश कर रहा है। मगर उसका पिता प्यार से उसे बार-बार झिड़क दे रहा है। फिर भी बच्चा है कि मानने को तैयार नहीं। अपनी कोशिश में कामयाब हो ही जाता है और एक गीत हौले से बज उठता है-

राही मनवा दुख की चिंता
क्यों सताती है
दुख तो अपना साथी है
सुख है छांव ढलती, आती है
जाती है....दुख तो अपना साथी है...।

मैं न्यू अशोक नगर मेट्रो स्टेशन उतर रहा हूँ, यह यह गीत सुनते हुए। इस गीत में कितना दम है। अगर हम दुख को भी गले लगा कर आगे बढ़ें, तो सुख भी अगली मंजिल पर जरूर मिलेगा।...और उस सुख में भी तो खुशी होगी न। जिसकी तलाश में हम रोज यहाँ से वहाँ भटकते हैं। क्रिस्टिन तुम सही कहती हो। खुशी उस कस्तूरीमृग की तरह ही है, जिसकी तलाश में हिरण भटकता रहता है, मगर वह नहीं जानता कि उसे जो चाहिए, वह तो उसी के पास है। क्रिस्टिन, मैं नायक तो नहीं, पर हिंदी सिनेमा के नायकों की तरह यही कहूँगा कि खुश रहे तू सदा ये दुआ है मेरी।

(5 मई, 2019)

2. ऐ जिंदगी गले लगा ले...

आजादपुर स्टेशन के पास ऑटो वाले ने मुझे उतार दिया है। मैं सीढ़ियाँ चढ़ते हुए स्टेशन की ओर बढ़ रहा हूँ। तभी पुल से पैदल गुजरते हुए मेरी निगाह समय के साथ टूट कर गिर गए पेड़ पर पड़ी है। पूरे मैदान में घास है, न कोई पौधा। मगर यह बूढ़ा वृक्ष एकदम झुक कर भी बेहद विनम्र दिख रहा है। काश कि हम सब ऐसे होते। मुश्किल हालात में मुस्कुराते रहते। भीतर से टूट भी जाते तो गले लगाते रहते जिंदगी को। आँसू के दो बूँदों से ही, मन में सागर भर लेते।

यह वृक्ष तो इस बुरी हालत में भी गुलाबी फूलों से लहलहा उठा है। खुद में खुश और जीवन में छाई वीरानी के बावजूद सभी को खुश रहने का संदेश देता हुआ। यह योग्यता हम में से कितनों में है?

मैं प्लेटफार्म पर आ गया हूँ। आठ कोच वाली मेट्रो के आने की उद्घोषणा हो रही है। हमेशा की तरह आखिरी डिब्बे में सवार हो गया हूँ। संयोग से आज भी मुझे गेट के पास वाली सीट मिल गई है। कोच के भीतर लगे सरकारी विज्ञापनों को बस यूँ ही पढ़े जा रहा हूँ। सरकार आजकल काम कम, विज्ञापन ज्यादा करने लगी है। हर तरफ विज्ञापन ही दिखते हैं। तभी वाट्सऐप की बीप ने मेरा ध्यान खींचा। हालांकि यह मेरे लिए कोई नई बात नहीं। मित्र का ही होगा।

देखा तो उसका पहला सवाल था- 'ऑफिस के लिए निकल गए क्या।' मैंने कहा- 'हाँ। आज जरा जल्दी निकल गया हूँ। राजीव चौक पर किसी से मिलना है।' उसका सवाल था- 'अच्छा, किससे?' मैंने कोई जवाब नहीं दिया, तो उसने फिर सवाल किया- 'किससे....? बताओगे नहीं।' इस पर मेरा जवाब था- 'मिल लूँ पहले, फिर तुम्हें बताऊँगा।'

मित्र ने उलाहना दिया- 'ठीक है, मत बताओ। अब मुझसे भी बातें छिपाने लगे।'...फिर हमेशा की तरह वही सवाल- 'कहाँ पहुँचे।' मैंने कहा- 'मॉडल टाउन। मगर ट्रेन अब सुरंग में घुसेगी, तो सिग्नल नहीं आएगा। फिर मत कहना कि कहाँ गायब हो गए?'

कुछ सेकेंड में फिर मोबाइल स्क्रीन पर मित्र की लिखी पंक्तियाँ उभरीं- 'तुम अंधेरे में गुम भी हो जाओगे, तो तुम्हें ढूँढ निकालूँगी। क्या सोचते हो तुम? पक्की दोस्त हूँ तुम्हारी।' मैंने जवाब लिखा- 'हाँ-हाँ... क्यों नहीं। पर तुम्हें पता है, यह ट्रेन अंधेरी सुरंग से गुजर रही है और एक संदेश भी दे रही है।' इस पर पलट कर उसने मैसेज किया- 'क्यों नहीं। मेट्रो में भी तुम्हें फिलासफी ही सूझती है...।'

कोच में थोड़ी भीड़ बढ़ गई है। और यह अब बढ़ती जाएगी। कभी-कभी तो मुझे मेट्रो पुरानी वाली ब्लूलाइन बस लगने लगती है।... मित्र को कुछ ठहर कर जवाब देता हूँ- 'देखो दोस्त, यह मेट्रो दिल्ली की लाइफ लाइन की तरह है। मगर मेरे लिए जिंदगी का बोध कराती है। यह लंबी सुरंग, संघर्ष के दौर की तरह है। और यह अंधेरा तमाम दुश्वारियों का प्रतीक। समझी।...तो यह मेट्रो कह रही है कि जीवन का अंधेरा भी गुजर जाएगा। उम्मीदों की सुबह मुस्कुराएगी।'

अब मित्र का सवाल- 'तुम इतने पॉजिटिव कैसे सोच लेते हो?' उसकी बात मुझे भीतर तक मथ देती है। सोचता हूँ, इस दौर में जब खुद में और आसपास के लोगों में नकारात्मक विचारों का दबाव इतना बढ़ गया हो, तब सकारात्मक रह पाना कितना मुश्किल है। मगर यह भी सच है कि पॉजिटिव रह कर हम खुश रह सकते हैं। किसी को संबल दे सकते हैं। इस मेट्रो का यही संदेश है कि दुश्मन हो या दोस्त, सबको साथ लेकर चलते रहो। अंधेरी सुरंग से ऊपर आना या ऊपर से नीचे आते हुए अंधेरी सुरंग में फिर गुम हो जाना, यह जीवन में उतार-चढ़ाव का ही संदेश है।...मेरी बातों से मित्र बोर होकर ऑफलाइन हो गई है।

अभी मेरे बचपन के दोस्त अजय की याद आ रही है। एक बार उसने कहा था कि यह समय की सुरंग है, जिससे सभी को गुजरना है। कालो न याति वयमेव यातः। काल नहीं बीतता, हम बीतते हैं और इस अंधेरी सुरंग में हमारे पास जो भी यहाँ का है, छूटता चला जाता है। मन, बुद्धि,

विचार, भावनाएँ, यादें संगी-साथी- सभी कुछ और आखिर में देह भी साथ छोड़ देती है। उसकी बातें याद कर आँखें नम हो गई हैं।

हमारे एक वरिष्ठ सहयोगी ने कहा था कि दिल्ली की ये लाइफ लाइन बताती है कि जिंदगी और जिंदादिली क्या है? सुरंग कितनी भी लंबी क्यों न हो, उसे तो हिम्मत और हौसला पार करा ही देगा। सही कह रहे थे शर्मा जी।

लाडले माधव की वो पंक्तियाँ भी अभी याद आ रही हैं- मैंने पूछा उस दिल्ली से कि तुम इतनी पराई क्यों हो? दिल्ली ने मेरे कानों में चुपके से कहा कि मिलेंगे तुम्हें कोई अपना, जो तुम्हें अपनेपन का अहसास कराएँगे। शुक्रिया दिल्ली, जो तुमने संजय सर से मिलवाया।

तो, इस आभासी दुनिया और इस महानगर में न जाने कितने लोग मिले और बिछड़ गए। कुछ ने याद रखा, तो कुछ मुझे भूल गए। मैं किसी को नहीं भूला। समय के साथ सब आगे बढ़ जाते हैं। मैं वहीं खड़ा रह जाता हूँ। मगर चलना ही तो जिंदगी है। इसलिए मैं भी चलता हूँ। चलते ही जाना है आपको भी। हो सकता है आप कभी मिलें और पहचान लें मुझे।

मैंने आँखें बंद कर ली हैं। राजीव चौक आने वाला है। सीट से उठने का मन नहीं कर रहा। जानता हूँ कि अभी उठूंगा और यात्रियों की भीड़ के बीच पानी के रेले की तरह मैं अभी बह जाऊँगा। ये लोग भी अपनी-अपनी मंजिल की ओर होंगे। सोच रहा हूँ, इस जनसमुद्र में मेरी मंजिल कहाँ है? मुझे जाना कहाँ है और कहाँ जा रहा हूँ...। फिलहाल जिंदगी को गले लगा रहा हूँ। अब खुद से ही इश्क कर लूँ जरा।...

मेरे इस सोचने के क्रम में एक सहयात्री का मोबाइल रेडियो बज उठा है-

ऐ जिंदगी गले लगा ले
हमने भी तेरे हर इक गम को
गले से लगाया है
है ना?

(5 मार्च, 2018)

3. कुल्हड़ की वो चाय

सुबह उठा तो पड़ोस की आई (झाई जी) सबको अलविदा कह इस दुनिया से जा चुकी थीं। यों जीवन के प्रति नश्वरता का बोध अक्सर होता रहा है, लेकिन कल तो बेइंतिहा हुआ। हम इस दुनिया में आए हैं, तो एक दिन सभी को जाना है। क्या कुर्सी और क्या पैसा? क्या लेकर जाएँगे आप? अंत समय मुट्ठी खुली रह जाएगी। पीछे रह जाएगा आपका घर और दफ्तर। नाते-रिश्तेदार और वो सभी साथी-संगी और सहयोगी, जो या तो बड़ाई करते रहे या पीठ पीछे आपकी ही बुराई। पास-पड़ोस से लेकर आज इस आभासी दुनिया में हम लोग रोज किसी न किसी से मिलते हैं, मगर एक दिन यहाँ से भी हर किसी को रुखसत हो जाना है।

लोगों को तैश में आकर बात करते हुए देखता हूँ, तो अचरज नहीं होता। जानता हूँ, यह मनुष्य की फितरत है। वह कुछ समय के लिए मिले चंद अधिकारों से खुद को सर्वशक्तिमान समझ लेता है। फिर दूसरों को अपमानित करता है या फिर दमन करता है। ऐसे लोगों को सूरज को प्रणाम करना चाहिए, जो प्रचंड शक्तिशाली होते हुए भी एक समय के बाद अस्त हो जाता है। सीखिए उससे जो आपके सुख-दुख में साथ चलते हुए आपकी तरह अभिमानी नहीं है। वह आसमान की बुलंदियों को छूने के बाद हर शाम क्षितिज को छूकर एक संदेश देता है। शिखर से शून्य की ओर हर किसी को लौटना है। मगर हम कभी गौर नहीं करते।

...तो आई जी चली गई सदा के लिए, लेकिन मैं जा रहा हूँ अपने दफ्तर, जहाँ से मैं औचक छुट्टी नहीं लेता। और इस बात का भी अहसास

है कि समय पूरा होने पर एक दिन यहाँ से भी हमेशा के लिए छुट्टी मिल जाएगी। फिर एक दिन इस संसार से भी। मगर आज तो जाना ही होगा। मैं हमेशा की तरह मेट्रो के आखिरी डिब्बे में बैठा हूँ अभी। ठीक वैसे ही जैसे जिंदगी की जद्दोजहद में हम आखिरी कतार में खड़े होते हैं और जब तक नंबर आता है, आपको खाली हाथ लौटा दिया जाता है। एक दिन क्या मुझे और क्या आपको, सबको खाली हाथ लौटना है।

...कोच में बैठे सहयात्रियों को देखता हूँ। सब अपनी दुनिया में खोए हैं। सबकी अपनी कहानी। सब चल रहे हैं। मगर कोई किसी के साथ नहीं। नश्वरता पर मैं इतना क्यों सोच रहा हूँ? क्या ये श्मशान वैराग्य है? मालूम है, इससे उबरते ही माया मुझे घेर लेगी। मोबाइल की घंटी ने मेरे चिंतन को भंग कर दिया है। स्क्रीन पर अनजाना सा नंबर चमक रहा है। कौन है यह। मैं कॉल सुनता हूँ। दूसरी ओर से आवाज आई- 'सर मैं मुक्ति सिन्हा बोल रही हूँ। आप कहाँ है?' मैंने उसे पहचान लिया। दिल्ली जैसे महानगर में नौकरी के लिए संघर्ष कर रही भोपाल की युवती। दो साल पहले मिली थी।

मुक्ति ने बताया कि वह एक टीवी चैनल में इंटरव्यू देकर लौट रही है। उसने पूछा- 'सर आप राजीव चौक पहुँच रहे हैं, तो वहीं रुकिएगा। मैं भी वहीं आ रही हूँ।' मैंने कहा- 'कुछ खास? नौकरी लग गई तुम्हारी?' मुक्ति का जवाब था- 'अभी नहीं। आ के बताती हूँ। प्लीज जाइएगा नहीं। आपसे हर बार मुलाकात टल जाती है। आपके पास टाइम ही नहीं होता।' मैंने उसकी शिकायत दूर करने की कोशिश की- 'अच्छा ठीक है, तुम आओ। मैं आज मिलूँगा। मगर तुम इतने दिनों बाद मुझे पहचान लोगी?' इस पर मुक्ति का जवाब था- 'आप निश्चिंत रहिए, पहचान लूँगी आपको। मगर आप पहचान लेंगे मुझको? मैंने कहा- हाँ, क्यों नहीं।' दरअसल, जो दिल में होते हैं, उन्हें आप कभी नहीं भूल पाते। न आवाज, न चेहरा।

मुक्ति से बात करते हुए मैं राजीव चौक पहुँच गया हूँ। स्टेशन पर बहुत भीड़ है। सीढ़ियाँ चढ़ते हुए ऊपर के प्लेटफार्म पर जा रहा हूँ। नोएडा जाने वाली ट्रेन के अंतिम डिब्बे के पास खड़ा रहूँगा। मुक्ति यहीं मिलेगी। उसने यही बताया है। समय गुजर रहा है। एक के बाद एक मेट्रो

जा रही है, लेकिन मुक्ति का कोई अता-पता नहीं। इंतजार करते हुए कई मिनट बीत गए तो मैंने ही कॉल किया- 'कहाँ हो तुम? उसका जवाब था-बस कुछ मिनट। आ रही हूँ।'

...एक और मेट्रो आ रही है। इसमें जरूर होगी मुक्ति। आखिरी डिब्बा मेरे सामने रुक गया है। वह दरवाजे के पास खड़ी है। उसने मुझे पहचान लिया है। उसके चेहरे पर थकान है, फिर भी मुस्कान से सराबोर। गेट खुलते ही वह मेरे सामने थी। मैं कुछ कहता उससे पहले ही मुक्ति ने खेद जता दिया- 'सर आपको मेरी वजह से यहाँ इंतजार करना पड़ा। आई एम सॉरी। आप ऑफिस के लिए लेट हो गए। मगर एक कप चाय तो पीनी ही पड़ेगी। चाय पीते हुए बात भी हो जाएगी।' मैंने मना किया तो उसने फिर जिद की- 'चलिए न। चाय पीकर कर मैं यमुना बैंक तक आपके साथ चलूँगी।'

मुक्ति की बार-बार जिद के आगे झुकना पड़ा है। वह मुझे फूडकोर्ट ले गई है। उसने अपने लिए टमैटो सूप लिया है और मेरे लिए चाय और वह भी कुल्हड़ में...! इस बीच मुक्ति ने बैठने के लिए सीट देख ली है। वह एक हाथ में सूप दूसरे हाथ में चाय लेकर मेरे साथ चल रही है।

उसने बैठते ही कुल्हड़ वाली चाय मेरे आगे रख दी है। कुल्ड़ह में लबालब चाय। एक घूंट पीता हूँ। एक अनोखी मिठास और माटी की सोंधी महक मेरी सांसों में घुल रही है। चाय कब खत्म हो गई, पता ही नहीं चला। सोच रहा हूँ जिंदगी भी तो इस चाय की तरह है। कब खत्म हो जाती है, पता नहीं चलता और हसरतें इस कुल्लड़ की तरह खाली रह जाती हैं। फिर सोच रहा हूँ...नहीं, यह देह ही कुल्हड़ की तरह है। जिस तरह यह कुल्हड़ मिट्टी में मिल जाएगा, वैसे हम सबकी देह को भी मिट्टी में मिल जाना है।

खयाल आया कि मैं तो दफ्तर जा रहा हूँ और अब तक आई का अंतिम संस्कार हो चुका होगा। उनकी देह राख बन कर मिट्टी में मिल चुकी होगी। अब कुम्हार फिर मिट्टी उठा कर अपने चाक को घुमाएगा और फिर एक कुल्हड़ बनाएगा। फिर एक नया जन्म लेंगी आई...। इस कुल्लड़ की मिट्टी की आवाज सुन रहा हूँ। आपने सुना है? मैं खाली कुल्हड़ को अब भी ध्यान से देख रहा हूँ। यह दोबारा मिट्टी में मिलने

के बाद फिर कुल्हड़ बन कर किसी के हाथ में होगा।

मुझे लगातार खयालों में डूबे देख मुक्ति ने ही टोका- क्या सोचने लगे आप? और चाय लेंगे क्या? मैंने कहा- नहीं। अब हमें चलना चाहिए। कुल्हड़ के बहाने जिंदगी का एक मर्म समझ गया हूँ। मैं मन ही मन बोलता हूँ- थैंक यू मुक्ति आज की इस मुलाकात के लिए और जिंदगी से फिर एक साक्षात्कार कराने के लिए।

(24 नवंबर 2019 की शाम)

4. छू लेने दो आसमान

आज मैं मेट्रो के जिस आखिरी डिब्बे में सफर कर रहा हूँ, लग रहा है कितना मौसम बदल गया है। सच तो यह है कि हर बार ये बदलता है। नहीं बदलते हैं, तो हम लोग। मार्च का महीना लग गया है और महिला सशक्तीकरण की बड़ी-बड़ी बात करने वाले संगठन न जाने कहाँ गुम हैं। उस युवा लड़की ने अपने मन की बात क्या कही, सब उसके पीछे ही पड़ गए। नतीजा विवादों से घबराई लड़की को कहना पड़ा कि कि मुझे अकेला छोड़ दो। जिस तरह से राजनीति और पितृसत्तात्मक समाज ने उसे घेरा, उससे अकेली पड़ गई लड़की इतना भर ही कह पाई कि बीस साल की इस उम्र में मैं इतना ही बर्दाश्त कर सकती हूँ।

सच ही तो है। बीस की उम्र होती ही क्या है? सपने देखने की। भविष्य संवारने की और कुछ गलत लगे, तो अपना आक्रोश भी अभिव्यक्त करने की। क्या हम अभिव्यक्ति का इतना भी सम्मान नहीं कर सकते? अगर लड़कियाँ खुद को अभिव्यक्त करना चाहती हैं, तो आप उन्हें रोक क्यों रहे हैं? आप सहमत हों या असहमत, उनकी बात तो सुनिए। उन्होंने गलत सोचा या अच्छा, वक्त उन्हें सीखा देगा। आप उन्हें घर में नहीं बोलने देंगे। नाते-रिश्तेदारों के बीच नहीं बोलने देंगे। किसी सार्वजनिक मंच पर वह बोलती है, तो आप बेचैन हो जाते हैं। किस बात का डर है आपको? वो आपसे बेहतर लिख सकती हैं, बेहतर सोच सकती हैं और बेहतर बोल सकती हैं। तो क्या इसलिए डर लगता है आपको?

...विश्वविद्यालय स्टेशन आ गया है। कोच में हलचल बढ़ गई है। यों यह रोज की बात है। लड़के-लड़कियों का अलग-अलग समूह। आधुनिक

परिधान और आधुनिक सोच के साथ कदमताल करते ये युवा एक नए भारत का बिंब बनाते हैं। आसपास मुझे विदेशी विद्यार्थी भी दिख रहे हैं। वे भी सोचते होंगे कि यह देश ऐसा नहीं है, जैसा उन्होंने सोचा था।

दिल्ली विश्वविद्यालय की हालिया घटनाओं ने बेशक मुझे गुमसुम कर दिया है। मगर इन युवाओं के चेहरे पर शिकन नहीं, एक तेज है। एक भरपूर आत्मविश्वास है। खासतौर से इन लड़कियों में, जो अपने साथ पढ़ रहे छात्रों के सीने पर मुक्का मार कर कहती हैं- बेटा ऐसे नहीं, ऐसा होता है। कुछ पढ़ भी लिया कर।....बस, पुरुष सोच में यहीं से खौफ पैदा होता है। मगर सुखद ये कि अब युवा लड़के इससे नाराज नहीं होते, बल्कि एक दोस्त की नसीहत के रूप में इसे लेते हैं। मुस्करा कर यही जताते हैं- हाँ, दोस्त तुम सही हो।

यह दृश्य अक्सर मैं देखता हूँ। जब लड़कियाँ लड़कों को प्यार से डपटतीं और समझाती हुई दिखती हैं। मगर कहीं कोई विवाद नहीं। विद्या ने सही कहा कि अभिव्यक्ति की आजादी का आदर तो होना ही चाहिए। यह बात वे जिस परिप्रेक्ष्य में कह रही थीं, तो लगा चलो किसी ने तो आवाज उठाई।

आज मैंने सफर के दौरान न कोई कॉल सुनी न वाट्सऐप पर नजर डाली है। एक के बाद एक स्टेशन निकलते जा रहे हैं और मैं युवा सहयात्रियों के बीच इस सोच में डूबा हूँ कि गर्भ में आते ही जिन लड़कियों की हत्या की साजिश डॉक्टर से लेकर परिवार तक करता है, वे बचती बचाती जब बड़ी होती हैं, तो उन्हें कितनी दुश्वारियों का सामना करना पड़ता है। किसी ने पहनावे में दोष निकाला। किसी ने रात में निकलने पर एतराज जताया। कभी मोबाइल बंद करने का फरमान जारी हुआ। कभी घर में ही उन्हें कमतर आंका गया।...भाई, आप कौन होते हो कि इन्हें क्या पहनना चाहिए और क्या नहीं। या क्या करना चाहिए और क्या नहीं। दसवीं और बारहवीं के परीक्षा परिणाम बताते हैं कि वे आप से कितनी आगे हैं। आप उनके नंबर देख कर घबरा जाते हैं। वो आसमान छूना चाहती हैं और आप हैं कि उन्हें रसातल में ले जाना चाहते हैं।

मैं यह सब अभी सोच तो रहा हूँ, लेकिन क्या यह सही नहीं है कि कई परिवारों में स्त्रियों की दुनिया आज भी पिता और पति के आसपास

सिमटी हुई है। फिर भी ये स्त्रियाँ अब घर के घेरे से बाहर आ रही हैं। खुद को अभिव्यक्त कर रही हैं। जब वे शॉपिंग के लिए या बच्चों को स्कूल छोड़ने अपनी स्कूटी पर फर्राटे से सड़कों पर निकलती हैं, तो लगता है कि वे भी एक कदम आगे बढ़ी हैं। यह हाल के दशक में नया बदलाव है। वे परिवार की प्रगति में अपना योगदान देना चाहती हैं, तो इसमें बुरा क्या है? युवा लड़कियाँ भी अपनी बात परिवार में रख रही हैं और उनकी आवाज सुनी जा रही है।

निसंदेह लड़कियाँ अब किसी से नहीं डरतीं। उन्हें डराया जाता है। मगर क्या इससे सभी डर जाएँगी। बिल्कुल नहीं।

...अभी मेट्रो की उद्घोषणा हुई है- अगला स्टेशन राजीव चौक है। मैं कोने की सीट से अनमने भाव से उठ गया हूँ। अपने सभी विचारों को मन के बस्ते में डाल कर दरवाजे के पास खड़ा हूँ। गेट खुलते ही मेरे कदम बढ़ रहे हैं अगली मंजिल की ओर। कुछ आगे चलते ही चटाक की तेज आवाज ने मेरा ध्यान खींचा। इधर-उधर नजर दौड़ा रहा हूँ। अरे, यह क्या...? एक छात्रा एक युवक की कॉलर पकड़ कर उस पर बरस रही है। क्या किया इसने? युवक के मुँह से एक शब्द नहीं निकल रहा। इस पर छात्रा का पारा सातवें आसमान पर है। वह फिर गरजी-बोल तूने इसे क्यों छेड़ा। (वह पास खड़ी अपनी सहेली की ओर इशारा करती है) वह लगातार बरस रही है उस युवक पर। उस बहादुर लड़की पर मुझे गर्व हो रहा है।

मैं आगे बढ़ रहा हूँ, क्योंकि किसी के हस्तक्षेप करने की कोई जरूरत नहीं। यह लड़की खुद ही निपट लेगी। अभी मैं कुछ कदम चला ही था, तभी फिर चटाक की तेज आवाज सुनाई पड़ी। लगता है उस छात्रा ने युवक को एक और झन्नाटेदार थप्पड़ रसीद कर दिया है। मुझे लग रहा है कि यह थप्पड़ उस लड़के को नहीं, समाज के हर उस व्यक्ति को लगा है जो लड़कियों की अस्मिता और सम्मान को ठेस पहुँचाना चाहते हैं। या फिर किसी भी तरह उन्हें डरा-धमका के रखना चाहते हैं, लेकिन मुझे अब यकीन हो गया है कि वे डरेंगी नहीं। इस विश्वास के साथ मैं मेट्रो स्टेशन की सीढ़ियाँ चढ़ रहा हूँ कि यह समाज भी अपनी सोच से ऊपर उठेगा। मगर क्या सच में उठ भी पाएगा कभी?

(4 मार्च, 2017)

5. आज मन रंग लो

सदर बाजार से होली पर पकवान बनाने के लिए कुछ चीजें खरीदी हैं। माँ बनाएगी और पूरा परिवार चार दिन खाएगा। खासतौर से पुए और वह भी गुड़ के। सच में त्योहार कोई भी हो, पकवान के बिना एकदम फीका है।...तो मेवे और रंग-गुलाल की खरीदारी कर सदर से लौट रहा हूँ। चावड़ी बाजार स्टेशन से अपनी आदत के अनुसार आखिरी डिब्बे में बैठा हूँ।

ट्रेन चल पड़ी है। वसंत के आगमन के साथ ही दिल्ली का मौसम बदल गया है। इसी के साथ शुरू हो गई है फागुन की आहट। मेट्रो के कोच में अब कभी गरमी लगती है, तो कभी सर्दी। प्रकृति जब नए सिरे से खुद को संवारती है, तो उसकी छटा वाकई निराली होती है। वह अपनी सारी गाँठें खोल कर खुद को विविध रंगों से अभिव्यक्त करती है। मनुष्य मन भी जैसे तरुण हो उठता है।

फागुन की मस्ती हर तरफ छाई है। होली से पहले स्कूल के बच्चों ने खूब मस्ती की है। कश्मीरी गेट स्टेशन पर कई बच्चे इस कोच में सवार हुए हैं। सब के सब, रंग में रंगे हुए। लाल, हरा, नीला...पीला। ये बच्चे एक दूसरे को गुलाल लगा कर मन के मैल को धो चुके हैं। मगर हम बड़े तो हो गए, इसे कब धोएंगे?

दुनिया भर की संस्कृति में और कहीं ऐसा कोई पर्व नहीं, जिसमें मनुष्य एक दूसरे पर रंग डाल कर बदरंग हो गए रिश्ते में भी नया रंग भर लेता है। तन पर पिचकारियों की फुहार पड़ते ही और गालों पर एक दूसरे को गुलाल मलते हुए भारतीय समाज अपने सारे गिले-शिकवे दूर

कर लेता है। और क्यों न हो, जब इस देश की प्रकृति अलग-अलग मौसम में अपना मिजाज बदल लेती है, तो भला लोग भी लंबे समय तक एक ही रंग में क्यों रंगे रहें। सबरंग हो जाना ही अच्छा है।

सोच रहा हूँ कि ये रंग हमारे जीवन में कितना जोश भर देते हैं। विश्वविद्यालय स्टेशन आ गया है। होली की छुट्टी से पहले युवाओं में कितना जोश है। कोच का दरवाजा खुलते ही युवा लड़के-लड़कियों का समूह चारों तरफ पसर गया है डिब्बे में। किसी के चेहरे पर लाल, तो किसी के चेहरे पर हरा-नीला अबीर खिल रहा है। लाल रंग प्यार की गरमाहट को अभिव्यक्त करता है। लाल रंग में सराबोर गोरी जब पलट कर हरा गुलाल लगाती है, तो वह संबंधों में निर्मलता और प्रकृति से नारी के संबंध को ही अभिव्यक्त करती है। वह उमंग की प्रतीक भी बन जाती है।

अभी कुछ ऐसी ही चुहलबाजी हुई है कोच में और वह युवती एकदम से गुलाबी हो गई है। सहेलियों ने उसे घेर लिया है।...तभी साथ पढ़ने वाले एक लड़के ने उस लड़की पर पीला गुलाल उड़ेल दिया। लड़की नाराज नहीं हैं। और क्यों हो? जब मित्रों या प्रियजनों को जब हम पीला रंग लगाते हैं, तो यह संकेत देते हैं कि चलो हम फिर से अपने संबंधों को शुद्ध कर लें। शुभ अवसरों पर पीले रंग का कितना महत्त्व है, यह हम सभी जानते हैं। हम चाहे जामुनी रंग लगाएँ या काला रंग, सभी रंगों का एक ही संदेश है कि मन की उदासी को दूर कर लें।

कोच में चुहलबाजियाँ और शरारतें बढ़ गई हैं।...पर होली के मौके पर सब माफ। बहुत शिकायतें हैं बुजुर्गों को इस पीढ़ी से। पर उनसे भी तो कुछ सीखिए। मन की गाँठें खोलना कोई इनसे सीखे। होली भी यही संदेश देती है- मन की गाँठें खोलिए। पर हम कभी गिरह खोल पाते हैं क्या? गाँठ पर गाँठ डाले जाते हैं और दूरियाँ बनाए जाते हैं। परिवार में, दोस्तों में और उन नाजुक रिश्तों में भी, जिसे सहेजने की जरूरत होती है। होली पर ये युवा यही संदेश दे रहे हैं सभी रंग मिला कर हम रिश्तों का इंद्रधनुष बना सकते हैं। इन युवाओं के चेहरे पर इतने रंग हैं कि पहचाने भी नहीं जा रहे, लेकिन इन पर मानवीय रिश्तों का रंग सबसे गहरा है और मैं उसे देख रहा हूँ। क्या आप कभी देख पाएँगे?

...मेरे घर का सबसे नजदीकी स्टेशन आ गया है और इस भावना से उतर रहा हूँ कि माँ परसों से पकवान बनाना शुरू कर देगी। दिल से बनाए ये पकवान मन में भी मिठास घोल देंगे। होली पर जिस तरह से रंगों से हम अपना स्नेह प्रकट करते हैं, ठीक उसी तरह पकवानों का भी संदेश है कि साल भर इसी तरह रिश्तों में भी मिठास बनाए रखना।...अभी आजादपुर स्टेशन से बाहर निकला ही हूँ कि एक लड़के ने मेरी ओर गुलाल फेंक दिया है। मैं रंग गया हूँ होली के रंग में। आप भी अपने मन को रंग लीजिए और दिल की सारी गिरह खोल दीजिए।

मैं पैदल चला जा रहा हूँ। अपने कंधे पर रेडियो लेकर जाता मजदूर मेरे बगल से गुजर गया है। उसका चेहरा रंगों से लिपा-पुता है। शायद वह फैक्टरी में साथियों के साथ होली खेल कर अपने गाँव लौट रहा है। रेडियो पर गीत बज रहा है-

तन रंग लो जी
आज मन रंग लो...तन रंग लो,
खेलो उमंग भरे रंग
प्यार के ले लो, रंग लो,
तन रंग लो जी, आज मन रंग लो...

(11 मार्च, 2017)

6. नींद क्यों रात भर नहीं आती

दफ्तर जाने का समय हो गया है। आँखें इतनी बोझिल हैं कि जाने की इच्छा नहीं हो रही। दरअसल, कल रात नींद नहीं आई। सच कहूँ, तो बरसों से रात की नींद पूरी नहीं हो रही। मेरी नींद किसने चुराई है, यह बाद में बताऊँगा। फिलहाल तो जाना है मुझे। भारी कदमों से निकल पड़ा हूँ। स्टेशन पर हमेशा की तरह आखिर में लगने वाले डिब्बे के सामने प्लेटफार्म पर हूँ।

सोच रहा हूँ आज सीट मिल जाए, तो पॉवर नैप यानी एक मीठी झपकी ले लूँ, ताकि रात की नींद पूरी हो जाए। देखते हैं। मेट्रो आ गई है। ज्यादातर कोच में सीटें खाली दिखाई दे रही हैं। लास्ट कोच तो खाली होगा ही।...सच में, उम्मीदें हमें सकारात्मक बना देती हैं। मेरा अनुमान सही है। आखिरी डिब्बा लगभग खाली है। कोने की सीट मिल गई है। इरादा अब एक भरपूर झपकी लेने का है। मगर मेरी किस्मत इतनी अच्छी नहीं कि सुख का टुकड़ा नसीब हो। बगल में बैठा युवा यू-ट्यूब पर भोजपुरी गीत सुन रहा है। वह खुद वीडियो देख रहा है और गीत दूसरों को सुना रहा है। अब इसके गीत सुनूं या झपकी लूँ? मेट्रो में अक्सर ऐसे युवा दिखते हैं।

इसी तरह फेसबुक स्टेटस चेक करने वाले और वाट्सऐप पर मैसेज पर बार-बार नजर डालने और इन्हें फारवर्ड करने वाले युवा भी कम नहीं। यों यह आदत मुझमें भी है। इसकी लत पड़ जाए, तो समझिए आप मकड़जाल में फंस गए हैं।....बगल में बैठा लड़का मुझे झपकी नहीं लेने देगा। यह भी अपनी आदत से मजबूर लगता है।

चलिए आज बता दूँ कि मेरी रात की नींद किसने चुरा ली है। जी हाँ...ये कमबख्त फेसबुक और वाट्सऐप ही है, जो हम सबकी नींद का बैरी बन बैठा है। घर-दफ्तर में चार लोगों से हम बात नहीं करते और यहाँ अनगिनत लोगों से जुड़े रहने की न जाने कैसी चाह रहती है। क्या हम आभासी दुनिया नें जीने के आदी हो रहे हैं? या आज के दौर के इंसान की फितरत बदल रही है? कौन जाने। मगर ऐसा क्यों है कि यहाँ पराए अपने से लग रहे हैं और अपने लोग पराए हो गए?

कुछ साल पहले एक सर्वे में यह बात सामने आई थी कि बीते एक दशक में लोगों की नींद 7-8 घंटे से घट कर 5-6 घंटे ही रह गई है। इसके कई कारण बताए गए। जैसे मोबाइल का बेतहाशा प्रयोग, मैसेजिंग और चौटिंग। इंटरनेट पर अंधी गलियाँ बहुत दूर तक ले जाती हैं। जब वापस लौटते हैं, तो हम बहुत कुछ खो बैठते हैं। अब तो लोग फेसबुक पर ही सोते और जागते दिखाई देते हैं। रात के दो-दो बजे तक आनलाइन। आज युवा पीढ़ी ही नहीं, अधेड़ भी खोए से, उलझे से दिखते हैं यहाँ। मेट्रो में सफर के दौरान हर दूसरा-तीसरा यात्री अपने स्मार्टफोन में गुम दिखता है। हम सब इसकी लत के शिकार हो गए हैं।

फेसबुक पर हरेक का अपना चाँद उतर आता है और उसे निहारते हुए जब रात निकल जाए, तो भला नींद आए भी तो कैसे। एक अच्छी नींद लेने पर सुबह चेहरा खिला रहता है। और रात भर जागने वाले हम जैसे निशाचरों का हाल आपको मालूम ही है। सूजी हुई आँखें और बेतरह बिखरे बाल...। अगर आप रात भर जागते हैं, तो कभी आइने में खुद को देख लीजिए।

मैं गैजेट का विरोधी नहीं हूँ। इसने बहुत से काम आसान कर दिए हैं। मगर हम इनका तार्किक तरीके से प्रयोग नहीं कर रहे। लिहाजा वे हमारी रचनात्मकता से लेकर स्वास्थ्य तक को प्रभावित कर रहे हैं। एक समय था, जब रात का खाना खाकर लोग घर के पास टहल लेते थे। इससे अच्छी नींद भी आती थी। अब आलम यह है कि खाना खाते हुए भी हम ये देखते रहते हैं किसका मैसेज आया या फिर किसने लाइक किया। डिनर करते हुए भी सबके हाथ में मोबाइल है। सबकी अपनी दुनिया है।

दो दशक पहले तक ट्रेनों में लोग एक दूसरे से बात करते हुए सफर पूरा कर लेते थे। अब सीट पर बैठते ही कोई लैपटॉप आन कर लेता है, तो कोई मोबाइल। एक दूसरे से बात करना तो दूर, एक दूसरे की ओर देखते भी नहीं। अजनबियों के बीच रात भर की यात्रा पूरी हो जाती है। यही हाल मेट्रो का है। हम रोज सफर करते हैं, पर आपको कोई मित्र नहीं मिलता।

सोशल मीडिया पर हजारों मित्रों के बीच अपनी बात रखने के फेर में हम उन मित्रों को खोते चले जाते हैं, जो सामने बैठ कर आपकी बात सुनना चाहते हैं। इसके साथ ही खो देते हैं सुख की नींद का वो टुकड़ा, जो हम सबके लिए अनमोल है। आज की झपकी का सबक यह समझ में आया कि नींद कितनी जरूरी है।

स्मार्टफोन और अब रोज मिलने वाले एक-दो जीबी डाटा ने आपसे क्या कुछ छीन लिया है, यह आपको पता ही नहीं। अलबत्ता आपकी नींद तो उड़ा ही दी है। आप सबके बीच होकर भी सिर्फ खुद में होते हैं। आसपास के लोगों की दुख-तकलीफ से आपका कोई सरोकार नहीं होता।...जैसे अभी साथ बैठे इस लड़के को मालूम नहीं कि मैं एक झपकी लेना चाहता हूँ और ये है कि मुझे जबरिया भोजपुरी गीत सुनाए जा रहा है- तू लगावेलू जब लिपस्टिक, हिलेला आरा डिस्टिक...जिला टॉप लागे लू...लॉलीपॉप लागे लू।...कोई फायदा नहीं, ये कमबख्त मुझे झपकी नहीं लेने देगा।

इसलिए मैं भी अब फेसबुक पर आनलाइन हो गया हूँ। आपके लिखे को पढ़ रहा हूँ...कहाँ आप? मैं फिर से हाजिर हूँ। अभी मेरा स्टेशन आने में समय है। देखिए इसे कहते हैं लत। इस लत से हम कब निकल पाएँगे? मैं अब कोशिश करने जा रहा हूँ। आपका क्या इरादा है।

(19 जनवरी, 2020)

7. यमुना के आँसू

गंगा-यमुना को लेकर जिस दिन उत्तराखंड हाईकोर्ट का ऐतिहासिक फैसला आया, तबसे इन दोनों नदियों को लेकर मैं बेहद भावुक हो गया हूँ। यों भी हम सभी भारतीय दिल से भावुक और कल्पनाशील होते हैं। कई साल पहले तत्कालीन मुख्यमंत्री शीला दीक्षित ने एक दैनिक की अतिथि संपादक की हैसियत से आधुनिक दिल्ली की जो परिकल्पना की थी, उसमें मेट्रो से लेकर यमुना का भी जिक्र किया था। आज जब मेट्रो में सफर करता हूँ, तो उनको धन्यवाद देता हूँ। मगर शीशे से बंद मेट्रो से यमुना को देखता हूँ, तो ताज्जुब होता है कि तीसरी बार सत्ता में लौटने पर शीलाजी ने क्या सोच कर यमुना को टेम्स नदी बनाने का दावा किया था?

आज लाखों लोग यमुना पर बने अलग-अलग पुलों से रोज गुजरते हैं, लेकिन दिल्ली की इस जीवन-रेखा को मरते हुए कोई नहीं देख रहा। यहाँ तक कि नदी किनारे सचिवालय की खिड़कियों से दिल्ली के हुक्मरान भी देखते रहे और यमुना धीरे-धीरे मैली होती चली गई। किसी को कोई परवाह नहीं। जिस देश में लोग अपनी बूढ़ी माँ की चिंता नहीं करते, वहाँ नदियों को इंसान तरह की मान कर परवाह करने वाले कितने लोग बचे होंगे?

उस दिन जब मैं राजीव चौक से नोएडा जाने वाली मेट्रो के आखिरी डिब्बे में सवार हुआ, तो तय किया आज यमुना मैया को आँखों में भर लूँगा। यों भी हमारी आँखों का पानी सूख चुका है। हम किसी के लिए रोते नहीं। इसके साथ ही याद आए बचपन के वो दिन जब दिल्ली से

पटना के रेल सफर के दौरान गंगा के दर्शन होते ही माँ चंद सिक्के फेंक कर हाथ जोड़ लेती थी और हमें भी प्रणाम करने के लिए कहती थी। नदी में सिक्का फेंकने की बात मुझे कभी जमी नहीं, पर आस्था के आगे हम सभी झुक ही जाते हैं। यह आस्था ही तो है कि देश की सभी नदियाँ हमें माँ समान लगती हैं। तभी तो हम गंगा और यमुना को मैया कह कर बुलाते हैं।

...इंदप्रस्थ स्टेशन से मेट्रो आगे बढ़ रही है। मैं गेट पर खड़ा हूँ और यमुना को नमन करना चाहता हूँ। जेब में सिक्के हैं पर मैं उछाल नहीं सकता माँ का तरह।...मेट्रो की रफ्तार एकदम से धीमी हो गई है। शायद कोई तकनीकी खराबी आ गई है। या फिर मैया की पुकार है कि बेटे जरा थम जाओ। देख तो लो मुझे। क्या हालत हो गई है मेरी। माँ की पुकार सुनाई दे रही है मुझे।...मेट्रो बेहद धीमी गति से सरक रही है।

मैं देख रहा हूँ एक छोर पर विश्व स्वास्थ्य संगठन की सफेद-आसमानी इमारत, जहाँ दुनिया भर की सेहत की चिंता होती है। उसके आगे दिल्ली के विकास का दंभ भरती गगनचुंबी विकास मीनार। और एकदम अंतिम छोर पर दिल्ली सचिवालय, जहाँ इस वक्त राजधानी के हुक्मरान बैठे होंगे। इन सबके सामने से यमुना बह रही है। आसपास फैली जलकुंभियाँ और बीमार-सी दुबली-पतली यमुना। यह उस सांवली-सलोनी स्त्री की तरह लग रही है, जो कुपोषण का शिकार हो गई है और लड़खड़ाते कदमों से गुमसुम चली जा रही है...।

मेट्रो के इस पुल से देख रहा हूँ कि यमुना में कोई आवेग है न कोई उमंग। तलहटी सूख गई है। यह दो भागों में बंट गई है। जैसे किसी ने माँ का आंचल चीर दिया हो। काली सी यह नदी किसी बड़े नाले की तरह दिख रही है। क्या हालत बना दी है हम लोगों ने इसकी। यमुना जिस मंथर गति से बह रही है, उसे देख कर हमारी आपकी आँखों में आँसू क्यों नहीं आते। किसी समय संगम में अपनी श्यामलता के कारण अलग दिखाई पड़ने वाली यमुना के लिए दिल पिघलता क्यों नहीं?

...तकनीकी कारणों से पुल पर मेट्रो खड़ी है। इस समय बहुत सी बातें मन में कौंध रही है। यमुना की दुर्दशा देख कर कलेजा फटा जाता है। हालांकि इस नदी पर बने पुलों को बीते 30 सालों में न जाने कितनी

बार पार किया होगा। मगर अब अहसास ही नहीं होता। यों आर-पार करते-करते पांच दशकों में पूरा जमनापार ही बस गया। यहाँ तक कि तलहटी के पास कई कालोनियाँ भी बस गई।

सच में माँ का आंचल कितना बड़ा है। वह सबको आश्रय देती है और खुद पीछे हट जाती है। अगर आप गौर से देखें, तो न केवल यमुना बल्कि गंगाजी भी अपने बच्चों को आश्रय देने के लिए कई किलोमीटर पीछे चली गई हैं। शायद वे रूठ गई हैं हम सबसे। न तो पास आती हैं और न हम उनसे पूछते हैं कि माँ आप क्यों रूठ गई हैं?

हम लोगों को दक्षिण कोरिया से कुछ सीखना चाहिए, जिसने सियोल में बहने वाली चेंग च्योन नदी की कायापलट कर दी थी। यह नदी भी नाले में बदल गई थी। उस पर छह लेन का पुल बन जाने के बाद वह दिखती भी नहीं थी, लेकिन वहाँ के नागरिकों के संकल्प के बाद चेंग च्योन नदी न केवल साफ-सुथरी हो गई बल्कि इसके तटों को संवार कर झरने-जंगल भी विकसित कर दिए गए।

क्या हम लोग भी दिल्ली की यमुना को कभी संवार पाएँगे? क्या हम इसके किनारे सब्जियों और फूलों की खेती को बंद कर कदंब और तमाल के वृक्ष लगा पाएँगे? श्रीकृष्ण की कथाओं में एक प्रसंग आता है कि खेलने के क्रम में गेंद डूब जाने पर बाल कृष्ण यमुना में कूद गए थे और कालिया नाग का मर्दन कर जल को भी निर्मल कर दिया था। आज हमारी यमुना को भी कालिया रूपी कचरे और गंदे नाले ने डस लिया है। क्या इसकी निर्मलता के लिए कोई कृ ष्ण यमुना में उतरेगा और इसे फिर से जीवनदायिनी बनाएगा?

...मेट्रो का सफर पूरा कर दफ्तर आ गया हूँ और खबरों के जंगल में फिर से खो गया हूँ। एक चौंका देने वाली खबर सामने है- न्यूजीलैंड की संसद ने वानगानोई नदी को इंसान का दर्जा दे दिया है। समाचार के मुताबिक माओरी जाति के लोग इसे पूजते हैं। वानगानोई को नागरिक नाम से पुकारा जाता है।...अरे वाह! कितनी अच्छी खबर है। जब हम लोग भी नदियों को माँ की तरह मानते हैं, तो इन्हें इंसान का दर्जा क्यों नहीं देते? सही ही तो है। एक जीवित इंसान की तरह उसके भी तो कुछ अधिकार हैं। इस एक सकारात्मक खबर ने मेरे मन में ऊर्जा भर दी है। माँ जियेगी

तो हम भी जियेंगे।

...एक लंबी ड्यूटी के बाद रात को जब मैं घर लौट रहा हूँ, तो मुझे मालूम है माँ यमुना सो रही होंगी। नैं बेहद खामोशी के साथ उन्हें नमन करता हुआ पुल से आगे बढ़ गया हूँ। मेरी गाड़ी तेज गति से चल रही है। सन्नाटे को तोड़ते हुए मेरा ड्राइवर कहता है- सर कोई गीत लगाइए ना...। मैंने मोबाइल के म्यूजिक स्टोर से अपना एक प्रिय गीत प्ले कर दिया है-

नदिया चले, चले रे धारा, चंदा चले, चले रे धारा...
तुझको चलना होगा, तुझको चलना होगा।

(24 मार्च, 2017, शाम 6.30 बजे)

8. लौट आओ गौरैया

दिल्ली में बरसों से नन्हीं सुकोमल गौरैया नहीं दिख रही। किसी को मालूम भी नहीं कि वह कहाँ गुम हो गई। एक दिन दफ्तर के सबसे युवा साथी धीरेंद्र ने बताया कि उसके करावल नगर इलाके में गौरैया दिखने लगी है। यह जान कर मुझे बहुत खुशी हुई। मैं दिल्ली के जिस पॉश इलाके में रहता हूँ, वह मुगल काल में औरंगजेब का कभी 'फार्महाउस' हुआ करता था। ठीक उसी तरह जैसे आजकल के रईसों के फार्महाउस आप महरौली या मांडी गाँव में देखते हैं।

...तो मेरे इलाके में बादशाह का बनवाया शीशमहल भी है, जो कभी जर्जर हालत में थी। शालीमारबाग को देख कर कोई नहीं कह सकता कि यहाँ कभी घना जंगल रहा होगा। पांच दशक पहले इस इलाके में आने से भी लोग कतराते थे। यहाँ पक्षियों का बसेरा जिस बेदर्दी से उजाड़ा गया, इसे देख कर हैरानी होती है कि विकास के पैमाने पर मनुष्यों को तो रखा गया, लेकिन पक्षियों और वन्य जीवों को मरने पर मजबूर कर दिया गया।

उस दिन आजादपुर मेट्रो स्टेशन पर सहसा ही मुझे फुदकती गौरैया दिख गई। तभी कबूतरों की फड़फड़ाहट की आवाज से डर कर वह न जाने कहाँ छिप गई। नन्हीं सी यह जान जरा भी आवाज बर्दाश्त नहीं कर पाती। खैर, जब मैं मेट्रो में सवार हुआ तो लगा कि हमने आधुनिकता, विकास और रफ्तार की होड़ में क्या कुछ खो दिया है। इंसानियत के साथ प्रकृति के दोस्त भी जो हमारे जीवन का हिस्सा थे।

मुझे याद है, जब दिल्ली में मेट्रो का निर्माण शुरू नहीं हुआ था, तब

दिल्ली की सड़कों पर पेड़ डिवाइडर का काम करते थे। अस्सी के दशक तक वाहनों की संख्या इतनी भर थी कि राजधानी में ट्रैफिक जाम की खबर अखबारों में नहीं छपती थी। सड़क के बीचों-बीच हजारों पेड़ पक्षियों का बसेरा थे। मगर मेट्रो के निर्माण के क्रम में इन पेड़ों को हटाना जरूरी था। हालांकि इसकी भरपाई भी की गई। मगर कहते हैं न कि एक बार घर उजड़ जाए, तो दोबारा बसना मुश्किल होता है। दिल्ली में गौरैयों का भी यही हाल हुआ।

आजादपुर से किंग्जवे कैम्प तक पिलर से मेट्रो गुजर रही है, लेकिन हरे-भरे पेड़ कहाँ हैं? और जो किनारे लगे हैं, वे भारी यातायात और वाहनों के शोर से गुमसुम खड़े हैं। दिल्ली का ट्रैफिक रात बारह बजे तक भी थमता नहीं। धूल-धुआं और ध्वनि प्रदूषण ने जब नागरिकों का जीना दुश्वार कर दिया है, तो इन पक्षियों की क्या बिसात? कभी कश्मीरी गेट मेट्रो स्टेशन से बाहर निकलिए, ठंडी छांव के लिए आप तरस जाएँगे।

जगह-जगह उग आए सीमेंट के जंगल में गौरैया अपना बसेरा बनाए भी तो कहाँ? एक समय था जब घर-आंगन में फुदकती गौरैया एकदम पास आ जाती थी। सुबह सूरज दादा खिड़की पर आकर झाँकें, इससे पहले ही वह अपनी चहचहाहट से सभी को जगा देती थी। अब पहले जैसा कलरव कहाँ सुनाई देता है?

मेट्रो के आज के इस सफर में सोच रहा हूँ कि तुम्हारा रूठना जायज है गौरैया। दीवार घड़ियों में चिड़ियों की कृत्रिम चहचहाहट तो हमें भली लगती है, लेकिन तुम्हारी याद किसी को नहीं आती। अपने लिए दाना-पानी के जुगाड़ में लगे लोगों को तुम्हारी क्या चिंता? हमने अपना घरौंदा बनाने का तो जतन किया, मगर तुम्हारा छीन लिया।

मेरी प्यारी गौरैया...तुम्हें याद होगा कि जब हमारे पुराने घरों में छज्जे होते थे और हर कमरे में रोशनदान भी। जहाँ तुम तिनका-तिनका जोड़ कर अपना घर बना लेती थी। फिर अपने बच्चों के लिए दाना लाने फुर्र से उड़ जाती थी। अब सीमेंट और शीशे-स्टील वाले फ्लैटों में एक छोटी सी बालकनी ही तो बची है। तुम घर बनाओगी भी तो कहाँ?

बचे-खुचे पेड़ों पर अपना घर बसा भी लो, तो दिल्ली की सड़कों पर रेंग रहे लाखों वाहनों के शोर और जहरीले धुएं से तुम्हारा जी घबराता

होगा। पंडारा रोड स्थित सरकारी आवास में छत पर कभी तुम्हें देखा करता था। यहाँ तक कि इंडिया गेट परिसर में शाम ढलने पर तुम अक्सर दिख जाती थी। आज तो तुम वहाँ भी नजर नहीं आती।

मेरी भोली गौरैया। तुम्हारे संगी-साथी भी कहाँ दिखते हैं अब। मैना जो तुम्हारे संग डोला करती थी, वह भूले-भटके नजर तो आती है, मगर कोई गीत नहीं सुनाती। वन्य प्रेमियों ने बताया है कि तुम कीटनाशकों के बढ़ते इस्तेमाल से डर गई हो। फ्लैटों और उसके आसपास कीड़े-मकोड़े मर तो जाएँगे, पर भला तुम खाओगी क्या? दो जून की रोटी तो सभी को चाहिए, लेकिन हम शहरियों ने वह भी छीन लिया है तुमसे।

मगर इसका मतलब यह कतई नहीं कि तुम्हारी चिंता कोई नहीं कर रहा। ऐसे कई भलेमानस हैं जो तुम्हारे लिए दाना-पानी से लेकर घरौंदे तक की चिंता करते हैं। मगर तुम हो कि आती ही नहीं। तुम्हारी तरह और भी कई चिड़िया हैं, जिनकी संख्या घटने की बात सामने आई है। यूरोपीय देशों में आम पाए जाने वाले स्काईलार्क और डव की हालत भी तुम्हारी तरह ही है। उनका भी बसेरा उजड़ गया है। अब किस-किस का नाम लूँ। ब्राजील की स्पिक्स, मकाव और हवाई द्वीप का पू उली, कोई तो नहीं बचा।

देखो न गौरैया, मैं इस समय मेट्रो में सफर कर रहा हूँ, मगर सीमेंट के जंगलों से ऊपर मुझे एक भी चिड़िया उड़ती नहीं दिख रही। तुम्हारे भाई तोते महाराज भी नहीं दिखते कभी। उनकी मीठी बोली सुनने के लिए कान तरस गए हैं। मुश्किल हजार सही, लेकिन तुम जानती हो कि मनुष्यों से तुम्हारा सदियों पुराना नाता है। हमसे यों दूर न जाओ। फिर से चली आओ। हर बार की तरह इस बार भी मिट्टी के बर्तन में तुम्हारे लिए पानी रखूंगा। और अलग से दाना भी। तुम आओगी ना...? मेरे घर में कहीं भी जगह मिल जाए, तुम अपना घरौंदा बना लेना।

...अच्छा हम चलते हैं। मेरा ऑफिस आ गया है। मगर तुम आना जरूर। मैं तुम्हारा इंतजार करूंगा गौरैया।

(1 अप्रैल, 2017, दोपहर 3 बजे)

9. दिल चुरा के देखो

महीने के आखिरी हफ्ते में बटुआ अक्सर मेरा मुँह चिढ़ाने लगता है। कितना भी जतन कर लूँ, पहली तारीख को जो बटुआ सेहतमंद दिखता है, वह पंद्रह तारीख के बाद मॉडलों की तरह 'जीरो साइज' में पहुँच जाता है। यह बात मैं इसलिए कह रहा हूँ कि आज जब मैं हड़बड़ी में दफ्तर के लिए निकला तो यह देखना भूल गया कि बटुए में रुपए हैं भी या नहीं। मेट्रो स्टेशन पहुँचा तो इसका खयाल आया। देखा...पर्स तो एकदम खाली है। यह पहली बार है जब बाहर निकला हूँ और जेब में एक रुपया भी नहीं है। गनीमत है कि स्मार्ट कार्ड सलामत है। फिलहाल वापस लौटने का मेरा इरादा नहीं। क्योंकि इस यात्रा में आप मेरे साथ हैं।

प्लेटफार्म पर पहुँच गया हूँ। हमेशा की तरह मुझे लास्ट कोच का इंतजार है। सोच रहा हूँ रास्ते में मेट्रो दगा दे गई तो? फिर क्या करूंगा।. ..पर नहीं। मेट्रो इठलाती हुई चली आ रही हैं। वह अमूमन दगा नहीं देती। दगा तो लोग देते हैं या फिर मेरा बटुआ। आपका बटुआ मेट्रो या बस में भले सुरक्षित रह जाए मगर घर में सलामत रहेगा, इसकी कोई गारंटी नहीं। शाम को बटुए में रखे नोट अगली सुबह गिनती में कम मिलते हैं, तो घुमा-फिरा कर कहता हूँ कि भाई न जाने किसी नजर लगी है। कौन बवाल काटे छोटी-सी बात पर।

...तो चलिए राजीव चौक तक के लिए मुझे मेट्रो मिल गई है। अब क्या चिंता। लाखों रुपए की लागत से बने इस कोच की आखिरी सीट पर बैठा हूँ और पल्ले में एक रुपल्ली भी नहीं। फिलहाल तो मन में यही सवाल है कि मेरे बटुए से रुपए उड़ाए किसने? यों हाथ की सफाई

दिखाने वालों को कौन समझाए कि किसी चीज को बिना पूछे उठा लेना चोरी है। ठीक वैसे ही जैसे तरकारी खरीदने के लिए श्रीमतीजी आपके बटुए से आपसे पूछे बिना रुपए निकाल लें और फिर खुश होकर बताए कि आज मैं तुम्हारी पसंद की लौकी का कोफ्ता बना रही हूँ। तब सब्जी भले ही बहुत अच्छी बनी हो, मगर आपके मुँह का स्वाद दिन भर बिगड़ा ही रहेगा। चोरी का यह नमकीन रूप है।

अभी मैंने फेसबुक चलाया तो मालूम हुआ कि हमारे एक शायर मित्र की गज़ल किसी ने चुरा कर अपने नाम से आपनी वॉल पर चिपका दी है। वहीं हमारे एक वरिष्ठ साथी पत्रकार ने बताया है कि उनका लिखा एक कंटेट भी किसी ने उड़ा लिया है। गजब। समाज के बदलते चरित्र में चोरी के भी इतने रूप बदले हैं कि इन्हें परिभाषित करना मुश्किल है। अगर कालिदास की उपमा चुराई जाए, तो यह दुर्गम समुद्र को एक डोंगी में पार करने जैसा है। जैसे मैं खाली बटुए के साथ मेट्रो से यही कोई तीस किलोमीटर पार कर जाऊँगा। मगर किसी को आभास नहीं होने दूँगा कि इस वक्त मैं दो कौड़ी का भी आदमी नहीं हूँ।

मुझे लगता है कि चोरी की प्रवृत्ति जिंदगी की शुरुआत के साथ पैदा हो गई होगी। ऋग्वैदिक समाज में भी, जो कि अपेक्षाकृत समतावादी था, चोरियाँ होती थीं। तब से लेकर आज तक चौर्यकला ने पलट कर नहीं देखा। अब तो चोर एक से बढ़ कर एक कीर्तिमान बना रहे हैं। क्या किसी ने सोचा था कि चोरी-छिपे की गई नशीले पदार्थों की तस्करी भी इस तरह होगी कि डॉक्टरों को पेट का अल्ट्रासाउंड करना पड़ेगा?

आप किसी भी काल का इतिहास उठा लीजिए, उसमें चोरी के उदाहरण मिलेंगे। महाकवि भास तो चोरी को कला और विद्या का ही दर्जा देते हैं। वे सेंध लगाने की विविध विधियों का ऐसा वर्णन करते हैं कि मान लेना पड़ता है कि चोर कलाकार भी होते हैं। सामुद्रिक चोरों के किस्से कौन नहीं जानता। अब तो इनके कारनाने अखबारों में पहले पन्ने पर छापने पड़ रहे हैं...। मेट्रो में अभी उद्घोषणा हुई है- अगला स्टेशन राजीव चौक है।

...अब मैं नोएडा सिटी सेंटर की मेट्रो में सवार होने के लिए सीढ़ियाँ चढ़ रहा हूँ। मेरे कदमों में आज वह बात नहीं है। मगर हौसला बरकरार

है, क्योंकि आप मेरे साथ हैं। आज भीड़ नहीं है। थोड़ी देर इंतजार के बाद नोएडा की मेट्रो मिल गई है। यों भी लास्ट कोच में मुझे अक्सर सीट मिल जाती है। मैं आपसे बात जारी रख सकता हूँ।

...तो मैं बता रहा था कि प्राचीन और मध्यकालीन साहित्य, चोरों के कारनामों से भरा पड़ा है। मगर एक आदर्श काल वह भी था जब घर के दरवाजे खुले छोड़ दिए जाते थे। बटुआ क्या चीज है! घर लौटने पर सब जस का जस मिलता था। अब स्थिति उलट है। चोरियाँ भी 'सुसंस्कृत' होने लगी हैं।

चोरी का एक और रूप है, जिसके बारे में हमारे क्राइम रिपोर्टर बताते हैं। वह यह कि चोरी आपसे छिपा कर नहीं, बल्कि बंदूक दिखा कर की जाए, तो वह डकैती कही जाती है। मोटी रकम की चोरियाँ अनायास इसी श्रेणी में आती हैं। एक समय था जब कुछ सुंदरियाँ इस क्षेत्र में उतर आई थीं। यों सुंदरियाँ जब चाहें किसी का दिल चुरा लें, ये उनकी अदा है। सच कहूँ, तो जीवन में ऐसे कम ही इंसान मिलते हैं जो अपने अच्छे व्यवहार से दिल चुरा लेते हों। क्या आपने कभी चुराया है किसी का दिल–अपनी ईमानदारी से, अपनी प्रतिबद्धता से, अपनी सच्चाई से।

चलिए, जाने दीजिए। इस पर इतना कौन सोचता है। मगर मैं इस नतीजे पर पहुँच गया हूँ कि चोरी हमारे जीवन का हिस्सा है। वैसे चोरों को धन्यवाद देना चाहिए। क्योंकि वे हमें सदा जागते रहने की प्रेरणा देते हैं। यों तो बरसों तक बस में यात्रा करने के बाद मेट्रो में भी मैं कभी झपकी नहीं लेता। क्या पता किस भेस में चोर मिल जाए। और कुछ नहीं तो मोबाइल ही चुरा ले? देखिए न जेब खाली है, फिर भी कोच में एसी की ठंडी हवा में भी झपकी नहीं ले रहा, तो इसकी वजह साफ है।

अब मैं चौर्य –कथा समाप्त करता हूँ। मेरा स्टेशन आने ही वाला है। न्यू अशोक नगर उतर रहा हूँ। आज पैदल ही दफ्तर जाना होगा। सीढ़ियों से उतर रहा हूँ। उस रिक्शेवाले ने मुझे दूर से देख लिया है, जो मुझे रोज आाफिस के गेट तक लेकर जाता है। आगे बढ़ कर वह आवाज लगा रहा है– 'आइए सर बैठिए।' मैं संकोच में हूँ। रिक्शे पर बैठूं या न बैठूं? मुझे ठिठके देख कर वह बोला– 'क्या हुआ बाबू, आज दफ्तर नहीं जाना क्या?' '...जाना तो है मगर भाई, आज तुम्हें देने के लिए पैसे नहीं है।'

मैंने उसे पर्स दिखाते हुए कहा। मेरा बटुआ देख कर वह ठठा कर हंस पड़ा और बोला- 'मुझ गरीब से मजाक करते हो बाबू।' मैंने कहा-'नहीं भाई, आज सच में किसी ने रुपए निकाल लिए। ले चलोगे ऑफिस तक?' इस पर उसका जवाब था- 'मैं आपको आज बिना पैसे के ले चलूँगा। और इसका किराया भी कल नहीं माँगूँगा। अब बैठिए भी।'

उसकी बात सुन कर रिक्शे में बैठ गया हूँ। दिल तो बहुत लोग चुराते हैं, लेकिन वक्त पर जो साथ बना रहे, वह चोर सच में प्यारा होता है जैसे कि यह रिक्शेवाला...। सच में इसने मेरा दिल चुरा लिया है। हमें जीवन में ऐसा ही चोर बनना चाहिए। आप किसी का दिल जरूर चुराएँ मगर गाढ़े वक्त में उसका साथ न छोड़ें।

मैं ऑफिस की तरफ चल पड़ा हूँ। रिक्शेवाले के मोबाइल पर अभी एक गीत बज रहा है-

'किसी की मुस्कुराहटों पे हो निसार,
किसी का दर्द मिल सके तो ले उधार
किसी के वास्ते हो तेरे दिल में प्यार
जीना इसी का नाम है...।

10. नजरों का मोहब्बतनामा

आज मेट्रो में भीड़ की वजह से सीट नहीं मिली है। तो ऐसी हालत में हमेशा की तरह गेट के किनारे खड़ा हो गया हूँ। हर स्टेशन पर यात्री ऐसे घुस रहे हैं, जैसे अगली मेट्रो कभी आएगी ही नहीं। मेरी हालत यह है कि मैं कभी अपने आाफिस बैग को संभालता हूँ, तो कभी चश्मे को। इस धक्का-मुक्की में कहीं यह टूट न जाए, यह चिंता सताने लगी है। लास्ट कोच का यह हाल देख कर मुझे ब्लूलाइन वाला दौर याद आ गया है, जब एक दिन यात्रियों से ठसाठस भरी बस में मेरा चश्मा गिर कर टूट गया था। तब मैं गिरते-पड़ते किसी तरह घर लौटा था। सच में दूर की नजर कमजोर हो, तो आदमी कुछ नहीं कर पाता, चाहे वह जीवन का मसला हो या भविष्य का।

सैकड़ों यात्रियों को लादे हुए यह मेट्रो अभी विश्वविद्यालय स्टेशन पहुँची है। भीड़ के चक्रव्यूह को भेदते हुए कॉलेज के लड़के-लड़कियों ने भी अपनी जगह बना ली है। पढ़ाई के बोझ में दबे और भविष्य की चिंता में डूबे ज्यादातर युवा चश्मा पहने दिख रहे हैं। ये फैशनेबल भी हैं और पारंपरिक भी। अगले स्टेशन पर यात्रियों का फिर दबाव बढ़ा है। धक्का-मुक्की में एक छात्रा का चश्मा गिर पड़ा है। इस भीड़ में भी नजरों से नजर मिला कर बात कर रहा उसका मित्र भी उसे नहीं संभाल पाया। चश्मा जिस भी यात्री के पैर के नीचे गया होगा, वह साबुत तो नहीं ही बचा होगा।

लड़की को उसके दोस्त में सहारा दे रखा है। वह लगभग चीखते हुए बोली- ओ माई गॉड। अब मैं घर कैसे जाऊँगी। चश्मे के बिना मुझे साफ

दिखता भी नहीं। दोस्त ने उसे दिलासा दिया- चिंता न करो। मैं तुम्हें घर पहुँचा दूँगा। तुम नया चश्मा बनवा लेना। लड़की रुंआसा हो उठी है। हालांकि वह बिना चश्मे में कहीं अधिक सुंदर दिख रही है। सच कहूँ, तो चश्मा अच्छे-भले दिखने वालों का चेहरा बेढब कर देता है, तो किसी पर चार चाँद भी लगा देता है। उम्र बढ़ने के साथ धुंधला दिखने की पीड़ा झेल रहे लोगों के लिए यह बेशक मजबूरी है, मगर वक्त ने इसे फैशन स्टेटमेंट की तरह किस तरह बदल दिया है, यह दिलचस्प है।

बात कोई बीस साल से ज्यादा पुरानी है। एमफिल की पढ़ाई अधबीच में छोड़ मैं अखबार की नौकरी में लगा था। माइक्रोसॉफ्ट में अभी बड़े ओहदे पर काम कर रहे मेरे अनन्य मित्र बालेंदु दाधीच उन दिनों साथ ही थे। एक दिन उन्होंने कहा- यार नजर का नया चश्मा बनवाना है। तुम भी साथ चलो। कॉलेज के दिनों का बनवाया मेरा चश्मा भी पुराना पड़ चुका था। तो उनके साथ मैं चला गया। गर्मियों के वे दिन थे। चश्मा बनवा कर जब दफ्तर लौटे, तो हमारे चश्मे के ग्लास पारदर्शी होने के बजाय डार्क नजर आ रहे थे। दफ्तर के साथियों ने पूछा भी कि ये क्या चश्मा बनवा कर ले आए? इस पर मेरे मित्र ने जवाब दिया- कुछ खास नहीं। यह धूप में डार्क और छाया में नार्मल हो जाता है। तब इस तरह के चश्मे का चलन शुरू ही हुआ था।

तब तक मुझे यह अहसास हो चला था कि जो बात हम नजरों से कह सकते हैं, उसमें निगोड़ा चश्मा आड़े आ जाता है। वैसे भी कोई आपको देखता है, तो सबसे पहले उसकी निगाह चश्मे पर ही जाती है। जूते और कमीज-पतलून का नंबर तो बाद में ही आता है। जाहिर है, यह अब मेकअप, आभूषण और ब्रांडेड कपड़े से भी अहम है। तो, हम उन दिनों चश्मे का ज्यादा खयाल रखने लगे थे। दोनों मित्र ये भी सोचते कि काश कार के शीशे की तरह चश्मे पर वाइपर भी लगा, होता तो कितना अच्छा होता। बारिश के दिनों में आराम हो जाता।

मेट्रो अपने गंतव्य की ओर बढ़ रही है। यात्रियों की भीड़ के बीच लड़की को उसका मित्र उसे बार-बार समझा रहा है।...ये चश्मा हम जैसे लोगों के लिए किसी बुजुर्ग की लाठी की तरह है। इसके बिना चार कदम भी चला नहीं जाता। एक जमाना था, जब लोग चश्मा बनवाते थे, तो

पास-पड़ोस या घर-दफ्तर में इस बात पर दुख जताया जाता था कि अच्छे-भले आदमी की नजर कमजोर हो गई है। बेचारे को चश्मा लग गया है। जैसे कोई रोग लग गया हो। तब चश्मा पहनने वाले औरों से अलग दिखते। और बंदे को भी इस बात का अहसास रहता। मगर जब डॉक्टर लोग बताते हैं कि जीवन शैली बदलने, खानपान में बदपरहेजी और भागदौड़ की जिंदगी में बढ़ते तनाव का असर आँखों पर भी पड़ता है, तब असल बात समझ में आती है। आज पास-पड़ोस से लेकर दफ्तर और बसों व मेट्रो में हर दूसरा तीसरा आदमी चश्मा लगाए दिखता है, तो मुझे आश्चर्य नहीं होता क्योंकि चश्मा तो मैं भी लगाता हूँ।

सफर के दौरान अक्सर कुछ लोग रंगीन चश्मा लगाए दिखते हैं, ठीक वैसे ही जैसे फिल्मों में हीरो लोग कभी-कभार दिख जाते हैं। सोचता हूँ, काश कि हम भी ऐसा कर पाते। मगर यह मुमकिन नहीं। खासतौर से जिनकी नजर कमजोर हो चुकी है। माफ कीजिएगा रंगीन चश्मे पहनने वाले ये भद्र पुरुष वो लोग हैं, जिनकी नजरें न जाने कहाँ-कहाँ गड़ी होती हैं। कहीं पे निगाहें, कहीं पे निशाना।

मेरे खयाल से इस लड़की को कतई परेशान नहीं होना चाहिए। क्योंकि उसका दोस्त उसके साथ है। वह चश्मे के किसी भी शोरूम में जाएगी तो अपना पुराना फ्रेम भूल जाएगी। एक से बढ़ कर एक फ्रेम देख कर उसका दोस्त भी मचल जाएगा। नजर छोड़िए, उसका नजरिया भी बदल जाएगा। आज जिन्हें चश्मे की जरूरत नहीं, वे भी नए स्टाइल के चश्मे पहन रहे हैं। अब बोल्ड लुक के रंगीन फ्रेम वले चश्मे पहने मित्र-सहयोगी और सहयात्री दिख जाते हैं। याद कीजिए दादाजी और नानाजी के मोटे फ्रेम वाले चश्मे। जिन्हें हम लोग हाल के बरसों तक पसंद नहीं करते थे। अब ये फिर से लोकप्रिय हो गए हैं। मेरा यह चश्मा पुराण आपको शायद इसलिए न अखरे, क्योंकि आप में से ज्यादातर चश्मा पहनते हैं। आप समझ सकते हैं कमजोर होती नजर और चश्मे की अहमियत।

राजीव चौक पर भीड़ छंट गई है। वह लड़की अपने दोस्त के साथ स्टेशन पर उतर गई है। कोच से मैं भी बाहर आ गया हूँ। उन्हे मैं जाते हुए देख रहा हूँ। अंग्रेजी के कवि विलियम वड्र्सवर्थ ने लिखा है- पारखी

नजर से जब कोई किसी चीज को देखता है, तो इसमें छिपी ऐसी बहुत-सी चीजें भी नजर आ जाती हैं, जो आमतौर पर नहीं दिखाई देतीं। उन्होंने सही कहा। ये पारखी नजर प्रेमी की हो, तो वह प्रेयसी की आँखों में झील भी देखने लगता है। और अक्सर उसमें कूदने के लिए वह मचलता भी रहता है। सोचिए, अगर उसे मेरी तरह चश्मा लग गया है, तो भला क्या कूदेगा उस झील में, जहाँ नायिका उसके भावों की गहराई नापती हुई खुद भी डूबती-उतराती है।

बहुत मुश्किल कर दी है इस बजरबट्टू ने। तभी तो फिल्म गुड्डी में जया भादुड़ी को ये कहना पड़ा था- बैरन चश्मा बीच में आए दूरी मिटे कैसे.....रूठे-रूठे पिया मनाऊँ कैसे...। यानी रूठे पिया को मनाने में भी चश्मा सौतन बन जाता है। बहुत बारीक-सी बात है, पर समझेंगी वही, जो इस प्यारी-सी मुश्किल से गुजर रही होंगी।

चलिए, बातों ही बातों में मुझे नोएडा वाली मेट्रो मिल गई है। युवा यात्रियों के कारण इस लास्ट कोच में उल्लास है। एक मस्ती है। ज्यादातर युवाओं ने बेशक चश्मे पहन रखे हैं, लेकिन शीशे के आर-पार होती उनकी नजरें आने वाले कल पर है। वे नए भविष्य को गढ़ रही हैं। इस चश्मे ने कितना कुछ बदल दिया है- आपका चेहरा, आपका व्यक्तित्व, और आपका अंदाज, सभी कुछ।

ये सब सोचते हुए मैंने अनायास ही अपना चश्मा उतार लिया है और रूमाल से पोंछ कर फिर से पहन रहा हूँ। अब मुझे पहले से भी कहीं अधिक सब साफ दिख रहा है। सच में चश्मा भी यही चाहता है कि आप उसका ध्यान रखें जैसे आप कार से लेकर अपने कपड़े तक की देखभाल करते हैं। मगर हममें से कितने लोग ऐसा कर पाते हैं? खैर...बगल में बैठे बुजुर्ग जेब में रखे मोबाइल से हेमंत दा का पुराना गीत सुन रहे हैं-

जरा नजरों से कह दो जी
निशाना चूक न जाए...

इसे सुनते हुए मैं मुस्कुराए बिना नही रह पा रहा। आप भी थोड़ा मुस्कुरा दीजिए।

11. सुनो न माँ...

आज मदर्स डे ही तो था, जब माँ चित्रों में उतर आई थी। बेटी ने कार्ड पर लाल रंग के फूल बनाए थे। साथ में लिखी थीं कविता की चंद पंक्तियाँ। उस माँ के लिए जो अपना खयाल नहीं रखती, मगर बच्चों की चिंता में घुली जाती है। वक्त के साथ उसकी भूमिका बदली है। फिर भी वह अपने बच्चों के आज भी करीब है। अब तो माँ शब्द के साथ सुपर भी जुड़ चुका है।

मेट्रो में प्रायः मुझे सुपर मॉम दिख जाती हैं। बेटियों को दुलारती हुई। बेटों को प्यार से डांटती हुई। शिशु को थपकियाँ देकर सुलाती हुई। तो आज दो बच्चियाँ लास्ट कोच में अपनी माँ के साथ दिखीं। मदर्स डे पर कुछ रंग-बिरंगे कार्ड और चंद फूलों के गुच्छे के साथ। माँ उन दोनों पर अपना प्यार बरसा रही थी। कभी उनके बालों को सहला देती, तो कभी कंधे पर अपने कोमल हाथ रख कर मानो स्नेह-अमृत भर देती।

दोनों बच्चियाँ...मम्मी देखो न-मम्मी सुनो न, कह कर कभी कार्ड दिखा रही हैं, तो कभी अपनी कोई फरमाइश रख रही हैं। सच कहूँ, तो माँ शब्द कहते-सुनते दिल में शहद घुल जाता है। एक वही तो है जो पूरी जिंदगी अपने परिवार और बच्चों के लिए समर्पित कर देती है। वह उंगली पकड़ कर जिन बच्चों को चलना सिखाती है, एक दिन वही उसे अकेला छोड़ कर चल देते हैं अपनी राह। माँ बहुत दूर पीछे छूट जाती है। एकदम अकेली रह जाती है।

उम्र के अंतिम पड़ाव पर हर माँ बेचैन है। उसकी हड्डियाँ कमजोर पड़ रही हैं। जिंदगी भर के संघर्ष ने झुर्रियों के रूप में दस्तक दे दी है।

आँखों की रोशनी बुझ रही है। फिर भी वहाँ एक नूर है। आज सुबह यह नूर माँ की आँखों में तलाश रहा था, तो वह कहने लगी-'बेटा कुछ दिनों से धुंधला दिखने लगा है। तुम्हारा चेहरा साफ नहीं दिखाई देता।' मेरा वही चेहरा जिस पर खुशी की एक झलक देख कर उसकी आँखों में एक नई चमक आ जाती थी। मेरे लिए सूजी का हलवा और स्वादिष्ट खीर पकाती थी।...तो क्या वहाँ सूरज नहीं उगता? क्या वहाँ हमेशा के लिए सांझ ठहर गई है?

डॉक्टर ने माँ को देख लिया है। कुछ जांच के बाद दवाइयाँ भी लिख दी हैं। वह ठीक हो जाएगी। उसे बता भी दिया है। फिर भी चिंता में डूबी है। मैं माँ के चेहरे को पढ़ रहा हूँ। उसकी उदासी साफ दिख रही है। मैं उसकी बेचैनियों की गठरी लादे आज दफ्तर के लिए निकल पड़ा हूँ। मई की तपती दुपहर में प्लेटफार्म पर खड़ा हूँ, मगर लगता है माँ की डबडबाई आँखों में भीग रहा हूँ। सच में माँ की छाया कितनी शीतल होती है। उसका अहसास ही काफी है। हुडा सिटी सेंटर जाने वाली मेट्रो के आने के घोषणा हो चुकी है। मैं हमेशा की तरह उस जगह खड़ा हूँ, जहाँ आखिरी डिब्बा लगेगा।

मेट्रो आ गई है। कोच में मुझे सीट मिल गई है। मॉडल टाउन आने पर कई और यात्री आ गए हैं। गुरुतेग बहादुर स्टेशन पर एक वृद्धा अपने बेटे के साथ कोच में सवार हुई है। कोई सीट खाली नहीं। लोग महिला सीट तो खाली कर देते हैं, लेकिन बाकी सीटों पर पसरे यात्री आँखें मूंदे बैठे रहते हैं। एक माँ को सामने देख कर सीट से खड़ा हो गया हूँ। सिर को आंचल से ढके दुबली काया वाली यह महिला सकुचाते हुए बैठ गई है। चेहरे पर मोटे फ्रेम का चश्मा और झुर्रियाँ बता रही हैं कि वह सत्तर साल से कम न होगी। मेरे बगल में उसका अधेड़ बेटा खड़ा है। वह माँ को अक्षरधाम घुमाने निकला है। उनकी बातों से तो यही लगा। बेटा बता रहा है कि माँ घंटे भर में मंदिर पहुँच जाएँगे। मंदिर दर्शन से पहले माँ जितनी खुश दिख रही है, बेटा उतना ही अनमना।

...कोच में भीड़ बढ़ने लगी है। कश्मीरी गेट स्टेशन पर यात्रियों की धक्का-मुक्की ने मेरी मुश्किल बढ़ा दी है। इसी बीच वृद्धा का बेटा जिस तेजी से स्टेशन पर उतर कर गुम हो गया है, इसे देख कर में हैरत में हूँ।

दूसरी ओर इस माँ के लिए चिंता हो रही है, जो सिर झुकाए बैठी है। मेरे अगल-बगल कई दूसरे यात्री खड़े हो गए हैं। तभी बेटे को सामने न पाकर माँ घबरा गई है। गेट बंद होने के साथ मेट्रो ने जैसे ही रफ्तार पकड़ी माँ चिल्ला उठी है-'...राजू.....ऐ राजू, कहाँ गया रे तू? अरे बेटा कहाँ है रे...।' मैं जानता हूँ उसका बेटा अब कोच में नहीं है। ऐसा उसने क्यों किया? यह तो पक्का है कि माँ को वह मेट्रो में बैठा कर जानबूझ कर उतरा है। क्या वह बूढ़ी माँ से मुक्ति चाहता था, जो उसकी जन्मदाता है और जिसकी उंगली पकड़ कर उसने कभी चलना सीखा होगा।

...चावड़ी बाजार तक बेटे ने पलट कर कोई जवाब नहीं दिया है। देगा भी कहाँ से? मैंने जब सह-यात्रियों को बताया कि इन माताजी का बेटा तो कश्मीरी गेट पर ही उतर गया था, तो लोग तरह-तरह की बातें करने लगे। मंदिर घुमाने का बहाना कर माँ को अकेला छोड़ कर गायब हो गए कलयुगी बेटे को सभी कोसने लगे। यात्रियों की बातें सुन कर माँ की रुलाई फूट पड़ी है। उसके करुण क्रंदन से मेरा तो कलेजा ही फटा जा रहा है। कई महिला यात्री रोती-बिलखती माँ को दिलासा दे रही हैं। मेरी तो राय है कि मेट्रो कर्मचारियों की सहायता से इसे पुलिस बूथ तक पहुँचा दिया जाए। सह-यात्रियों से यह बात कही, तो सभी ने सहमति जताई।

राजीव चौक आ गया है। मैंने अन्य यात्रियों की मदद से माँ को स्टेशन पर उतार लिया है। भीड़ छंटने पर हमने इसे कोने में बैठा दिया है। मैंने उससे पूछा-मांजी आप कहाँ रहती हैं? तो उसका जवाब था- 'बेटा आदर्शनगर पर मकान नंबर हमका नए मालूम।' मेरा दूसरा सवाल था- 'बेटे का मोबाइल नंबर मालूम है?' उसका जवाब था, 'हम अनपढ़ औरत, का जानी...मकान नंबर और मोबाइल नंबर? आज सुबह बहू से झगड़ा होएल रहे तो बिटवा बोलल, चल अम्मा आज तोहरा के अक्षरधाम घुमाय देत हैं। फिर दुकान पर चल जाइब।...देख त.. इ विधवा माई के छोड़ कर चल गईल...।' अम्मा जिस तरह अपने दुख-दर्द की परतें खोल रही हैं, हम यात्रियों के दिलों पर नश्तर चल रहा है। आँखें नम हो रही हैं।

मेट्रो के एक सुरक्षा कर्मचारी ने असहाय माँ को रोते-बिलखते देखा

तो मदद के लिए आगे आ गया है। सारी बात जाने के बाद बोला–आप लोग जाइए, माताजी को पुलिस बूथ तक पहुँचा देते हैं। पुलिस इन्हें घर तक पहुँचा देगी। कर्मचारी की बात से हमें तसल्ली मिली। अम्मा को राजीव चौक उतारने वाले यात्री अपनी–अपनी मंजिल की ओर बढ़ चले। मैंने माँ से कहा–अम्मा आप चिंता न करो। ये लोग आप को घर तक पहुँचा देंगे।...और ये कुछ रुपए रख लो काम आएँगे। मैंने जेब से दो सौ रुपए निकाल कर उसकी मुट्ठी में दबा दिए।...सुरक्षा कर्मचारी उसे अपने साथ ले जा रहा है। भरोसा है कि पुलिसकर्मी उसे घर तक पहुँचा देंगे।

मैं अपनी दूसरी मंजिल की ओर बढ़ रहा हूँ। सोच रहा हूँ कि जिंदगी की भागदौड़ में अगर हम किसी को भूले हैं, तो वो है–मां। उसके हाथों का बना खाना और उसकी प्यारी सी मनुहार। भूल गए उस बात को जब घर से निकलते समय कहती थी–बेटा घर जल्दी आ जाना। और हम में से ही कोई निष्ठुर बेटा होता है जो उसी माँ को घर से निकालने के लिए मथुरा–वृंदावन या फिर अक्षरधाम का बहाना बना लेता है।

नोएडा जाने के लिए प्लेटफार्म पर खड़ा हूँ। देख रहा हूँ कि एक युवा महिला अपने पांच–छह साल के बच्चे को उंगली पकड़े ले जा रही है। बच्चे ने भी माँ का हाथ कस कर थाम रखा है। एक यह भी पल है। कल क्या पता यही बच्चा अपनी माँ को इसी प्लेटफार्म पर छोड़ कर भीड़ में गुम हो जाए। जैसे कि वह निर्दयी बेटा अपनी बूढ़ी माँ को यहाँ छोड़ कर चलता बना।...अभी मुझे अपनी माँ की याद आ रही है, जो मेरे चेहरे की साफ झलक भर देख लेना चाहती है। मेरी आँखें नम हो उठी हैं। झिलमिलाती नजरों से माँ का मुस्कुराता हुआ चेहरा दिख रहा है। शब्द सूझ नहीं रहे।

(14 मई, 2017)

12. हाफ गर्लफ्रेंड

राजीव चौक से वह मेरे साथ ही आखिरी डिब्बे में सवार हुई है। जिस तरह बार-बार अपने चेहरे को पोंछ रही है, उससे लगता है कि वह काफी दूर से और कई काम निपटा कर आई है। रूमाल से वह अपने होठों को रगड़ कर सुर्ख लाल कर चुकी थी। उसकी डबडबाई आँखें बहुत कुछ कह रही हैं। वह बहुत दुखी है और गुस्से में भी। उसके स्मार्टफोन पर एक नंबर बार-बार चमकता है, जिसे देख कर बेचैन हो उठती है, लेकिन उस कॉल को वह हर बार काट दे रही है।...मगर क्यों?

हाँ, वो किसी की गर्लफ्रेंड ही रही होगी। संयोग से मेरे बगल की सीट उसे मिल गई है। मुझे चेतन भगत के उपन्यास की नायिका रिया सोमानी की याद आ रही है, जब वह माधव से नाराज होकर कार से घर लौट रही होती है। वही अबूझ दर्द जो अक्सर जाने-अनजाने हो गए प्रेम में अक्सर मिलता है। मुझे नहीं मालूम इस लड़की का नाम, लेकिन इसे देख कर कह सकता हूँ कि यह भीतर से पूरी तरह बिखरी हुई है। एक फितरत है कि जब अंदर से आप बिखरें हों तो बाहर से आप खुद को संवारने की शिद्दत से कोशिश करते हैं। यों वह काली कमीज और नीली जींस में खूब फब रही है।

कभी वह बैग को संभालती है, तो कभी अपनी किताबों को। बार-बार आ रही कॉल से खिन्न तो नहीं हो रही, मगर ऐसा लग रहा कि वह अपने 'माधव' से बहुत नाराज है। यानी फिर एक रिया और एक माधव के रिश्तों का टकराव चल रहा है। उसकी कजरारी आँखों से बार-बार आँसू छलक जा रहे हैं, जिन्हें वह अपनी पान-पत्र सी हथेलियों

से पोंछ कर यों देखती जैसे कि कुछ हुआ ही न हो। वह मेट्रो के डेस्टिनेशन पैनल पर नजरें गड़ा कर न जाने क्या सोच रही है। उसकी खोई-खोई सी निगाहें उसकी उदासी बयान कर देती हैं।

हाँ, वो गर्लफ्रेंड ही रही होगी।...बार-बार आ रही कॉल से झुंझला कर उसने अब मोबाइल का स्वीच ऑफ कर दिया है। वह आँखें बंद कर सहज होने की कोशिश कर रही है। मगर कितनी सहज है, वह बेहतर जानती होगी। प्रेम भी एक विचित्र मनोभाव है। दिमाग कुछ कहता है, तो दिल कुछ और।...आश्चर्य! कुछ पल बाद ही यह लड़की मोबाइल का स्वीच ऑन कर रही है। उसने स्क्रीन को ध्यान से देखा। मुझे यकीन है कि उसका मित्र दर्जन भर कॉल कर चुका होगा। सच में प्रेम में उलझा इनसान वही करता है, जो उसका दिल कहता है। लड़की ने पलट कर कॉल किया है। उधर से धीमी सी आवाज जो मुझे भी सुनाई पड़ रही है- यार...सॉरी, आई एम रियली सॉरी। लड़की का जवाब है- क्या है? इन सब बातों में कुछ नहीं रखा है। बाद में बात करना। नहीं करनी अभी कोई बात।

पक्की बात है। वह उसकी गर्लफ्रेंड ही रही होगी। 'माधव' अपनी दलीलें दिए जा रहा है। लड़की उसकी बातें खामोशी से सुन रही है। उसने तय कर लिया है कि वह कोई जवाब नहीं देगी। दो ही शब्द हैं उसके थरथराते हुए होठों पर- 'हाँ...हूँ।' बस और कुछ नहीं। एक अजीब सी संवादहीनता है दोनों के बीच। शब्दों का सन्नाटा है। यह लड़की छलछलाती आँखों से जिस तरह नजरें चुरा रही है, उसे मैंने भांप लिया है। अगर मैं इसका परिचित होता और इस वक्त दिलासा देता, तो अभी आँसुओं की झड़ी लग जाती। उसने जिस तरह खुद को संभाला हुआ है, उससे लगता नहीं कि उसके मन का बाँध टूटेगा। यह तो रिया सोमानी की तरह ही है एकदम जिंदादिल, जो 'माधव' से दूर होने के लिए इतनी कठोर हो जाती है कि वह विदेश चली जाती है।

हाँ, वो गर्लफ्रेंड ही रही होगी। तभी तो अपने 'माधव' की बातें सुने जा रही है। उधर से आवाज है- कुछ तो बोलो। मगर इधर की खामोशी ने इस लड़की के चेहरे को भावहीन बना दिया है। उसके गुलाबी होठों पर शब्द उड़ान नहीं भरते। अब कुछ भी कहना मुश्किल है। ईश्वर ने

स्त्री-पुरुष संबंध को इतना जटिल क्यों बनाया है? स्त्रियों में जितना धैर्य होता है, पुरुषों में उसका दसवां हिस्सा भी होता तो यह दुनिया कहीं अधिक खूबसूरत होती। ये बेसब्री ही तो है, जो पुरुषों के भीतर 'मनुष्य' तक को मार डालती है। 'माधव' को ही लीजिए, वह अपनी सुनाए जा रहा है, लेकिन इस लड़की की खामोशी को नहीं पढ़ रहा। प्रेम का यह ढाई आखर लोग क्यों नहीं पढ़ पाते?

लड़की ने उसकी बातों से उकता कर एक बार फिर कॉल काट दिया है। वह बैग से कैडबरी चॉकलेट निकाल कर खाना चाहती है। वह पैकेट खोलने से सकुचा रही है। उसे हाथ में लिए कुछ पल सोचती रही। शायद इसे 'माधव' ने दिया होगा? आखिर लड़कों से लड़कियाँ क्या चाहती हैं? लड़के उन्हें खुश करने के लिए क्या-क्या जतन नहीं करते। शॉपिंग मॉल से लेकर मल्टीप्लेक्स तक के चक्कर लगाते हैं। फिर भी लड़के समझ नहीं पाते कि उनकी पसंद क्या है? चॉकलेट बाक्स देख कर वह उछल भी सकती है, तो कभी वह मुँह फेर लेती है। हो सकता है कि महज एक गुलाब पाकर वह खिल उठे। यह भी हो सक्ता है कि रंग-बिरंगे फूलों का गुलदस्ता भी उसे न भाए। वाकई मुश्किल है समझना इस दिल-ए-नादान को!

वह गर्लफ्रेंड ही रही होगी। क्योंकि उसने कैडबरी का बाइट ले लिया है। मिठास घुलते ही उसका गुस्सा कम हुआ है और इस बार उसने ही कॉल किया है- कहाँ मिल रहे हो?...उधर से जो जवाब मिला है उसके मुताबिक डोमिनोज में उनका मिलना तय हुआ है। लड़की अब सहज हो गई है।...सहसा उसने मुझसे पूछा- अशोकनगर कितनी दूर है? दरवाजा किस तरफ खुलेगा? मैंने जवाब दिया- मैं भी वहीं उतरूंगा। लड़की के चेहरे पर अब सुबह की शीतलता है और आँखों में उगते हुए सूरज की चमक। एक छोटी सी नोकझोंक के बाद फिर से मिलने की आतुरता ने उसके चेहरे को गुलाबी कर दिया है।

....तो अशोक नगर स्टेशन आने वाला है। मैं अपनी सीट से उठ गया हूँ। उसने फिर पूछा- अशोक नगर आ गया? मैने मुस्कुराते हुए कहा- हाँ आ तो गया है। एक पल की चुप्पी के बाद वह बोली- क्या इस स्टेशन के पास कोई डोमिनोज़ है। इस पर अब मेरा सवाल था- क्या वहाँ तुम्हें

जाना है? उसने झिझकते हुए कहा- जी, वहाँ किसी से मिलने का टाइम दिया है। क्या आप बता देंगे यह किस तरफ है। मेरा जवाब था- अरे, यह तो स्टेशन के नीचे ही है।

मेट्रो के रुकते ही वह साथ चल पड़ी है। स्टेशन से बाहर निकल कर सीढ़ियों से उतर रहा हूँ। बहुत दिनों बाद मन कर रहा है कि डोमिनोज़ में आज मैं भी कुछ ठंडा पी लेता हूँ। यों भी बहुत गर्मी है और गला भी सूख रहा है। इसी बहाने उस 'माधव' को भी देख लूँगा, जिसकी वजह से प्यारी सी यह लड़की रास्ते भर दुखी रही।

डोमिनोज़ में दाखिल होते ही मुझे सबसे कोने की टेबल के पास बैठा 'माधव' दिख गया है। उसने इशारा करते हुए आवाज़ लगाई- 'सिमरन. ..।' 'ओह....तो इस लड़की का नाम सिमरन है।' काउंटर से मैंने कोल्ड ड्रिंक ले ली है, लेकिन एक भी सीट खाली नहीं, जहाँ मैं बैठ कर गला तर कर पाऊँ। तो पास ही कोने में शीतल पेय का लुत्फ ले रहा हूँ।...न चाहते हुए भी मेरी नजर उस युगल पर जा टिकती है, जो खुद भी ठंडा पीते हुए फिर किसी बात पर उलझ रहा है। कभी-कभी वे गरम भी हो जाते हैं। उफ, बाहर गरमी है और अंदर भी। अब किस बात पर विवाद हो रहा है? सच कहूँ, तो कई बार निरर्थक बहस रिश्तों में दरार डाल देती है।

अगर यह 'माधव' सच्चा मित्र है, तो उसे सिमरन के चेहरे पर आँसुओं की लकीरें क्यों नहीं दिखाई देती? क्यों नहीं दिखाई देती उसकी नम कजरारी आँखें? मैं अभी समझ नहीं पा रहा कि अगर माधव दोस्त से बढ़ कर है, तो सिमरन उसकी गर्लफ्रेंड से कम कैसे हो सकती है? रिश्तों का नया शब्द गढ़ रही नई पीढ़ी को हिंदी सिनेमा जो नया फंडा दे रहा है, उसी का नतीजा है, तेजी से रिलेशन का बनना और फिर टूट जाना। इसके बाद भी हॉफ का टैग? उफ!

सिमरन और माधव के बीच तीखी हो रही बहस के बीच मेरा शीतल पेय 'खौलने' लगा है। मुझे अब चलना चाहिए। मैं बाहर निकल रहा हूँ।...तभी सिमरन भी तैश में उठी है। वह बैग और किताबें संभालते हुए मेरे पास आई और तमतमाते हुए पूछा- 'आप मेरे साथ डोमिनोज़ में क्यों चले आए? उसने कुछ और ही सोच लिया है आपके बारे में।'

उसकी इस अटपटी बात से अचकचा गया हूँ। मैं आवाक हूँ। खुद को संभालते हुए पूछा- उसे क्या हुआ? उसने रुखा सा जवाब दिया- कुछ नहीं।...और वह मेरे सामने खड़े ऑटो में जा बैठी। हैरत यह कि माधव उसे मनाने के लिए डोमिनोज़ से बाहर तक नहीं निकला।

मेरी नजरें बंगाली दादा के रिक्शे को तलाश रही हैं। साथ ही उस ऑटो को भी देख रहा हूँ, जिसमें एक हॉफ गर्लफ्रेंड जा रही है। हाँ, वो 'हॉफ' ही रही होगी। अगर दोस्त से बढ़ कर होती, तो वह महज मित्र भर नहीं होती। वह खास ही होती और खास लोग हमेशा दिल में होते हैं और मौसम की तरह नहीं बदलते। मुझे तो दोनों पर अभी गुस्सा आ रहा है।...बंगाली दादा अपना रिक्शा लेकर आ गए हैं। मैंने तुरंत बैठते हुए कहा- 'दादा अब किसी लड़की को उसकी मंजिल नहीं बताएँगे।' दादा मेरा मुँह देखने लगे कि ये आदमी कह क्या रहा है। सिर खुजाते हुए उन्होंने पूछा, 'क्या हुआ?' मैंने कहा, 'कुछ नहीं दादा, अब चलो भी। दफ्तर के लिए देरी हो रही है। हम क्या जानें हॉफ गर्लफ्रेंड क्या होती है...?'

(28 मई, 2017. दोपहर)

13. दिल्ली की धड़कन

आज घर की दिनचर्या पूरी करने के बाद जब दफ्तर के लिए चला, तो देखा कि बाहर पिताजी गमछा-बनियान में ही खड़े हैं और ठेले वाले से सब्जियाँ खरीद रहे हैं। एक रिटायर आला अफसर को यों इस अंदाज में देख मैं संकोच में पड़ गया। क्या कहूँ उनसे? मुझे देखते ही बोले- 'कहाँ चल दिए? रुको जरा। अभी आता हूँ। शाम की चाय के लिए नमकीन लेकर जाना।'

तरकारी खरीद कर वे लौटे, तो मैंने हमेशा की तरह अपनी नाराजगी जताई कि आप से अच्छा तो सफाई कर्मचारी है जो सुबह शर्ट-पैंट पहन कर सड़क पर झाड़ू लगाता है। इस पर पिताजी हंसते हुए बोले, 'वह अच्छे कपड़े पहन कर दूसरों को प्रभावित तो कर सकता है, पर मेरी तरह एक अच्छी पृष्ठभूमि और गुण कहाँ से लाएगा?' उन्होंने एक बार फिर मुझे निरुत्तर कर दिया है।

...मेट्रो स्टेशन पहुँच गया हूँ। आज मेरी नजर अच्छे परिधान पहनने वालों पर है। दिल्ली बीते दो दशकों में जिस तरह बदली है, उसी हिसाब से यहाँ के लोगों के परिधानों में भी बड़ा बदलाव आया है। दिल्ली पहले से कहीं अधिक चटख हो गई है। इसका श्रेय हमारे काबिल फैशन डिजाइनरों को जाता है, जिन्होंने दक्षिणी दिल्ली के एक कोने में बैठ कर बरसों मेहनत की और राजधानी से लेकर मुंबई तक धाक जमाई।

आज हम सभी अच्छा तो दिखना चाहते हैं, लेकिन अच्छा बनना नहीं चाहते। जब मेट्रो में सफर करता हूँ, तो क्या बच्चे और क्या जवान। हर कोई आधुनिक परिधानों में सजा-धजा नजर आता है। वजह साफ है।

कपड़ा उद्योग ने सस्ते दामों में भी इतने आधुनिक परिधान बाजार में उतार दिए हैं कि अब तो पूरी दिल्ली ही युवा दिखती है। इन कपड़ों को पहने बुजुर्ग भी नौजवान लगते हैं। लाल टीशर्ट और ब्लू जींस में कभी इन्हें देखिए। ये तो युवाओं को भी मात देते हैं।

मेट्रो में सफर करते हुए मैंने पाया है कि युवा लड़कियों ने परिधानों को लेकर सभी बंधनों को तोड़ दिया है। इसे अब पश्चिम का प्रभाव कहना फिजूल की बात है। शिक्षा के साथ विचारों में आए बदलावों ने युवा पीढ़ी को अगर उन्मुक्त बनाया है, तो ये मान कर चलिए कि पश्चिम में दकियानूसी विचार डूब चुके हैं और हम उनसे दो कदम आगे जा चुके हैं। पूरब से एक नए भारत का उदय हो गया है।

यों महंगे परिधान में कोई भी साधारण शख्स दूसरों पर रौब गालिब कर लेता है। मगर सरल और सहृदय व्यक्ति योग्यता व गुणों में ज्यादा विश्वास रखते हैं। दूसरों में भी गुण ही देखते हैं, कपड़े नहीं। अभी मेट्रो में सफर करते हुए सोच रहा हूँ कि आजादी के दो दशक बाद पैदा हुई हमारी पीढ़ी ने महात्मा गांधी को तस्वीरों में कभी महंगे परिधान में नहीं देखा। इतनी महान शख्सियत ने ताउम्र साधारण धोती में गुजार दी। अचरज होता है कि सादगी संपन्न बापू के इस देश में बाजारवादियों ने अरसा पहले नारा दिया था- देश बदलो, भेष बदलो। यह नारा नई पीढ़ी को केंद्र में रख कर रचा गया था, लेकिन उसका लक्ष्य पूरा भारतीय समाज था। संदेश साफ था कि अच्छे कपड़े पहन कर साहब और मेम साहब की तरह दिखो, नहीं तो लोग चोर उचक्का या अपराधी समझेंगे। इस विज्ञापन ने मुझे बहुत आहत किया था।

कुछ बरस पहले एक खुदरा बाजार की बड़ी श्रृंखला ने अपने टीवी विज्ञापन में लोगों से पूछा- 'आप कैसा दिखना चाहते हो, चोर, नौकर या गरीब आदमी?'....यानी अच्छे कपड़े नहीं पहनेंगे, तो ऐसा ही दिखेंगे। उस विज्ञापन ने समाज को झकझोर दिया था, जिसमें साधारण लिबास में एक आदमी जब अपनी गाढ़ी कमाई से खरीदी कार की ओर बढ़ता है, तो नया चौकीदार उसे रोकता है- 'ओए किसकी गाड़ी उठा रहा है?'...तभी हमारे एक प्रिय क्रिकेट खिलाड़ी पर्दे पर आते हैं और उस आदमी का बचाव करते हुए कहते हैं- 'गाड़ी तो तुम्हारी है, पर दुनिया तब मानेगी

जब मालिक दिखोगे।' दूसरे विज्ञापन में कहा गया- कपड़े ढंग के नहीं, तो इज्जत भी नहीं।

तब साधारण कपड़े पहनने वाले हम जैसे लोगों को ये विज्ञापन काफी चुभे थे। खुद भाई धोनी को लेकर सवाल किया गया था कि साधारण परिवार से आए इस युवा को क्रिकेट में पहचान कपड़ों से नहीं, मेहनत और प्रतिभा से मिली है। कंपनी का प्रचार तो अपने वस्त्र उत्पाद बेचने के लिए था। मगर उसने लोगों का दिल तोड़ दिया था।

...दफ्तर पहुँचने में मुझे अभी समय लगेगा। तब तक मैं आप से बात कर सकता हूँ। मुझे अभी मुंशी प्रेमचंद की सादगी पर उनके पुत्र अमृत राय का लिखा एक संस्मरण याद आ रहा है- '...बस्ती के ताराचंद 'नाशाद' मुंशी जी से मिलने लखनऊ पहुँचे। उन दिनों वह अमीनुद्दौला पार्क के सामने एक मकान में रहते थे। मकान के नीचे ही नाशाद साहब को एक आदमी मिला, धोती-बनियान पहने। नाशाद ने उनसे पूछा- मुंशी प्रेमचंद कहाँ रहते हैं, आप बतला सकते हैं? उस आदमी ने कहा- चलिए आपको उनसे मिला दूँ। वह आदमी आगे-आगे चला, नाशाद पीछे-पीछे। ऊपर पहुँच कर उस आदमी ने बैठने के लिए कहा और अंदर चला गया। जरा देर बाद कुर्ता पहन कर बाहर निकला और बोला- अब आप प्रेमचंद से बात कर रहे हैं...।

कथा सम्राट् मुंशी प्रेमचंद की पत्नी शिवरानी जी ने भी जिक्र किया है कि वे सूती और पुराने कपड़े पहनते थे। वहीं मुझे पूर्व प्रधानमंत्री लाल बहादुर शास्त्री की सादगी की कहानियाँ भी याद आ रही हैं। रोज सूट-बूट बदलने वाले आज के नेता सोच भी नहीं सकते कि देश के शीर्ष पद पर बैठने वाला यह महान व्यक्तित्व कितने सादे और कम कपड़े से काम चला लेता था। प्रेमचंद और शास्त्रीजी आज के दौर में होते, तो लेखकों-कवियों और पत्रकारों-नेताओं को महंगे कपड़ों में लक-दक देखते तो दांतों तले उंगलियाँ दबा लेते। और शायद यही पूछते कि भैया, भेष तो बदल लिया, लेकिन देश को कब बदलोगे?

...राजीव चौक स्टेशन आने की उद्घोषणा हो गई है। मुझे उठना चाहिए। फिर बात होगी। स्टेशन के बाहर भीड़ कम है और आते-जाते यात्री खासकर युवा लड़के-लड़कियों को आधुनिक परिधान में देख रहा

हूँ? वाकई दिल्ली कितनी चंचल और चटख है। उसकी शोख अदाएँ कसम से दिल को बहुत लुभाती हैं।

कई साल पहले दिल्ली की एक अदा थी। मंथर गति से चलती, साथ निभाने का एक वादा करती हुई। आज यह बिंदास है। कहती है- साथ चलो नहीं, तो तुम्हें छोड़ कर आगे निकल जाऊँगी। शोख हसीना की खिलखिलाहट आप महसूस कर सकते हैं, दिल्ली की धड़कन में। कल इसकी अदा और निराली होगी। सीढ़ियाँ चढ़ते हुए जुबां पर पलाश सेन का गाया एक गीत याद आ गया है-

ये शहर मेरी जान, मेरी सांसों में बसा,
इस हवा का नशा, मेरा दिल मेरा पता,
मेरी शान, दिल्ली है मेरी जान...।
भागता फिर रहा, हर निशान यहाँ,
दिल में बसाए जीने का अरमान।

(4 जून, 2017)

14. सोने की पाजेब

कुछ दिन पहले की बात है। न्यूजरूम में काम करते हुए एक खबर पर मेरी नजर ठिठक गई। खबर थी–दुलहन ने किया नशेड़ी से शादी से इनकार। यह उत्तर प्रदेश के बलिया जिले की खबर थी, जहाँ एक युवती ने बारात लौटा दी थी। हुआ यों कि द्वारपूजा और दूसरी रस्मों के बाद दुलहन की बहनें और सखियाँ उसकी आरती लेने गईं, तो उसके मुँह से बदबू आ रही थी। पैर भी लड़खड़ा रहे थे। लड़कियों ने आरती छोड़ दुलहन को यह बात बताई। इसके बाद पढ़ी–लिखी उस युवती ने नशेड़ी से विवाह करने से साफ इनकार कर दिया। रिश्तेदारों के समझाने पर भी वह नहीं मानी। अपनी जिद पर अड़ गई कि एक शराबी के साथ वह अपने जीवन की डोर नहीं बाँध सकती। खैर बारात लौट हई।...तो यह है आज की दुलहन।

वह जमाना गया, जब माँ–बाप किसी के भी पल्ले बाँध देते थे। रोती–कलपती बेटी उसे ही किस्मत में लिखा मान लेती थी। विवाह के बाद अकेली कहीं भी बाहर नहीं निकलती थी। मगर आज न केवल वह तमाम वर्जनाओं को तोड़ रही है, बल्कि परिवार और समाज के सोच में भी बदलाव ला रही है।

शादी के चार दिन बाद दुलहन अकेली किसी जरूरी काम से जाती दिख जाए, तो आप अचरज मत कीजिएगा। छोटे शहरों के लोग बेशक कुछ हैरत में पड़ जाएँ। मगर बड़े शहरों और खासकर मुंबई व दिल्ली जैसे महानगरों में तो यह सामान्य है। हालांकि पुराने रिवाजों से ऊपर उठने के बावजूद कुछ परंपराओं से जुड़े रह कर वे यह बोध करा देती हैं– 'हाँ

मैं नई नवेली हूँ। मगर किसी जरूरी काम से क्या घर से नहीं निकलूँगी? देखो मेरे हाथों में लाल रंग की भरी-भरी चूड़ियाँ। ये मेरी सोने की पाजेब देखो। यह छमछम की आवाज तो नहीं करती पर कुछ परंपराओं को किस तरह निभा रही हूँ आप देख रहे हैं न?'...तो यह है आज की दुलहन। एकदम बिंदास। जीवन से कदमताल करती हुई।

हमेशा की तरह दोपहर दफ्तर के लिए निकला तो सोचा नहीं था कि ऐसी ही दो दुलहनों से रूबरू होऊँगा।...तो आज आखिरी कोच की आखिरी सीट मिली है मुझे। सामने की कोने की सीट पर गुलाबी साड़ी में दुलहन ने मेरा ध्यान बरबस खींच लिया है। चाँद जैसे चेहरे पर उसकी मोहक मुस्कान से चार चाँद उतर आए हैं। कजरारी अंखियाँ ऐसी लग रही हैं गोया दो सखियाँ रात की चादर को भोर में सहेज रही हों...। बैग और चार-पांच मोटी फाइलें संभाले बैठी इस नवेली के पाँवों से तो अभी महावर भी नहीं उतरा है। मगर पायल और बिछिया ने उसके सौंदर्य को बढ़ा दिया है।

आधुनिक दौर में जहाँ सुंदरता के कई प्रतिमान बदले हैं, वहीं सुहाग के कई प्रतीक आज भी कायम हैं। जैसे पाजेब को ही ले लीजिए। इससे मोह नहीं छूटा है लड़कियों का। महावर लगे पाँवों में पायल और कलाइयों पर सजी लाल-लाल चूड़ियाँ, दुलहन के सौंदर्य की निशानी भर नहीं हैं। विवाह के समय पिता एक मान्यता और इस भावना से बेटी को पायल देता है कि उसे कभी धन-संपत्ति की कोई कमी न हो। मगर आज युवतियाँ इसे फैशन के रूप में लेती है। तो इस बहाने ही सही, एक परंपरा कायम है। चाहे यह सोने की ही क्यों न हो। यह बात और है कि पाँव में सोना पहनना वर्जित है।

मेरे सामने बैठी इस दुलहन की पायल छमछम तो नहीं कर रही, लेकिन अपनी चमक से एक पूरी परंपरा को जगमग कर रही है। यह नवोढ़ा जरूरी काम से ही निकली होगी। क्योंकि वह अकाउंट्स संबंधी मसलों को लेकर दफ्तर के सहयोगी को मोबाइल पर हिदायत दे रही है। उसकी बात सुन पा रहा हूँ, इसलिए कह रहा हूँ। संभवतः वह चार्टर्ड अकाउंटेट है और कोई जटिल केस निपटाने निकली है। उसे राजीव चौक जाना है।

वह दिखने में जितनी कोमल है, प्रोफेशन में उतने ही कड़े फैसले लेने वाली दिख रही है। वह लगातार बरस रही है, 'तुम लोग एक काम ठीक से नहीं कर सकते। हर वक्त छुट्टी माँगते रहते हो। मुझे देखो शादी के चार दिन नहीं हुए और मुझे ऑफिस आना पड़ रहा है।' वह बात करते हुए कभी पाँवों में बंधी पायल को देख रही है, तो कभी ढीली हो गई सैंडिल को। इसे फिर से कसने के क्रम में उसकी पायल सात रंगों में झिलमिला उठती है। क्या पायल आत्मविश्वास बढ़ा देती है महिलाओं में? इसे बरसों से नारियों के लिए बेड़ी स्वरूप माना गया, लेकिन आधुनिक दौर में आज भी यह खास अलंकार है। एक फैशन स्टेटमेंट है आधुनिकाओं का।

इस समय मुझे तमिल साहित्य की एक कहानी याद आ रही है। इस कहानी के अनुसार एक अविश्वासी पति वेश्या के पास सब कुछ हार जाता है। तब घर का खर्च चलाने के लिए उसकी पत्नी अपने पैरों में बंधी रत्नजड़ित पायल उतार कर उसे देती है। पति जब दुकानदार के पास बेचने के लिए जाता है, तो उसे दोषी मान कर बंधक बना लिया जाता है। मगर उसकी पत्नी उसे बेगुनाह साबित करने में कामयाब हो जाती है। तब पति को अपनी गलती का अहसास होता है और वह सारे बुरे काम छोड़ देता है। यह थी पायल की शक्ति।

आज की दुलहनें तमाम चुनौतियों और सामाजिक बुराइयों से लड़ रही हैं। घरों में शौचालय बनवा रही हैं, तो नशेड़ियों को सही रास्ता भी दिखा रही हैं। मगर पायल से उनका आज भी मोह नहीं छूटा है। क्या पायल सच में स्त्रियों में आत्मविश्वास बढ़ाती हैं। यह खयाल बार-बार यों ही न जाने क्यों आ रहा है।

मुझे याद आ रही है अजय भैया की, जो शादी के लिए कई साल पहले लड़की देखने पटना गए तो उसने कहा था कि सोने की एंकलेट यानी पाजेब दोगे तो हाँ करूंगी। भावी जीवन साथी के अनुपम सौंदर्य पर फिदा अजय भैया रिश्तेदारों को वहीं छोड़, उसे लेकर मौर्य कांप्लेक्स जा पहुँचे थे। वहाँ उन्होंने भाभी के लिए न केवल उनकी पसंद की पायल खरीदी बल्कि नीले रंग का लहंगा भी उपहार में दिया। फिर उसी शॉपिंग कांपलेक्स में दक्षिण भारतीय व्यंजन की फरमाइश की गई तो वहीं बैठ

कर दोनों ने एक रंग-एक मन से एक दूसरे के लिए सपने बुने। इस तरह उस दिन पूरे महीने की सैलरी खर्च कर भैया लौटे, तो घर में सभी ने टोकाटाकी की। अलबत्ता पायल वाली बात दोनों ने सब से छुपा ली। तो पायल का जलवा हर दौर में रहा है। आज तो एंकलेट के रूप में यह लोकप्रिय है।

इस किस्से में उलझ कर आपको यह बताना भूल गया कि राजीव चौक आने वाला है। सामने बैठी दुलहन उठ गई है। काम का तनाव है, मगर चेहरे पर मोहकता अब भी विराजमान है। उसकी हिदायतों का दौर खत्म नहीं हुआ है। आज वह ऑफिस पहुँच कर सबकी खबर लेगी।.. .खैर स्टेशन आ गया है। वह बैग और फाइलों को सावधानी से संभाले बाहर निकली है। उसे जाते हुए देख रहा हूँ। उसके कदमों में गजब का आत्मविश्वास है। एक ऐसा भरोसा जिसमें वह बिखरते जीवन को भी संभाल सकती है। तो ऐसी है आज की दुलहन।

अब मैं स्टेशन के ऊपरी हिस्से पर जाने के लिए सीढ़ियाँ चढ़ रहा हूँ। प्लेटफार्म नंबर तीन के अंतिम छोर की ओर मेरे कदम बढ़ चले हैं। यहाँ से मुझे नोएडा जाने के लिए आखिरी डिब्बे में सवार होना है। आज अजब इत्तिफाक है। मेरे पीछे जो युवती खड़ी है, वह भी नवेली दुलहन है।...मेट्रो आ गई है। मैं कोच में सवार हो गया हूँ। थोड़ी भीड़ है। इसलिए मैंने गेट के पास ही अपने लिए जगह बना ली है। वह भी एकदम मेरे बगल में खड़ी हो गई है। उसके बदन से फूलों की खुशबू आ रही है। ब्लैक टॉप और ब्लू जींस में ऐसी दुलहन तो कभी नहीं देखी। लंबा कद और छरहरा बदन। मदमाती अंखियों में शरारतों का पुलिंदा और सुर्ख होठों पर मृदुल मुस्कान। गोरी कलाइयों में लाख की भरी-भरी चूड़ियाँ। ठेहुने से नीची जींस से आगे मुस्कुराते हुए पाँवों में महावर तो नहीं, लेकिन लाल रंग की नेल पॉलिश से सौंदर्य देखते बनता है।

सबसे खास बात इस आधुनिक दुलहन के एक पाँव में बंधी सोने की पतली सी पाजेब है, जो मेट्रो की पीली रोशनी में रह-रह कर झिलमिला रही है।...मैं इन दिनों मेट्रो में सफर करते समय पाँवों की ओर ज्यादा गौर करने लगा हूँ। क्योंकि लोगों के चेहरे अब बहुत जल्दी बदल जाते हैं। मगर कदमों से एक सच्चाई बयाँ होती है। चाहे वो आत्मविश्वास

से भरे हों या बहक गए हों, मगर वे चेहरे की तरह नहीं बदलते...।

आज की नई पीढ़ी में एक बड़ा बदलाव आया है। वह अब अपनी स्टडी या करिअर या फिर अपनी रुचि में केंद्रित रहती है। उन्हें अपने आसपास से कम ही सरोकार रहता है। यह आधुनिक युवती भी उन्हीं में से एक है। मोबाइल पर चौटिंग करती हुई और पसंद के गीत सुनती खुद में खोई हुई।...अभी किसी की कॉल आई है। उसने कहा- 'कहाँ है अभी। एक घंटे के लिए मिल सकती है क्या। मैं यमुना बैंक उतर रही हूँ। वहीं बैठ कर कॉफी पियेंगे। थोड़ी गप्पे मारेंगे। फिर मैं जल्दी लौट जाऊँगी। वरना डांट पड़ेगी घर में। समझी।' उधर से इसकी सहेली ने क्या जवाब दिया मालूम नहीं। क्योंकि इस दुलहन ने हैडफोन लगा रखा है।

यमुना बैंक स्टेशन आने में अभी एक स्टेशन बाकी है। इंद्रप्रस्थ से गाड़ी चल चुकी है। वह गेट के किनारे खड़ी हो गई है। मेरी नजर बार-बार उसकी इकलौती पाजेब पर जा टिकती है। आधुनिक परिधान में यह दुलहन जिस अंदाज में सामने खड़ी है, उसे देख कर फिर सोच रहा हूँ कि क्या पायल सच में नारी का आत्मविश्वास बढ़ा देती है। कुछ तो बात है इस पाजेब में।

यमुना बैंक आ गया है। एक आधुनिक भावबोध लिए और अपनी परंपरा को संजोती नए दौर की एक और दुलहन को जाते हुए देख रहा हूँ। उसके कदमों में भी वही आत्मिवश्वास है।...दरवाजे बंद हो गए हैं मेट्रो के। यह फिर से इठलाती, मगर सधी हुई चाल से चल पड़ी है। काश कि कोई इसे भी पाजेब पहना दे। छमछम करती यह एक स्टेशन से दूसरे स्टेशन जाती तो कितना अच्छा लगता। उद्घोषणा की भी जरूरत नहीं रहती। प्लेटफार्म पर इंतजार कर रहे यात्रियों को भी उसके आने की आहट दूर से मिल जाती-....छम...छम छननननन...छम छम...।

भीड़ छंट गई है। खाली सीट पर बैठ गया हूँ। मैंने आँखें बंद कर ली हैं।

(25 जून 2017)

15. एक था रिक्शावाला

दफ्तर के लिए निकल गया हूँ। मगर मेट्रो स्टेशन जाने के लिए कोई साधन नहीं मिल रहा। न फीडर बस और न ही बैटरी रिक्शा। काफी इंतजार के बाद एक रिक्शावाला आता दिख रहा है। उसे रुकने का इशारा किया है। ओह! इस बंदे की तो पूरी बाजू ही गायब है। वह एक हाथ से हैंडल पकड़े है। ब्रेक मारते हुए वह मेरे सामने आकर बोला- कहाँ जाना है। इस रिक्शेवाले को देख कर मैंने अपना इरादा बदल दिया है। मगर उसने भांप लिया है मेरे मन को। '...आप घबराइए नहीं। मैं संभल कर चलता हूँ। भरोसा कीजिए एकदम सुरक्षित पहुँचा दूँगा।'

उसके चेहरे पर आत्मविश्वास है। हैंडल पर क्या मजबूत पकड़ है। हिचकते हुए उसके रिक्शे पर बैठ गया हूँ। अमूमन मैं रिक्शेवालों से दुनिया भर की बातें करता हूँ। वे भी अपना दुख-दर्द बाँट लेते हैं, मगर मैं इससे नहीं बात कर रहा। इस डर से कि कहीं इसका ध्यान न भंग हो जाए। इसलिए खामोश हूँ। अभी कुछ दिन पहले एक मित्र ने वाट्सऐप पर वीडियो भेजा था। उसमें रिक्शेवाले का एक पैर और एक हाथ था ही नहीं। फिर भी मजे से सवारी बैठा कर चला रहा था। उस वीडियो को याद कर तसल्ली मिली कि चलो इसका एक हाथ ही तो नहीं है।

इस रिक्शेवाले पर न जाने क्या विपदा आई होगी। फिर भी देखिए, इसका हौसला कितना बुलंद है। इसने चंद मिनटों में ही मुझे मेरी मंजिल तक पहुँचा दिया है। उसके चेहरे पर एक विजेता की मुस्कान है। रिक्शे से उतर कर मैंने उसे चालीस रुपए दिए तो वह बोला- 'बाबू यह ज्यादा है। तीस रुपए ही बनते हैं।' उसकी बात सुन कर लगा कि गरीब हमसे

कहीं ज्यादा ईमानदार है। वरना लुटेरों की कमी कहाँ है इस देश में। '. ..नहीं रख लो', यह कर कर मैं स्टेशन की सीढ़ियाँ चढ़ रहा हूँ।

सोच रहा हूँ...दिल्ली में कारों की बढ़ती संख्या के बीच रिक्शे की कदर ही कहाँ रह गई है। क्या ही अजीब बात है कि यह वही रिक्शा है, जिस पर कभी अमीर लोग ही सवारी किया करते थे। आप थोड़ा अध्ययन करेंगे तो पाएँगे कि रिक्शा सबसे पहले 1868 में जापान में दिखा था। तब इसकी सवारी बहुत महंगी होती थी। समझ लीजिए कि वह अभी के ओला या उबर की किसी कैब से कम नहीं रही होगी। यहाँ तक कि कुछ लोगों के पास पर्सनल रिक्शे भी हुआ करते थे। जरा सोचिए, आज शौक के लिए ही सही, एक रिक्शा खरीद कर घर के आगे खड़ी कर दें, तो पड़ोसी से लेकर मित्र-संबंधी कैसी खिल्ली उड़ाएँगे, आप कल्पना कर सकते हैं।

चलिए, बातों-बातों में आजादपुर मेट्रो स्टेशन के प्लेटफार्म पर आ गया हूँ। दुनिया के सबसे आधुनिक परिवहन साधनों में से एक मेट्रो पर मुझे सवार होना है।...पेट्रोल-डीजल और बिजली से चलने वाले परिवहन के मुकाबले रिक्शा बेशक निरीह हो, लेकिन यह न तो प्रदूषण फैलाता है और न ही इसकी रफ्तार किसी को नुकसान पहुँचाती है।...हुडा सिटी सेंटर की मेट्रो आ गई है। हमेशा की तरह आखिरी कोच में सवार हो गया हूँ। रिक्शे की सवारी करने के बाद मेट्रो में अभी हवाई जहाज में बैठने जैसा लग रहा है। रिक्शा जहाँ मानवीय अहसास कराता है, एक संवाद कायम करता है इंसान से इंसान के बीच, तो मोटर चालित वाहन मुझे कहीं ज्यादा निर्मम और संवाद से कटा हुआ लगता है।

मेट्रो चल पड़ी है। राजधानी के सीने को चीर कर बनाई गई सुरंग से होते हुए यह मुझे राजीव चौक पहुँचा देगी। मगर दिल्ली में दिल को दिल से जोड़ रहे रिक्शे वालों जैसा संवाद और सम्मान का सुख नहीं देगी। मेट्रो का चालक तो बस चलता जाता है रोबोट की तरह। अपनी धुन में। कोच में निर्धारित घोषणाएँ होती रहती हैं। क्या आपने किसी मेट्रो चालक को यात्रियों से बतियाते देखा है। उनसे तो बात ही करना मना है।

दरअसल, रिक्शे जिंदगी की लय के साथ चलते हैं। उत्तर से लेकर दक्षिण और पूर्वी भारत तक में रिक्शे की ट्रिंग-ट्रिंग सुनाई देती है। उसका

पहिया जब तक घूमता रहता है, यात्रियों को उनकी मंजिल मिलती रहती है। वह गरीब के परिवार का भी पेट भरता रहता है। रिक्शे का न तो किसी से बैर है न किसी से आगे निकलने की होड़। फिर भी उसके प्रति क्यों है समाज की बेरुखी? अदालत की तमाम नसीहतों के बावजूद कहीं कोई संवेदनशीलता नहीं। सच बात तो यह है कि इसके पीछे अमीर-गरीब की बढ़ती खाई का समाजशास्त्र है। जब व्यक्ति रिक्शे पर सवार होता है, तो उसे कोई दिक्कत नहीं होती, लेकिन जैसे ही वह कार पर सवार होता है, वह रिक्शों को हिकारत भरी नज़र से देखने लगता है। कोलकाता. दिल्ली और पटना से सेकर तमाम शहरों में आप उन्हें दुत्कारे जाते देख सकते हैं।

बातों-बातों में चाँदनी चौक स्टेशन आ गया है। सच बताऊँ तो चाँदनी चौक कई महीने से नहीं गया, लेकिन यहाँ रिक्शे से घूमने की हमेशा इच्छा होती है। भीड़भाड़ के बीच रिक्शे पर बैठ कर ऐसा लगता है जैसे आप नाव पर बैठे जिंदगी की लहरों पर मंथर गति से चल रहे हों। इतिहास बताता है कि चाँदनी चौक वाली सड़क नहर ही थी और यहाँ नावें ही चला करती थीं। कोई दो राय नहीं कि रिक्शे यहाँ की जीवन रेखा हैं। मगर इसे यहाँ से बेदखल करने के लिए जहाँ बैटरी बसें चलाई गईं, वहीं यायातात पुलिस की इनके प्रति बेरुखी देख कर दिल टूट जाता है।

कोई सात साल पहले 2010 में दिल्ली हाई कोर्ट ने सवाल उठाया था कि रिक्शों पर अंकुश लगाने के लिए तो आपका जोर है, मगर वाहनों की बढ़ती संख्या पर नहीं। अदालत ने तब ये भी सवाल उठाया था कि भीड़भाड़ वाले इलाकों में रिक्शों पर पाबंदी लगाने का फैसला करते समय क्या वहाँ कारों के अवागमन पर आप रोक लगाते हैं? पीठ ने लंदन और अन्य विदेशी शहरों का हवाला भी दिया था, जहाँ कुछ इलाकों में कार ले जाने के लिए लोगों को शुल्क भी देना पड़ता है।

मुझे इस चिंतन यात्रा पर विराम देना पड़ेगा, क्योंकि राजीव चौक आ गया है। मैं प्लेटफार्म नंबर तीन पर बढ़ रहा हूँ। सोच रहा हूँ कि कारों की संख्या बेतहाशा बढ़ने के बावजूद मेट्रों स्टेशनों पर भीड़ क्यों रहती है? क्या इस नए परिवहन प्रबंधन में भी कमी है? वाहनों की भागमभाग

के बीच रिक्शों और साइकिलों को सड़कों से बेदखल करने की कब तक साजिश होती रहेगी। क्या आने वाले 20-25 सालों में सड़कों पर कारें चलाने के लिए जगह बचेगी?

कई सवाल घुमड़ रहे हैं मन में। किसी समृद्ध देश में विकास का क्या पैमाना हो, इस पर अलग-अलग राय हो सकती है। दुर्भाग्य से हमारे यहाँ कारों और विलासिता की चीजों के साथ गगनचुंबी इमारतों को ही विकास का पैमाना मान लिया गया है। दूसरी ओर वाहनों की भीड़ ध्वनि प्रदूषण बढ़ा रही है। हर तरफ घुटन बढ़ रही है। हर तरफ है घुटन... प्लेटफार्म से लेकर मेट्रो कोच तक में। स्टेशन से बाहर निकलते ही ट्रैफिक जाम में घुटन। एक घुटन हम सबके बीच भी चलता है।

...नोएडा सिटी सेंटर की मेट्रो आ गई है। मैं हमेशा की तरह फिर आखिर कोच में सवार हो रहा हूँ। मेरे साथी अक्सर पूछते हैं कि आप लास्ट कोच में ही क्यों बैठते हैं। उन सबको मेरा यही जवाब है कि यहाँ मुझे घुटन कुछ कम लगती है। आप आगे रहते हैं, तो एक होड़ में होते हैं। पीछे रहते हैं, तो आगे बढ़ने की उम्मीद लेकर जीते रहते हैं। यही जीवन दर्शन है मेरा। यों आखिरी कोच में भीड़ कम रहती है, तो प्लेटफार्म के आखिरी छोर पर यात्रियों की कतार भी नहीं दिखती। थोड़ा सुकून और थोड़ी तसल्ली लिए दो पल जी लेता हूँ।...फिर सीढ़ियों के सामने ही आखिरी डिब्बा लगता है, तो झट से स्टेशन के बाहर निकल जाता हूँ, जहाँ कई रिक्शे वाले मुझे देख कर आवाज लगाने लगते हैं।

पिछले साल जून में हुआ हादसा अभी याद आ रहा है। उस दिन अशोक नगर मेट्रो स्टेशन से उतर कर रिक्शे पर बैठा था। रिक्शा वाला मुझे जानता था। उससे मैंने कहा- भाई गोल चक्कर के पास ले चलो वहाँ मुझे नारियल पानी पीना है। वह मान गया। लौटते समय बुलेट सवार एक युवक ने हमें टक्कर मार दी। उसकी रफ्तार इतनी तेज थी कि मैं सड़क पर जा गिरा। रिक्शेवाले की कंधे की हड्डी खिसक गई। मेरे पैर में गहरी चोट आई। दूर जाकर पलट चुके रिक्शे का एक पहिया नाच रहा था, तो दूसरा घूमने लायक भी नहीं बचा था। रिक्शे वाले को भाड़ा देने के अलावा उसे इलाज कराने के लिए रुपए देकर किसी तरह अफिस पहुँचा।

पैर की हड्डी में गंभीर चोट के कारण लंबी छुट्टी के बाद दफ्तर लौटा। मगर वह रिक्शा वाला मुझे नहीं दिखा। उसके साथियों ने बताया कि वह गाँव चला गया है। खैर...कुछ महीने बाद लौटा तो उसने एक दिन मुझे देख कर हाथ जोड़ दिए और बोला, 'सर, आप दूसरे रिक्शे पर बैठ जाइए। मैं नहीं जाउंगा।' वह उस हादसे से अब तक उबर नहीं पाया था। स्टेशन के बाहर खड़े उसके साथियों ने यह बात सुनी, तो इनमें तीन आगे आए और बोले, 'चलिए बाबू हम आपको छोड़ देते हैं दफ्तर।'...यह था उनका मेरे लिए सम्मान। अब उन तीन रिक्शों वालों ने ही मुझे ऑफिस पहुँचाने की जिम्मेदारी संभाल रखी है। जो खाली मिलता है, उसी के रिक्शे पर बैठ जाता हूँ।

....अभी मैं अशोकनगर मेट्रो स्टेशन पहुँचुंगा तो उन तीन रिक्शेवालों में से कोई न कोई मेरा इंतजार कर रहा होगा। एक रिक्शावाला बंगाल का है, तो दूसरा यूपी का, तो तीसरा बिहार का। तीनों की अपनी जीनवगाथा, लेकिन दो वक्त की रोटी के लिए एक जैसा संघर्ष। आप किसी भी रिक्शेवाले से बात कीजिए, ये ज्यादातर इन्हीं तीनों राज्यों के मिलेंगे। आपको यह भी पता चलेगा कि हमारे गाँवों से पलायन क्यों हो रहा है? बेरोजगारी की जड़ क्या है? और फिर यहाँ आकर गरीबों को मिलता क्या है? बमुश्किल दो वक्त की रोटी और और हर पल दुत्कार। वाहन चालक उसे गाली देते हुए धकियाने को बेताब रहते हैं। कब वे हादसे के शिकार हो जाएँ कोई नहीं जानता?

...लीजिए, अशोक नगर स्टेशन आ गया है। मैं स्टेशन से बाहर निकल रहा हूँ। सीढ़ियों से उतरते हुए बंगाली दादा ने मुझे देख लिया है। वे रिक्शे की सीट को अपने गमछे से पोंछ रहे हैं। मेरे लिए यह किसी रथ से कम नहीं। इस बैठ कर खुद को मैं किसी राजकुमार से कम नहीं मानता। दादा तो मुझे सारथी लगते हैं इस रथ के।

तो बाहर आते ही उनके रिक्शे पर बैठ गया हूँ। वे कुछ नहीं बोले। अरे, यह क्या। दारू का भभका? संभलते हुए पूछा– 'क्या दादा, दिन में ही...लगा ली। आप तो पीते न थे।' यह सुन कर दादा के झरझर आँसू बहने लगे। मैं तो अपराधबोध से ग्रस्त हो गया। लगा कुछ गलत ही कह दिया, जिससे दादा रो पड़े हैं।...आंसू पोंछते हुए वे बोले–'क्या करूं बाबू।

बेटे ने परेशान कर रखा है। रोज शराब के लिए पैसे माँगता है। आज पैसे नहीं दिए, तो मुझे मारने को दौड़ा। दिमाग इतना खराब हो गया कि दिन में मैंने भी चढ़ा ली। बुरा मत मानिएगा बाबू। मैं नशे में नहीं हूँ।'

रिक्शे की हैंडल पर दादा की वही मजबूत पकड़ और वही सधी हुई चाल। जिंदगी की बिगड़ी चाल से खुद को संभालते हुए दादा चल रहे हैं। अपना मूड बदलने के लिए उन्होंने अपना पॉकेट रेडियो ऑन कर दिया है। उफ्फ! इस बेवक्त क्या गीत बज उठा है–

दुनिया में कितना गम है,
मेरा गम कितना कम है...।

(3 जुलाई, 2017)

16. चिठिया हो तो...

आज दफ्तर के लिए निकला ही था कि डाकिए ने रास्ता रोक लिया। वह अपनी साइकिल के पीछे बंधे बंडल से कोई पैकेट निकालने लगा। शायद कोई साहित्यिक पत्रिका रही होगी, जो अमूमन मेरे पास आती रहती हैं। यों सरकारी चिट्ठी-पत्री और चेकबुक आदि लेकर यह डाकिया अक्सर आता है, पर नहीं लाता वह चिट्ठी, जो कभी नाना-नानी के घर से आती थी। अब न मौसेरी बहन कोई चिट्ठी भेजती है न कोई चचेरा भाई याद करता है। यहाँ तक कि दोस्तों ने भी भुला दिया। मुझे याद नहीं आता कि कुशल-क्षेम पूछने के लिए हाल-फिलहाल किसी ने मुझे कोई चिट्ठी भेजी हो।

...साहित्यिक पत्रिका को थामे डाकिए को जाते देख रहा हूँ। डाक बाँटते-बांटते उसके बाल सफेद हो गए हैं। मगर उसका इंतजार अब कौन करता है? घर के पास सड़क के किनारे लगा लेटर बॉक्स कब का गायब हो चुका है। याद कीजिए जब बचपन में कोई पोस्टकार्ड या अंतरदेशीय पत्र उस डाकपेटी में डाल आया करते थे। कई बार तो उस लेटर बॉक्स के मुँह में हाथ डालकर सुनिश्चित भी करते कि चिट्ठी नीचे चली गई है या नहीं।

फिर एक दिन जवाब आता उस खत का, जिसे वह डाकिया ही तो लेकर आता और साइकिल की घंटी बजाते हुए दरवाजे पर आवाज लगाता- पोस्टमैन...। तब हम लोग दौड़ते हुए जाते और वह चिट्ठी लेकर पढ़ने के लिए बैठ जाते। जिसका मजमून प्रायः इस तरह होता-

आदरणीय जीजाजी और दीदी,

सादर प्रणाम,

यहाँ हम सब ठीक से हैं। आशा है आप लोग भी कुशल होंगे। आगे का समाचार यह कि...।

मां-बाबूजी को लिखी मामाजी की इस चिट्ठी में ननिहाल की पूरी तस्वीर खींच जाती। मिट्टी से लिपा-पुता घर-आांगन। शाम ढलते ही लालटेन या ढिबरी जलाने की कवायद। और चूल्हे के सामने बैठी नानी। खदकते दाल-चावल की महक और तरकारी से उठती मसाले की झांस से सोई हुई भूख भी जाग जाती। अब किचन से लेकर फ्रिज तक में न जाने कितनी चीजें पड़ी रहती हैं, लेकिन कुछ खाने की इच्छा नहीं होती। कितना कुछ बदल गया है जीवन में।

उस दिन न्यूजरूम में खबरों के जंगल से गुजरते हुए एक खबर पर निगाह रुक गई। मुंबई डेटलाइन से खबर थी। अमिताभ बच्चन बता रहे थे कि तकनीक ने लोगों का धैर्य और समय छीन लिया है। दरअसल, अमिताभ के ब्लॉग पर दिए उनके विचारों पर आधारित यह खबर थी, जिसमें हिंदी सिनेमा के महानायक बता रहे थे कि तकनीक हमारे जीवन को किस तरह बदल रही है। हम किस कदर इस पर निर्भर हो गए हैं। अब हम किसी के जवाब का इंतजार नहीं करते। जिससे यह हताशा में बदलता जा रहा है।

बिग बी आपने सही कहा। आज हम जवाब का इंतजार नहीं करते। इसलिए अब नहीं आती कोई चिट्ठी। कौन लिखे और क्यों लिखें। जिससे उम्मीद करते हैं, उसके पास भी धीरज है न समय। भाग्य को बांचने वाले तो बहुतेरे मिले जाएँगे, लेकिन चिट्ठियां कौन बांचे।

सूचना क्रांति का यह भ्रामक दौर है। सबके हाथ में मोबाइल है। संवाद के कई माध्यम हैं, मगर फिर भी एक संवादहीनता है। संबंधों के बीच अजीब-सी धुंध है। इससे अच्छा तो वह चिट्ठी वाला दौर ही ठीक था। जहाँ रिश्ते की हर तस्वीर साफ थी। जब लोग कम शब्दों में ही विस्तार से मन की बात कह देते थे। सुंदर अक्षरों में लिखे उन पत्रों का जवाब महीने दो महीने में आता था, फिर भी धीरज के साथ उसका इंतजार करते। उन दिनों हम 'राजी-खुशी' से रहते और एक दूसरे का कुशल-क्षेम जरूर पूछते।

उन चिट्ठियों में जब यह लिखा होता- थोड़ा लिखा बहुत समझना, तो नहीं लिखी गई बातों का अहसास कर बहुत कुछ समझ जाते। हम जान जाते कि दादाजी बहुत बीमार हैं। मुनिया या बबुनी की शादी तय हो गई है। और मौसी को काफी पैसे की दरकार है। आज हर पल आ रहे वाट्सऐप मैसेज से समझ नहीं आता कि भेजने वाले के मन में क्या चल रहा है। उसकी व्यथा न हम जान पाते हैं और न वह हमारा दुखड़ा। तकनीक के इस महायुग में इस संवादहीनता पर तरस आता है।

...बताना भूल गया कि आज मैं मॉडल टाउन स्टेशन के प्लेटफार्म पर खड़ा हूँ। लास्ट कोच वाली जगह पर नीले रंग की बड़ी थैली लिए एक सज्जन ने मेरा ध्यान खींच लिया है। आखिरी छोर पर बस हम दो यात्री। लिहाजा संवाद न हो, यह नामुकिन है मेरे लिए। 'इतनी बड़ी थैली में कागज़-पत्तर लेकर कहाँ जा रहे हैं', मैंने उन सज्जन से पूछा। उनका जवाब था, 'जी क्या बताएँ डाक का समान है जी। कुछ सरकारी फाइलें और आफिशियल लेटर्स। यही सब है। कश्मीरी गेट जा रहे हैं जमा कराने।' '...अब लोगों की चिट्ठी-पत्री आती है कि नहीं', मैंने उत्सुकतावश उनसे पूछा। 'अजी राम का नाम लो। कौन लिखे है चिट्ठी आजकल?' डाक बाबू का जवाब था।

इस बीच हुडा सिटी सेंटर की मेट्रो आने की घोषणा हो गई है। डाक बाबू अपना थैला संभाल रहे हैं। हम लोग आखिरी डिब्बे में सवार हो गए हैं। सीटें लगभग खाली हैं। डाक बाबू मेरे बगल में बैठ गए हैं। वे बता रहे हैं- एक समय था जब घर-घर चिट्ठियाँ बाँटने से फुर्सत नहीं मिलती थी। सुबह से शाम हो जाती, मगर पूरी डाक नहीं बंट पाती थी। धूप हो या बारिश या फिर सर्दियों के दिन। साइकिल से इस गली से उस गली, पार्सल-मनीआर्डर और चिट्ठियाँ बाँटते शाम हो जाती। आज गिनती की डाक होती है और दोपहर तक काम निपट जाता है।

डाक बाबू कह रहे हैं- जब सभी के हाथ में मोबाइल है, तो कोई चिट्ठी लिखे ही क्यों। दिल्ली में बैठे लोग मुंबई, कोलकाता और चेन्नई में रह रहे रिश्तेदारों से बात कर लेते हैं।....बात तो उनकी सही है। पर क्या यह सच नहीं है कि लोग अब इधर-उधर की तो खूब बातें करते हैं, लेकिन दिल की बात कभी नहीं करते। संवाद का माध्यम तो बदल गया,

लेकिन चिट्ठी वाली वो उत्सुकता खत्म हो गई कि आगे का समाचार यह है कि....।

अब खूब हो रहा है हंसी-मजाक। चुटकले भेजे जा रहे हैं। आप गुडमॉर्निंग और गुडइवनिंग भी कर ले रहे हैं। मगर कम ही होंगे वो दोस्त और रिश्तेदार जो यह कहें कि बाकी सब तो ठीक है, किसी दिन घर क्यों नहीं आते। साथ बैठ कर चाय पीते हैं। संवादों के बीच भी सन्नाटा पसरा है। संबंधों में न संवेदना है न रिश्तों में पहले जैसी गरमाहट।

डाक बाबू से बात करते हुए कब कश्मीरी गेट आ गया, पता ही नहीं चला। उद्घोषणा हो गई है। गेट खुल गए हैं। डाक बाबू नमस्कार कहते हुए भारी-भरकम थैला संभाले स्टेशन पर उतर गए हैं। सोच रहा हूँ...आज उनसे बात न करता, तो संवाद की यह यात्रा क्या आगे बढ़ती? यह संवाद ही तो है, जो मनुष्य ही नहीं हर जीव को एक दूसरे से जोड़ देता है।

संचार के आधुनिक साधन बढ़ने के साथ एक बड़े वर्ग में बातचीत की आदत पहले जैसी नहीं रही। हम अपना काफी समय इंटरनेट पर बीता देते हैं। कहीं हम मनोरंजन करते हैं, तो कहीं आभासी संवाद। मगर प्राकृतिक रूप से संवाद का अभाव खटकता रहता है। इसलिए कुछ लोगों को निराशा होती है। जब कोई मित्र यह बताता है कि वह फेसबुक को कुछ समय के लिए अलविदा कह रहा है, तो मैं समझ जाता हूँ कि यह उसी निराशा का नतीजा है, जहाँ संवाद तो है पर उसमें तसल्ली नहीं, जो महज एक चिट्ठी पाकर होती थी।

अभी मुझे बिग बी की बातें याद आ रही हैं। दरअसल, इस संवाद में भी तो हमारा एकतरफा दबाव होता है। हम सामने वाले की बात ही नहीं सुनते। हम उसके जवाब का इंतजार ही नहीं करते। क्योंकि हमारा धीरज चुक चुका है। हम अपने विचार ठेले जाते हैं...।

इस संवाद यात्रा के क्रम में मेरा स्टेशन आ गया है। राजीव चौक पर प्लेटफार्म नंबर तीन पर जाने के लिए सीढ़ियाँ चढ़ रहा हूँ। मैं यहाँ अक्सर युवा लड़के-लड़कियों को 'संवाद में लीन' देखता हूँ। अंखियों के बीच संवाद हो या शब्दों के साथ, मैं निश्चिंत हो जाता हूँ कि यह टूटा नहीं है। जो संवादहीनता हमारी पीढ़ी में हैं, वह नब्बे के दशक में पैदा हुई इस नौजवान पीढ़ी में नहीं। एक दूसरे से झगड़ती, रूठती-मनाती इस पीढ़ी में

गजब का संवाद है। वह एक दूसरे की झप्पियाँ लेती है और अहसास कराती है- मैं हूँ न।

प्लेटफार्म के आखिरी छोर पर पहुँच गया हूँ। यहाँ युवा निजता का अहसास करते हैं। एक दूसरे पर कंधा टिकाए बतियाते दिखते हैं। संवाद से पहले एक दूसरे से गले लगने या पीठ पर धौल जमाते हुए कुछ भी कह सकने का साहस है उनमें। सबके सामने खुल कर संवाद। तकनीक के साथ भी और तकनीक के बिना भी। संकोच के खोल से बाहर निकल रही है नई दुनिया की नई पीढ़ी।

...नोएडा सिटी सेंटर की मेट्रो आ गई है। आखिरी डिब्बे में सवार होने जा रहा हूँ। दीवार के साथ खड़े एक प्रेमी युगल को भी नोएडा जाना है। चुस्त समीज-सलवार में गोरी-चिट्टी उस युवती ने कहा- अब जाने भी दो न। देर हो रही है। युवक ने कहा- अभी नहीं-अभी नहीं। अगली में चली जाना। इस पर युवती का जवाब है- 'ऐसा करते-करते तो तीन मेट्रो निकल गई है। अब जाने भी दो।'...युवक ने इसका हाथ जोर से पकड़ लिया। वह जोर लगा रही है। वह साथी को घसीट कर दरवाजे तक ले आई है।

मुझे नहीं पता इस गोरी का चेहरा गुस्से में लाल है या प्यार में गुलाबी हुआ जा रहा है। जो भी हो। उसका साथी कह रहा है- 'अभी और बात करनी है तुमसे। रुक जाओ न, दूसरी में चली जाना।' मुझे फिल्म 'हम दोनों' के देव बाबू याद आ रहे हैं, जो संवाद का सिलसिला खत्म न होने देने के लिए किस तरह साधना से इसरार करते हैं- '...अभी न जाओ छोड़ कर कि दिल अभी भरा नहीं...।'

तो इस युवक का अपनी प्रिया से बातें करते हुए दिल अभी नहीं भरा। फोन पर न जाने कितनी बातें की होंगी। वाट्सऐप पर न जाने कितनी चौटिंग हुई होगी। मगर संवादों का अनंत सिलसिला खत्म नहीं हुआ इनका। युवती दरवाजे के एकदम पास आ गई है, लेकिन उसका मित्र है कि उसे अपनी ओर खींचे जा रहा है। अजीब कशमकश है। इस खिंचाव और जुड़ाव का बिंदु हम सब के जीवन में क्यों नहीं आता। क्यों नहीं एक दूसरे का दुख-सुख बतियाते हुए हम कहते हैं- अभी बैठिए न। फिर चले जाइएगा।

...मेट्रो का दरवाजा बंद हो गया है। दरवाजे की ओर बार-बार बढ़ रहे युवती के हाथ अब साथी के कंधे पर है। तो झूठा था यह गुस्सा। देख रहा हूँ उसकी मुस्कान। दोनों फिर से बतियाने लगे हैं। मेट्रो चल पड़ी है। दरवाजे पर लगे शीशे के उस पार युगल को देख रहा हूँ। संवाद की कड़ी टूटी नहीं है। वे यूँ ही दीवार के सहारे खड़े रहेंगे या फिर फर्श पर बैठ जाएँगे। उनके सामने से अभी तीन और मेट्रो निकल जाएगी, लेकिन बतरस से मन नहीं भरेगा उनका।

मुझे हीरामन की बहुत याद आ रही है। इतनी देर से मोबाइल की एक घंटी भी नहीं बजी है। कोई मुझे याद नहीं करता। तो मन की चिट्ठियों को भला कौन बांचेगा। तकनीक की दुनिया में उलझे, समय गंवाते हुए क्या सच में हम तसल्ली से बात कर पाएँगे कभी, जिसमें चिट्ठियों वाला एक कतरा सुख हो।

चलिए, और कुछ नहीं तो खुद से, अपने मन की मीता से इस गीत के साथ संवाद कर लेते हैं-

सजनवा बैरी हो गए हमार...

(10 जुलाई, 2017)

17. वाह थॉमस, आह! हेडन

एक खबर पढ़ने के बाद थॉमस बीटी की बेहद याद आई। दरअसल हुआ यूँ कि उस दिन हमेशा की तरह खबरों की तलहटी में बैठा था। अखबारी कामकाज के दौरान एक अदद मानवीय या जन सरोकार की खबर की तलाश करते हुए समाचारों के प्रवाह में अक्सर मैं बह जाता हूँ।...तो देश-दुनिया भटकते हुए एक अनोखी खबर पर मेरी नजर ठिठक गई।

खबर थी- ब्रिटेन के पहले गर्भवती पुरुष हेडन क्रॉस ने एक बच्ची को जन्म दिया है। ऐसा लिंग परिवर्तन की प्रक्रिया से गुजरने और फिर एक शुक्राणुदाता के सहयोग से संभव हुआ। तीन साल पहले एक महिला से पुरुष बने हेडन को फेसबुक पर मिले एक शख्स ने शुक्राणु दिया था। निश्चित तौर पर यह खबर पठनीय थी और यह अगले दिन सुर्खियों में भी रही।

यह खबर मेरे मन में कई सवाल जगा रही है। शिकागो के ओरेगन शहर के थॉमस याद आ रहे हैं। उन्होंने भी कोई सात साल पहले 2008 में प्रकृति के चक्र को पलट दिया था। पत्नी तो माँ नहीं बन सकी, जनाब ने खुद ही यह जिम्मेदारी उठा ली। पहले तो उनकी श्रीमतीजी को ही यकीन नहीं हुआ। फिर थॉमस ने क्या-क्या जतन नहीं किए, बस पूछिए मत।

उसे पता चल गया कि कितना कष्ट सह कर कोई नारी मातृत्व के लिए तैयारी होती है। वह स्वयं में प्रकृति की रचनाकार बन जाती है। वह अपनी इसी क्षमता के कारण ईश्वर के समकक्ष हो जाती है। मेट्रो यात्रा के दौरान अक्सर मैंने शिशुओं को गोद में लिए माँओं को देखा है। हम

सभी जानते हैं कि बच्चे माँ के लिए कभी बोझ नहीं होते। अगर वे थक भी जाएँ, तो उनके चेहरे पर शिकन तक नहीं आती। क्योंकि वह एक माँ है। उसके लिए कैसा बोझ, जिसे नौ महीने गर्भ में पाला हो। क्या अपने हेडन क्रॉस के चेहरे पर मुस्कान देखी है? वैसी ही मुस्काती हैं माँएं।

आश्चर्य होता है उन पतियों को देख कर जो एक बार भी नहीं कहते, लाओ तुम थक गई होगी। क्या ऐसे पुरुष कभी माँ बनने की कल्पना कर सकते हैं। वाह थॉमस, आह हेडन, यार तुम दोनों मिसाल हो। तुम इस सदी के युगपुरुष हो।

दफ्तर के लिए निकल गया हूँ। अभी आजादपुर मेट्रो स्टेशन के आखिरी छोर पर खड़ा हूँ। एक सज्जन अपने छह बच्चों के साथ इधर ही चले आ रहे हैं। जनाब खुद आगे, बच्चों की पलटन पीछे। सबसे पीछे उनकी जन्मदात्री। धन्य हैं ये पिताजी। भाई, एक-दो बच्चे खुद ही जन देते! मगर आप में थॉमस या हेडन जैसी हिम्मत कहाँ?

हुडा सिटी सेंटर की मेट्रो के आने की घोषणा हो रही है। माँ सजग हो गई है बच्चों के लिए। पिता की सख्ती चेहरे पर दिख रही है। दो बच्चों ने माँ के आंचल को थाम लिया है। बाकी बच्चों को बाप से झिड़कियाँ मिल रही है-ध्यान से खड़े रहो। दरवाजा खुलते ही कोच में घुस जाना। बच्चों को यह रुखी हिदायत भली नहीं लग रही है।

मेट्रो आ गई है। आखिरी डिब्बे में सवार हो रहा हूँ। इस परिवार ने लपक कर अपनी सीटें तलाश ली हैं। परिवार नियोजन के इस दौर में छह बच्चों का कुनबा देख कर हैरत नहीं हो रही। क्योंकि आज भी गाँवों में और कुछ समुदायों में यह आम है। हैरत होती है उस मानसिकता पर जहाँ स्त्री को उपभोग समझा जाता है और सारा बोझ उसी पर मढ़ दिया जाता है। अरे, थॉमस या हेडन से ही कुछ सीख लो...।

कोने की सीट पर बैठे हुए मैंने आँख बंद कर ली है। सोच रहा हूँ। यों भी सोचने में पैसा खर्च नहीं होता। न मेरा न आपका। मान लीजिए कि थॉमस बीटी या हेडन क्रॉस की तरह कुछ वैसा ही इरादा आप कर लें तो क्या होगा...? आपके पाँव भारी होंगे तो कार्यालय में सहयोगी मुस्कुरा पूछेंगे- भाई साहब, कौन सा महीना चल रहा है? मोहल्ले या

सोसाइटी में निकलेंगे तो भरी दोपहरी में खाट लगा कर निंदा रस में डूबी कुछ स्त्रियाँ आपस में फसफुसाएँगी- देखो यह आदमी पेट से है। चौथा या पांचवां महीना चल रहा है शायद।

पड़ोसी और दोस्त सब कुछ जान कर भी मजाक करेंगे- भई, क्या सेहत पाई है आपने। एकबारगी शर्म से गड़ जाएँगे आप। करेंगे भी क्या। थॉमस या हेडन के पगचिह्नों पर चलेंगे, तो यह सब सुनना ही होगा। पेट कोई लोटा तो नहीं कि आप अंगोछे या ढीली कमीज में छुपा लें। अलबत्ता अभी एक सवाल मेरे मन में है कि स्त्रियों को या आपको गर्भधारण के समय पेट छुपाना ही क्यों चाहिए। गर्भवती सेलेना विलियम्स की उन बेबाक तस्वीरों को याद कीजिए, जिसमें उन्होंने अपने पेट की बेझिझक नुमाइश की- लो देख लो, इसमें तुम्हारी आने वाली पीढ़ी पल रही है। यह संतति है तुम्हारे देश की। मैं क्यों छुपाऊँ इसे। तुम जाओ कहीं, अपना मुँह छुपाओ।...नारीत्व की गरिमा तो इन्हीं दिनों दिखती है। दकियानूसी समाज की यह कैसी सोच है कि स्त्री दिखे तो आधुनिक, लेकिन रहे परंपराओं में बंध कर।

अभी न तो आने वाले स्टेशनों पर मेरा ध्यान है और न मैं कोई उद्घोषणा ध्यान से सुन रहा हूँ। अब चलते हैं आपके बॉस के पास। कल्पना कीजिए कि आप उनके पास प्रसूति अवकाश के लिए अग्रिम छुट्टी माँगने गए हैं। आपको तो चक्कर आते होंगे, मगर यह खबर सुन कर हो सकता है उन्हें चक्कर आ जाए। वह घबरा कर पूछेंगे- क्या मतलब है तुम्हारा? मैं समझा नहीं। आप थोड़ा लजा कर कहेंगे- सर मेरे पाँव भारी हैं। चार महीने बाद मैं माँ बनने वाला हूँ। आप शर्म से लाल हो रहे होंगे और बॉस अपना माथा पकड़ कर बैठ गए होंगे। उन्हें लग रहा होगा कि केबिन में भूचाल आ गया है।

यह न सिर्फ बॉस, बल्कि भारत सरकार के लिए भी अनोखा मामला होगा। जैसा कि शिकागो के ओरेगन प्रशासन को लग रहा था। सरकारी छुट्टियाँ तय करने वाले अफसर अगर सपने में भी सोच लेते कि अपने यहाँ भी पुरुष बच्चे पैदा करने की ठान सकते हैं, तो बॉस को आपकी छुट्टी मंजूर करने के लिए माथापच्ची नहीं करनी पड़ती। फिलहाल तो आपका दुखड़ा सुनने के बाद वे यही कहेंगे- भई देखो, मैं

तुम्हें प्रसूति अवकाश तो नहीं दे सकता, मगर तुम्हारा आवेदन ऊपर भेज देता हूँ। वहीं विचार होगा।

छुट्टी के पचड़े को निपटा कर घर आएँगे, तो अपने हाथों से पौष्टिक भोजन कराते हुए श्रीमतीजी कहेंगी, जी मत दुखाओ। मैं छुट्टी लेकर तुम्हारी मदद करूंगी। फिर आपको हंसाने के लिए वे चुहलबाजी करेंगी- हमारा जो बच्चा होगा, वह मुझे क्या कहेगा? आप शायद झुंझला कर यही कहेंगे- बच्चा मैं पैदा कर रहा हूँ, तो तुम्हें क्यों, वह मुझे ही मम्मी कहेगा। इस पर पत्नीजी तुनक जाएँगी और कहेंगी, तो फिर डैडी किसे कहेगा? आप अपने शरीर पर आई इस प्राकृतिक आपदा से विचलित न होते हुए खामोशी की चादर से अपने चेहरे को ढके रहेंगे। इस पर श्रीमतीजी की वाचालता फिर बढ़ेगी- मैं सोचती हूँ कि तुम्हें ही मम्मी कहेगा, पर क्या वह मुझे डैडी कह पाएगा। आप सिर खुजाते रहेंगे, मगर आपको इसका जवाब नहीं सूझेगा।

मेरी कल्पना आज न जाने कहाँ ले जाएगी। मालूम नहीं कि कौन सा स्टेशन निकल गया है। ऐसा लग रहा है कि कश्मीरी गेट आने वाला है। तब तक आप मुझे सोचने दीजिए। मैंने पहले भी कहा है न, सोचने में अपन का कौन सा पैसा जाता है।...काल का पहिया घूम रहा है। नौ महीने पूरे होने वाले हैं। भला समय किसी के रोके रुकता है क्या। वह तो बंद मुट्ठी में रेत की तरह है। इसे हाथ से निकल ही जाना है।

...तो उस दिन अस्पताल में आप होंगे और बाहर जबर्दस्त भीड़ लगी होगी। खबरिया चैनलों के पत्रकार तो मधुमक्खी की तरह उमड़ रहे होंगे। कुछ देर बाद डॉक्टर अपनी पूरी टीम के साथ आएगा और एक दूसरे पर गिरते टीवी पत्रकारों को बाइट देगा- भारत का सबसे पहला पुरुष माँ बन गया है। बेटा हुआ है उन्हें। स्पेशल जच्चा वार्ड से शिशु के रोने की आवाज आ रही होगी। आप जिस वार्ड में होंगे, वहाँ नर्सों की गहमागहमी बढ़ जाएगी। सबसे ज्यादा टीआरपी का दावा करने वाले कुछ चैनलों के यशस्वी पत्रकार आप से पहला इंटरव्यू लेने की जुगत भिड़ा रहे होंगे। और कुछ न हुआ तो आपके वार्ड की खिड़की पर तोप के मुँह की तरह अपने कैमरे लगा देंगे और सीधा प्रसारण शुरू कर देंगे—देखिए, भारत का पहला पुरुष माँ किस तरह अपने शिशु को दुलार रहा है।

अगली सुबह अखबारों की सुर्खियों में बस आप ही होंगे। पहले पेज पर टॉप बॉक्स में आपकी खबर होगी। अंग्रेजी अखबारों में अपने शिशु के साथ यही कोई चार-पांच कॉलम में इत्मीनान से पसरे होंगे। श्रीमतीजी से किसी चैनल की महिला पत्रकार सवाल-दर-सवाल दाग रही होगी। और वे हंस-हंस कर बता रही होंगी कि यह सब कैसे हुआ। ऐसे मौके पर आपकी सास भी बलैयाँ लेने से नहीं चूकेंगी। सोचेंगी कि काश उनके पति ने भी ऐसा ही कुछ किया होता...।

...आप क्या सोचने लगे? काल का पहिया तो घूम रहा है। स्त्रियाँ पुरुषों के कई काम निपटा रही हैं, तो आप भी उनके 'कुछ खास काम' निपटा दीजिए। उन्हें प्यार से कहिए- मैं हूँ न?

शायद मुझे झपकी लग गई है या फिर कोई सपना देख रहा हूँ अभी। मेट्रो की उद्घोषणा से मेरी तंद्रा टूटी है- अगला स्टेशन कुतुब मीनार। यह क्या? मुझे तो राजीव चौक उतरना था। ये मैं कहाँ आ गया। न जाने किस कालखंड में पहुँच जाता हूँ कभी-कभी। देखिए न, मुझे दफ्तर पहुँचना था और पहुँच गया कुतुब मीनार। अब मुझे लौटना होगा राजीव चौक।

दूसरी मेट्रो से लौट रहा हूँ। अगर मैं किसी को बताऊँगा कि किस खामखयाली में लेट हो गया तो सभी हंसेंगे। कोई यकीन करेगा? न यकीन करे। नारीवादी होने का मुझ पर ठप्पा लगा दे, क्या फर्क पड़ता है। आधी दुनिया की चिंता करने से अगर नारीवादी हो जाना है, तो यह मुझे सौ बार कबूल है...।

(17 जुलाई, 2017)

18. बेदिल दिल्ली में

खबर पढ़ कर मैं सन्न था। हमारे रिपोर्टर ने लिखा था कि दिल्ली बेदर्द हो गई है। अगर आप मुसीबत में हैं, तो मदद के लिए मुश्किल से कोई हाथ बढ़ा सकता है, बेशक आपकी मुसीबत और बढ़ा दे। समाचार में बताया गया था कि दुर्घटना में घायल एक युवक अपने मोबाइल से परिजनों को संदेश देना चाहता था, लेकिन उसके हाथ कांप रहे थे। उस बेबस युवक के पास से न जाने कितने लोग गुजर गए, मगर किसी का भी दिल नहीं पसीजा। मदद के लिए एक आगे आया भी, तो वह उसका मोबाइल लेकर चंपत हो गया।

पूरी खबर पढ़ने के बाद मैं सोचता रहा कि क्या हमारी संवेदनाएँ इस महानगरीय जीवन में खो गई हैं। व्यस्तता, नौकरी में कामकाज का दबाव और खुद में खोए रहने की बन रही आदत ने क्या हम सभी को भावशून्य कर दिया है? हम शायद मशीन हो गए हैं। घर हो या बाहर हर जगह मशीन की तरह काम करने की दिनचर्या हो गई है। मशीन डेडलाइन तो पूरा कर देती है, मगर वह भावुक नहीं होती। क्या आपने किसी मशीन को भावुक होते हुए देखा है।

सच में लगता है जैसे सभी के पाँवों में पहिए लगे हैं। सब भागे जा रहे हैं। कहाँ जा रहे हैं, किधर जा रहे हैं? किसी को मालूम नहीं और न फुर्सत है सोचने की। अब तो लगता है कि जो भावुक नहीं हैं, वे कहीं ज्यादा सुखी हैं। आज जब दफ्तर के लिए निकला तो तय किया कि कुछ नहीं सोचना है। हम संवेदनशील लोगों की परवाह करता भी कौन है। इस बेदिल दिल्ली में किसके लिए सोचें। दिलदार लोगों की दिल्ली रही

कहाँ?

...सड़क पर पहुँचा तो एक पुरानी पहचान का आटो वाला मिल गया। उसने देखते ही कहा- सर ऑफिस जा रहे हैं? मैंने सिर हिलाया, तो उसने तुरंत बैठने का इशारा किया। मैंने आटो में बैठते हुए कहा- भाई टीटू, यहीं आजादपुर मेट्रो स्टेशन छोड़ दो। उसका जवाब था- आजादपुर क्यों, आपको कश्मीरी गेट मेट्रो के पास उतार दूँगा। उधर ही जा रहा हूँ। किसी का सामान पहुँचाना है।...मैंने सोचा, ये टीटू तो बिल फाड़ने के मूड में है। तीस रुपए की जगह अस्सी-नब्बे रुपए की चपत लग जाएगी बेवजह।

टीटू मेरे मन को भांप गया। उसने कहा- सर, आप तीस रुपए ही दे दीजिएगा। आपसे बात करते हुए चला चलूँगा। मैं संकोच में पड़ गया, मगर इस बेदिल शहर के इस शख्स के आगे हार गया। रास्ते भर वह दिल्ली के लोगों और राजनीति की बात करता रहा।...कश्मीरी गेट उतरा तो टीटू ने तीस रुपए लेने से भी इनकार कर दिया। उसने कहा, मैं तो इधर आ ही रहा था। आप बैठ गए, सफर कट गया। फिर मिलेंगे सर। मेरे जिद करने पर भी वह नहीं माना। आटो लेकर वह जा रहा है। सोच रहा हूँ कि टीटू जैसे दिलवाले कितने लोग होंगे दिल्ली में।

...कश्मीरी गेट मेट्रो स्टेशन गेट की तरफ बढ़ रहा हूँ। स्टेशन परिसर से थोड़ी दूर नंग-धड़ंग व्यक्ति को जमीन पर यों ही पड़े देख कर सकते में आ गया हूँ। चेहरे और बदन पर मख्खियाँ भिनकने लगी हैं। एकबारगी लगा कि यह भिखारी होगा, जो कुछ न मिलने पर या कमजोरी के कारण पेड़ की छाया में सो गया है, लेकिन ऐसा लग नहीं रहा। नजदीक जाकर देखा तो पाया कि पिंजड़े से पंछी उड़ चुका है। इस बेजान शरीर का क्या मोल, जिसे सजाने-संवारने के लिए और रस-रंजन के लिए क्या-क्या जतन नहीं करते आप और हम।

दिल्ली की सर्वाधिक भीड़भाड़ वाली जगह पर एक आदमी की लाश पड़ी है, लेकिन किसी को न कोई परवाह न कोई हलचल। हैरत यह कि शव के आगे से एक कुत्ता गुजर गया, मगर वह भी नहीं ठिठका। हम कुत्तों से भी गए-गुजरे हो गए हैं। मेरे अगल-बगल से कितने ही लोग चले गए, मगर किसी ने भी लाश पर नजर तक नहीं डाली। गोया डाली

से टूटा हुआ कोई सूखा फूल गिरा हो। हम ऐसे क्यों हो गए हैं?

मेरी तरह विचलित एक अन्य व्यक्ति ने पास ही परिवहन बूथ पर तैनात कर्मचारी से पूछा- यह लाश कबसे पड़ी है भाई साहब, तो उसने नजरें फेर लीं। फिर यह कहने पर कि सौ नंबर पर पुलिस को बता दो, तो उसने झुंझला कर कहा- भाई, तुम्हें क्या पड़ी है। अपना रास्ता नापो। इस बीच एक पुलिस कर्मी कहीं के घूमता हुआ आ गया है। उसका इस लाश की ओर देखना भर भी मानो कृपा लग रही है। हद तो यह कि वह परिवहन कर्मचारी से अखबार माँग कर पढ़ने बैठ गया है। यानी इलाके में ड्यूटी के बाद भी उसे कोई चिंता नहीं।

इस पल मुझे लग रहा है कि इस महानगर में हम शहरियों का जीवन एक ऐसे मुकाम पर पहुँच चुका है, जहाँ कुछ भी विशिष्ट नहीं। कुछ भी स्थायी नहीं। सब कुछ आधारहीन है। तभी तो सड़क हादसे में घायल व्यक्ति पर हम लोग ऐसे नजर डाल कर चल देते है, जैसे कुछ हुआ ही न हो। यह बहुत ही दुखद है कि लोगों में सहृदयता लुप्त हो रही है। हम अब दयालु नहीं रहे। किसी का दुख देख कर दिल नहीं पसीजता। सद्भाव और सहयोग की वह निर्मल धारा जाने कब और कैसे सूख गई।

मेरे पास भी समय नहीं है कि सड़क के किनारे पड़ी इस लाश के लिए नगर निगम अधिकारियों से बात करूं। पचड़े में न पड़ने का यह भाव ही हमें जागरूक नागरिक नहीं बनने देता। लिहाजा कश्मीरी गेट स्टेशन की सीढ़ियाँ उतर रहा हूँ, राजीव चौक जाने के लिए।

सोच रहा हूँ, पहले हमारे भाव सहज और सरल थे। उनमें तराश नहीं थी। बल्कि यों कहें कि तराश के स्थान पर कुछ व्यावहारिक रूढ़ियाँ थीं, जिनको पूरा कर लेने के बाद व्यक्ति खुद को मुक्त समझता था, लेकिन आज हम सबकी चेतना कई धरातल पर शून्य होने लगी है। यानी सड़क पर घायल व्यक्ति के लिए मन में एक भाव होता है कि हमें क्या लेना। दूसरा भाव यह कि झंझट में पड़े तो समय पर घर या दफ्तर नहीं पहुँच पाएँगे। इस तरह हम तमाशबीनों की भीड़ का हिस्सा बन कर रह जाते हैं। यह कैसा जीवन मूल्य है? इससे बेहतर तो रूढ़ियाँ थीं। पुराने जमाने में लोग संकट में पड़े व्यक्ति की मदद के लिए दौड़ पड़ते थे। अब मुँह फेर कर निकल जाते हैं। जैसे मैं कतरा कर निकल रहा हूँ।

...राजीव चौक के लिए मेट्रो मिल गई है। समय पर तो मैं दफ्तर पहुँच जाऊँगा, मगर मैंने एक जिम्मेदार नागरिक का कर्तव्य नहीं निभाया। दरअसल, अब हम सब के जीवन में दो परस्पर विरोधी मूल्य टकराने लगे हैं। आज हमारे आसपास ऐसे अनेक लोग मिल जाएँगे जो दो चेहरे लिए घूमते हैं। क्या मैं और क्या आप। हम लोग पहले ऐसे तो न थे। आज हर शहरी अपनी अस्मिता खो चुका है। वह घटना का पर्याय बन चुका है। त्याग, ममता, समर्पण और इंसानियत जैसे शब्द यहाँ घटनाओं के गतिशील संदर्भ हैं, भावों और संवेदनाओं के वाहक नहीं।

जीवन की इस विडंबना से अक्सर मन आहत होता है, लेकिन किससे कहा जाए और क्या कहा जाए। चलिए छोड़िए, आप अपना काम कीजिए। मैं तो अपने काम पर निकल ही चुका हूँ। मेरी मेट्रो राजीव चौक पहुँच रही है...।

(31 जुलाई, 2017)

19. सलामत रहे दोस्ताना हमारा...

मेट्रो में यात्रा करते समय फेसबुक मैसेंजर पर आए मित्रों के संदेश प्रायः मेरा ध्यान खींच लेते हैं। आज दफ्तर जाते समय बीप की ध्वनियों को मैंने नजरअंदाज कर दिया। ऐसा अक्सर होता है, जब मैं तमाम संदेश फुर्सत में या फिर सफर के दौरान पढ़ता हूँ। मेरी यह आदत कई बार महंगी पड़ जाती है, जब मालूम होता है कि वह घर या दफ्तर से आया कोई जरूरी संदेश था, जिसे मैंने समय पर देखा ही नहीं। ऐसा हममें से कई लोग करते होंगे।

...तो मेट्रो में सीट पर बैठते ही मैंने फेसबुक खोल लिया है। आज आखिरी कोच में ज्यादातर सीटें खाली हैं। गिनती के यात्री। हम अपने आसपास या संबंधों में बेशक एक दूरियाँ महसूस करते हों, मगर सोशल साइटों ने लोगों की दूरियाँ मिटाई हैं। सुदूर बैठा मित्र भी अब लगातार आपके संपर्क में हैं। वहीं एक दूसरे से अनजान लोग भी अच्छे मित्र बन रहे हैं। यह उस खुली खिड़की की तरह है, जहाँ से आप जब चाहे अपने पड़ोसी से बतिया लेते हैं। फेसबुक पर अब जीवन की हर गतिविधि दोस्तों के बीच साझा की जा रही है।...देख रहा हूँ कि अभी हमारी एक मित्र ने प्रसव के कुछ घंटे बाद ही अपने नवजात शिशु की तस्वीर साझा कर माँ बनने की सूचना दी है। सैकड़ों मित्र बलैयाँ ले रहे हैं। मैं भी अपनी शुभकामनाएँ व्यक्त कर रहा हूँ- माँ बनने पर आपको बधाई। शिशु के उज्ज्वल भविष्य की कामना।

फेसबुक नोटिफिकेशन चेक करते हुए आप जान जाते हैं कि किस मित्र ने क्या लिखा है और आपके लिखे पर किसने टिप्पणी की है। सच

कहूँ, तो यहाँ हरदम दोस्तों की महफिल सजी रहती है। कोई गीत सुना रहा हैं, तो कोई सीधे लाइव होकर रूबरू है। इन सबके बीच साहित्य से लेकर राजनीति और किस्सागोई से लेकर मेरी तरह बतकही चल रही है। नवोदित कवियों और कवयित्रियों को तो जैसे एक बड़ा मंच मिल गया है, जहाँ से उनका निरंतर पाठ होता रहता है। अब ऐसे में आलोचकों का कोना न हो, यह मुमकिन है क्या। वे भी अपने नश्तर तेज करते रहते हैं। लिहाजा उनसे अपनी गर्दन बची रहे, यही बेहतर। अलबत्ता, वे भी आपके मित्र ही हैं।

फेसबुक पर नजर दौड़ाते हुए मुझे अपनी रेडियो जॉकी मित्र देविका का संदेश दिखा है- आपको फेसबुक मैसेज किया, आपने पढ़ा नहीं... फिर दूसरा सवाल- मेसेज आ नहीं रहे आपके पास?? मेरा जवाब है- नहीं पहुँचे।...फिर तीसरा सवाल- ये कैसे हुआ...आया ही नहीं आपके पास? एक लंबे अंतराल के बाद मित्रों के संदेश आते हैं, तो सुखद लगता है। इनसानों के बीच बढ़ रही दूरियों और सामाजिक संबंधों में बढ़ रहे सन्नाटे के बीच इस संदेश की चर्चा इसलिए कि आप कहीं भी हों आपके मित्र, तकनीक के नए माध्यमों से आपको ढूँढ़ ही लेते हैं। आप उनसे कभी दूर नहीं होते। अब उनके बिना रह भी नहीं सकते। आप उनसे विचारों से लेकर सुख-दुख तक जुड़े रहते हैं।

सच कहूँ, तो मित्रता कृष्ण जैसा सखा भाव है। न जाने किस मित्र के मन में कान्हा मिल जाएँ। यह सखा भाव कृष्ण-सुदामा मैत्री की तरह है। सच्चा मित्र जानता है कि आप क्या हैं? आपकी कमजोरियाँ क्या हैं। या आप किस मुश्किल में हैं। याद कीजिए सुदामा को, जब वह अपने परमप्रिय मित्र से मिलने राजमहल पहुँचे थे। उन्हें भेंट में देने के लिए इस गरीब मित्र के पास चना-चबेना के सिवाय और था ही क्या। बेहद संकोच के साथ कृष्ण को यह सब दिया। मगर सोने-चाँदी के बर्तनों में छप्पन भोग लगाने वाले मित्र ने सहर्ष स्वीकार कर लिया।

मित्र से गले मिलते हुए कृष्ण ने जान लिया कि सुदामा किस मुश्किल में है और वह क्यों आया है। एक समर्थ मित्र के होते हुए अनन्य मित्र कैसे असमर्थ हो सकता है? रुकमिणी ने शायद यही पूछा होगा कृष्ण से। और कान्हा ने जवाब दिया होगा- मेरा मित्र असमर्थ नहीं।

वह यहाँ से घर लौटेगा तो समर्थ होगा। यही हुआ। सुदामा लौटे तो अपनी झोपड़ी को महल में बदला पाया। फटेहाल परिवार खुशहाल हो चुका था। सच्चे मित्र ऐसे ही होते हैं जो आपके उजड़े हुए दिल के दयार को भी आशा के दीप से जगमग कर देते हैं। मन की गुरबत दूर कर देते हैं।

...मेट्रो अपनी रफ्तार में है। राजीव चौक आने में अभी समय है, तो अभी फेसबुक पर मित्रों के उद्‌गारों को पढ़ता जा रहा हूँ। सुदूर कहीं बैठा मित्र जब अपने अनुभवों को बाँटता है, तो लगता है कि वह अपनी परंपरा, अपनी संस्कृति और अपनी भावनाओं को भी साझा कर रहा है। हम उनके विचारों से महसूस कर सकते हैं कि वह एक सच्चा इनसान ही होगा। इन्हीं में से कोई आपका अच्छा मित्र बन जाता है। जानते हैं क्यों। क्योंकि दिल यह कहता है कि किसी जन्म का बिछड़ा हुआ यह कोई पुराना मित्र है। हालांकि उन्हें समझने-बूझने में समय लग सकता है। हमें यह नहीं भूलना चाहिए कि फेसबुक यूजर्स में से कोई नौ फीसद से ज्यादा लोगों की पहचान फर्जी है। जिनका ठिकाना नकली है। जिनके चेहरे नकली हैं। आप यह भी पहचान नहीं पाते कि मित्रता के लिए हाथ बढ़ा रहा शख्स स्त्री है या परुष!

मेरी मेट्रो कश्मीरी गेट स्टेशन पहुँच गई है। गेट खुलते ही मेरा ध्यान भंग हुआ युवा लड़के-लड़कियों की चुहलबाजियों से। इनकी बातों से ही पता चला कि आज फ्रेंडशिप डे यानी मैत्री दिवस है। बाजार की नजर अब हमारी दोस्ती पर भी है। वह फ्रेंडशिप बैंड बेच कर दोस्ती की गाँठें मजबूत करता हो या नहीं, पर अपनी जेब जरूर भारी कर रहा है।

इन युवाओं के हाथों में रंग-बिरंगे बैंड बंधे हैं। मन की खुशी कलाइयों पर झिलमिला रही है। सभी खुश हैं। यह दोस्ती का नया रक्षा सूत्र है। यह मैत्री कितने बरसों तक निभेगी, यह तो भविष्य ही बताएगा। बहरहाल, दोस्ती के इस उमंग भरे दौर को ये सभी जी तो रहे हैं। यह क्या कम बड़ी बात है। हालांकि मित्र वही जो मुश्किलों में साथ निभाए। जो आपके दुख-सुख को दम साध कर सुने। अपने सुझावों से भटकने न दे। ठीक उसी तरह जैसे अंधकार के समय बीच समंदर में जहाज को एक लैम्पपोस्ट सही राह दिखा देता है।

इन युवा लड़के-लड़कियों को देख कर कहना मुश्किल है कि ये

कितने कदम साथ चलेंगे। क्योंकि सबकी मंजिल दूर और अलग-अलग है। अगर इनमें कुछ की मैत्री सच्ची होगी, तो निश्चित रूप से जीवन के आखिरी छोर तक जाएँगे। प्रेम करते हुए आप गिर सकते हैं, लेकिन ये दोस्त ही होते हैं, जो आपको कई बार संभाल लेते हैं। आप ऐसे दोस्तों को कभी भूल नहीं पाते। इसलिए सच्चे मित्र को खो देना बहुत दुखदायी होता है।

यों स्कूल कॉलेज की दोस्ती दूर तक नहीं जाती। याद कीजिए अपने पुराने दिनों को। स्कूल के कितने सहपाठी आज भी आपके दोस्त हैं? जो आपके घर अब भी आते हों या उनसे फोन पर उनसे बात होती हो? शायद एक भी मित्र ऐसा न हो जो बरसों बाद अचानक फोन कर के कहे- अबे, उल्लू के पट्ठे, मैं संजीव बोल रहा हूँ जयपुर से। फोन नहीं कर सकता था मुझे...?

आज फ्रेंडशिप डे पर सिविल लाइंस वाले स्कूल के दिनों के प्रिय मित्र संजीव की बहुत याद आ रही है। पीठ पर जोर से धौल जमाने वाला और घर ले जाकर नाश्ता कराने वाला। अभी वह सरहद पर हम सब की सुरक्षा में तैनात है।...कम ही दोस्त हैं मेरे, मगर जितने भी हैं, बहुत प्यारे हैं। जो जीवन के आखिरी कदम तक साथ चलने को तैयार हैं। वे आज भी बुलाते हैं घर पर। इनके घर गाजियाबाद से लेकर गुड़गाँव तक हैं। नहीं जा पाता, तो यह दोष मेरा है। उनका नहीं। बनारस में बैठी मित्र कई बार बोल चुकी- आइए न कभी। अस्सी घाट के किनारे गरमा-गरम जलेबी और समोसे खाएँगे। कुल्हड़ वाली चाय पर बैठकी होगी।

कोई मित्र घर पर चाय या भोजन पर बुलाए, तो यह साफ है कि वह आपका बहुत सम्मान करता है। आप पर भरोसा करता है। जाहिर है कि आपका उत्तरदायित्व बढ़ जाता है। ऐसे मित्र प्रतिद्वंद्वी नहीं हो सकते। क्योंकि वे आपके साथ बहुत दूर तक जाना चाहते हैं। आपके सुख-दुख को जीना चाहते हैं। जीवन के कुछ हिस्से को बाँटना चाहते हैं।

मेरे सोचने के इस क्रम में राजीव चौक स्टेशन आने की उद्घोषणा हो रही है। मित्रता की कड़ी में बंधे युवा सह-यात्रियों की खुशियों में से कुछ हिस्सा बटोर कर मैं उतर रहा हूँ। इस खुशी को मैं आप सभी मित्रों के बीच बाँट देना चाहता हूँ। आज मित्र दिवस पर तमाम दोस्तों से

गुजारिश है कि आप किसी के सच्चे मित्र बनें या न बनें, मगर भावनात्मक और रचनात्मक रिश्ते को हमेशा सहेज कर रखें। मित्रता का यह भी एक तकाजा है। निभाएँगे न इसे?

राजीव चौक उतर रहा हूँ। स्टेशन पर आज युवाओं की संख्या ज्यादा है। निश्चित तौर से दोस्ती के नाम समर्पित दिन को मनाने ये निकले हैं। गलबहियाँ डाले। हाथों में हाथ लिए। ऐसा बिंदासपन और ऐसी बेफिक्री हमेशा बनी रहे। गिले-शिकवे एक तरफ, हर दिन हो दोस्ती का नया पैगाम। इस सोशल साइट को धन्यवाद, जिसने कश्मीर से लेकर कन्याकुमारी तक और पहाड़ से लेकर नदियों व समंदर किनारे बसे शहरों में बैठे मित्रों की ऐसी शृंखला बनाई है, जिसमें भारतीयता का एक भावनात्मक बोध होता है। सहमति और असहमति के बीच विमर्श से एक दिशा मिलती है इस देश को, जिसके हम नागरिक कहलाते हैं।

(7 अगस्त, 2017)

20. लालकिले से...

लालकिले पर आजादी के जश्न की तैयारी पूरी हो गई है। इसे देखने मैं स्कूल के दिनों में जाया करता था। तब दिल्ली की आबादी इतनी सघन नहीं थी और न ही यातायात जाम में कोई फंसता था। जितनी आज आप देख रहे हैं। तब जिंदगी थोड़ी सरल थी। यह अस्सी के दशक की बात है। उन दिनों पैदल ही मैं जमनापार से लालकिले पहुँच जाया करता था। आज ऐसा सोच भी नहीं सकता। समय गुजरने के साथ आजादी का पर्व टीवी के सामने सिमट कर रह गया।

बरसों बीत गए आजादी का जश्न मनाने मैं कभी लालकिला नहीं गया। यों कई सालों तक बस से दफ्तर जाते समय स्वतंत्रता दिवस की तैयारियाँ जरूर देखीं। लालकिले के प्राचीर पर सुरक्षा इंतजाम से लेकर नीचे कुर्सियाँ लगाई जाते हर साल देखता रहा। इन दिनों दरियागंज से लेकर चाँदनी चौक और लालकिले के सामने की सड़क पर लता दी का गाया यह गीत लाउडस्पीकर पर अक्सर बजता है–

ऐ मेरे वतन के लोगों, जरा आँख में भर लो पानी,
जो शहीद हुए हैं उनकी जरा याद करो कुर्बानी...।
मैं इसे गुनगुनाते हुए कई बार दफ्तर गया हूँ।

आजादी के जश्न से पहले आज मेरा अवकाश है। इधर दो सालों से मेट्रो में यात्रा के दौरान जश्न की तैयारियाँ स्मृतियों में कैद होकर रह गई हैं। लिहाजा जश्न से पहले लालकिले को देखते हुए मैं कुछ पुरानी यादों से रूबरू होने निकल पड़ा हूँ। अभी मेट्रो से चाँदनी चौक स्टेशन उतर गया हूँ। यहाँ सुरक्षा चाक–चौबंद है। कश्मीरी गेट से दरियागंज आने वाले

वाहनों पर आंशिक रोक लगा दी गई है। मैं चाँदनी चौक से टहलता हुआ लालकिले के सामने आ गया हूँ। आम दिनों की अपेक्षा यहाँ पैदल चलना सुखद लग रहा है। लालकिला मैदान की हरियाली मन को मोह रही है। बीते तीस साल में यह मैदान कितना बदल गया है।

...याद आता है चुनाव का वह दौर जब इंदिराजी सत्ता से बेदखल हो गई थीं। इसी लालकिला मैदान में जनता को चुनावी नतीजे बताने के लिए विशालकाय इलेक्शन बोर्ड लगा था। तब न तो इतने न्यूज चैनल थे और न संचार की आधुनिक तकनीक। सूचना पटल पर एक-एक सीटों की जानकारी दी जा रही थी- कांग्रेस आई- शून्य...जनता पार्टी- एक। पत्र सूचना कार्यालय में उन दिनों मेरे पिता अधिकारी थे। चुनाव नतीजे बताने के लिए उनकी यहाँ ड्यूटी लगाई गई थी।

इसी लालकिला मैदान में लगे एक तंबू में पिताजी बैठे थे। हॉटलाइन से सूचना मिलते ही एक कर्मचारी की सहायता से वे बोर्ड पर चुनाव नतीजे लिखवा देते। यह सिलसिला चलता रहता। उन दिनों मैं दरियागंज स्थित रामजस स्कूल में पढ़ता था। एक दिन मैं स्कूल से सीधे वहीं पहुँच गया। मुझे देख कर पिताजी ने डांटा। फिर उन्होंने इशारा कर एक कुर्सी पर बैठने को कहा। मैं हॉटलाइन पर लगातार आ रहे नतीजों को तंबू के बाहर लगे बोर्ड पर लिखे जाते देखता रहा...कांग्रेस आई- शून्य। जनता पार्टी-तीन...।

लालकिला मैदान से जुड़ी कई यादें जेहन में हैं। यहाँ लगने वाले मेले में कई बार आया। लड़कों को पतंग उड़ाते भी देखा। एकदम खुला मैदान। कहीं कोई बंदिश नहीं। अब तो इस मैदान में आप आसानी से नहीं जा सकते। विरासत से कैसे दूर होते हैं हम, यह एक उदाहरण है समझने के लिए। जब देश के नागरिक अपनी समृद्ध विरासत से दूर किए जाते हैं, तो वहाँ मूल्यों का भी ह्रास होता है। हम अपनी विरासत को तो अक्षुण्ण रखना चाहते हैं, मगर कर्तव्यों की जरा भी चिंता नहीं करते। आजादी का पर्व मनाते हुए हमें अपने कर्तव्यों का भी बोध होना चाहिए। मगर अब कौन सोचता है?

सड़क पर टलहते हुए यहाँ की साफ-सफाई अच्छी लग रही है। डिवाइर का रंग-रोगन कर दिया गया है। सड़क पर काली-सफेद पट्टियाँ

चमक रही हैं। सब कुछ अनुशासित है। मगर आजादी का जश्न खत्म होते ही सड़कों पर फिर से अराजकता मच जाएगी। अपने अधिकारों के लिए शोर मचाने नाले नागरिक अपने कर्तव्यों को याद नहीं करेंगे। यों वे सड़कों पर थूकते-पेशाब करते हुए या गंदगी फेंकते हुए आज भी नहीं सोचते। क्या हम अपने देश को गंदगी से आजादी दिला पाएँगे?

आज लालकिले के सामने फुर्सत में यों ही टहलते हुए सोच रहा हूँ कि देश तो आजाद हो गया, मगर उसे हिंसा, बालश्रम, निरक्षरता, अंधविश्वास-कुरीतियों और दूषित मानसिकता से आज भी आजादी नहीं मिली है। नारी स्वतंत्रता की बात करना तो बेमानी है। उनकी राह में अब भी कांटे बिछे हुए हैं। क्या इसे हटाने का संकल्प हम लोग नहीं ले सकते? कोलकाता में पिछले दिनों निर्भया जैसा कांड हुआ। आज जब आजादी का जश्न मना रहे हैं, तो इस मौके पर हमें सोचना चाहिए कि क्या हम अपनी बेटियों को समाज में वह सुरक्षित कोना दे पाए हैं, जहाँ वह सुरक्षित महसूस करते हुए अपना सुनहरा भविष्य बुन सकें?

मैं टहलते हुए अब दरियागंज पहुँच गया हूँ? सड़कों पर कुछ नंग-धड़ंग बच्चे तिरंगी पतंगें लिए धमाचौकड़ी जरूर मचा रहे हैं। कौन हैं ये बच्चे? जिन्हें लिखने-पढ़ने और कपड़े पहनने तक की आजादी नसीब नहीं है। स्वतंत्रता मिलने के सात दशक बाद भी बालश्रम अभिशाप बना हुआ है। ईट-भट्टों और खेत-खलिहानों से लेकर छोटे-मोटे कल-कारखानों में काम कर रहे इन लाखों बच्चों के लिए स्वतंत्रता दिवस पर कोई काम नहीं होता। मगर जश्न खत्म होते ही अगले दिन ये फिर काम में जुट जाते हैं। कारकुनों की आँखें बंद हो जाती हैं।

कौन हैं ये बच्चे? कहाँ से चले आए शहरों और महानगरों में। आपने दफ्तर जाते समय अक्सर सड़कों पर गाड़ियों के शीशे साफ करते हुए इन्हें देखा होगा। बसों और ट्रेनों नें गाकर पैसे माँगते हुए भी देखा होगा। अपने परिवार का पेट पालते हुए ये बच्चे हुए हर दिन मरते हैं। यह तस्वीर किसी को नहीं दिखाई देती। तिरंगे लिए दौड़ते बच्चों की तस्वीरें छाप कर हम पत्रकार भावुक हो जाते हैं। मगर देश को भावुक होने की नहीं, व्यावहारिक होने की जरूरत है।

...मैं दरियागंज से वापस लालकिले की तरफ लौट रहा हूँ। यहाँ

आजादी के जश्न का खुमार चढ़ा चुका है। देशभक्ति उमड़ रही है मन में। लेकिन आजादी का पर्व क्या सिर्फ जश्न मनाने के लिए है? यह पिकनिक मनाने और छतों पर जाकर पतंग उड़ाने-पेच लड़ाने का नाम तो नहीं हैं आजादी। दरअसल, आजादी का मतलब देश और समाज जिस जगह से पिछड़ गया है, वहाँ से इसे आगे ले जाने और एक नागरिक के रूप में अपने दायित्व निभाने का है। मगर क्या मैं ऐसा कर पा रहा हूँ?

मैं इस समय लालकिले के सामने खड़ा हूँ। अंग्रेजों के खिलाफ बिगुल बजने और इसके बाद आजादी के संघर्ष का साक्षी रहे इस किले ने कई दौर देखे हैं। कई प्रधानमंत्रियों को इसने अपने प्रचीर से तिरंगा फहराते देखा है। यह देश और दिल्ली की बदलती राजनीति को खामोशी से देखता रहता है। किले के परिसर में पसरा सन्नाटा अब बाहर तक महसूस होता है। यह इतिहास के न जाने कितने पन्नों और न जाने कितनी चीखों को समेटे हुए है अपने सीने में। अब हर पल सन्नाटा बुनता रहता है लालकिला। इस किले से रूबरू हूँ अभी। हमारे दरम्यान सुरक्षा का अभेद्य फासला है। किले के शीर्ष प्राचीर पर तिरंगा शान से लहरा रहा है। वह आश्वस्त कर रहा है- हमारा लोकतंत्र ही देश का प्राण है। वही हमारी ताकत है।

तिरंगे को सलाम करते हुए लौट रहा हूँ। सड़क के किनारे चलते हुए मैले-कुचौले कपड़े पहने एक भिखारी ने मेरा रास्ता रोक लिया है। बता रहा कि वह दो दिन से भूखा है। उसे खाने को कुछ चाहिए। मैं आसपास नजर दौड़ा रहा हूँ। सुरक्षा कारणों से सभी खोमचे वाले हटा दिए गए हैं। जनता भोजन के बहाने गरीबों से भूख की राजनीति करने वाली सरकार के जन आहार वाले वाहन भी यहाँ नहीं दिख रहे, जिससे पूड़ी-सब्जी ही उसे खिला सकूँ।

'...बाबूजी कुछ पैसे ही दे दीजिए। पुरानी दिल्ली स्टेशन के पास ही कुछ खा लूँगा।' मुझे असमंसस में देख उस गरीब ने कहा। मैंने उसे बीस रुपए दे दिए हैं। वह मुझे दुआ देता हुआ स्टेशन की तरफ जा रहा हैं। मैं सोच रहा हूँ, यह देश आज भी भूख से लड़ नहीं पाया है। लाखों लोग एक वक्त का खाना खाकर सो जाते हैं। करोड़ों लोग पेट भरने के लिए गाँवों से शहरों की ओर पलायन कर रहे हैं। कई जगह उन्हें न्यूनतम

मजदूरी भी नहीं मिलती। और अगर काम नहीं मिलता, तो वे दूसरों के आगे हाथ पसार देते हैं इस भिखारी की तरह।

मैं चाँदनी चौक की तरफ चल पड़ा हूँ। आजादी का वास्तविक जश्न कैसे मनेगा, यह मुझे समझ में आ गया है। आज काम न मिलने से कुछ मजदूर यहाँ फुटपाथ पर आराम करते दिख रहे हैं। एक मजदूर कोने में बैठा रेडियो सुन रहा है। मैं घर लौट रहा हूँ। मेरे कदम मेट्रो स्टेशन की तरफ बढ़ रहे हैं। रास्ते में एक बच्ची मुझे तिरंगा खरीदने के लिए आग्रह कर रही हैं। क्या तिरंगे बेच कर वह आजादी का जश्न मनाएगी? या इससे परिवार का पेट भरेगी यह बच्ची। नहीं मालूम। हमारे स्वतंत्रता सेनानियों ने भी इसकी कल्पना नहीं की होगी। मैं उसका दिल रखने के लिए उससे सभी झंडे खरीद रहा हूँ। इन्हें मैं बच्चों में बाँट दूँगा।

21. अकेली होती दुनिया

उस दिन अस्पताल के इमरजंसी वार्ड में वे वीलचेयर पर दिखे। तबीयत बहुत खराब थी उनकी। शायद उन्हें नौकर लेकर वहाँ आया था। मैंने उससे पूछा, 'कोई साथ नहीं आया?' उसका जवाब था, 'घर में बेटे-बहू हैं, लेकिन किसी को फुर्सत नहीं।' उसकी बात सुन कर मैं सन्न रह गया? जिस माता-पिता की अंगुली पकड़ कर बच्चे बड़े होते हैं, एक दिन वही उन्हें अकेला छोड़ देते हैं। एक तरफ जहाँ संयुक्त परिवार टूटने से बुजुर्ग अकेले हुए हैं, दूसरी तरफ भरे-पूरे परिवार में भी इस कदर उपेक्षित हैं कि उन्हें परायों की मदद लेनी पड़ती है।

डॉक्टर से मुलाकात के बाद न्यूजरूम पहुँचा तो मन खिन्न था। फिर भी काम में जुट गया हमेशा की तरह। एक के बाद एक खबरें आ रही थीं। मेरी निगाह हर खबर पर थी। तभी एक पर मेरी नजर ठिठक गई- मदर डेयरी के प्रबंध निदेशक एस नागराजन का इस्तीफा।...राजनीति से लेकर शासन तंत्र और कॉरपोरेट तक से इस्तीफे व निलंबन की खबरें अक्सर आती हैं। मगर नागराज साहब के इस्तीफे में ऐसा क्या है? यह सवाल मन में कौंधा।

एक सांस में यह समाचार पढ़ गया। नागराजन ने निजी कारणों से इस्तीफा दिया था, लेकिन जो वजह बताई थी, उससे उनके प्रति मन में सम्मान भर गया। रिपोर्टर के सवाल पर उनका जवाब था, 'मैं अब अपने अभिभावकों के साथ समय बिताना चाहता हूँ, जो बंगलुरु में रहते हैं।' नेस्ले से अपने करियर की शुरुआत करने वाले नागराजन आइआइएम अमदाबाद के छात्र रहे हैं। जाहिर है, इस मुकाम तक पहुँचाने में उनके

माता-पिता ने एक एक लंबी संघर्ष यात्रा की होगी।

दूध की प्रमुख आपूर्तिकर्ता कंपनी में शीर्ष पद पर पहुँच जाने के बाद बूढ़े माता-पिता के साथ समय बिताने की बात उनके मन में अब क्यों आई? सेवानिवृत्ति के बाद भी नागराजन बंगलुरु जाकर रह सकते थे। मगर जो भी हो, अच्छा-खासा वेतन और बड़े पद को ठुकरा कर माता-पिता की सेवा करने का फैसला उन तमाम बेटे-बेटियों के लिए प्रेरणा है, जो अंतहीन लालच में फंस कर असहाय माँ-बाप को अकेला छोड़ देते हैं।

याद कीजिए आशा सहनी को, जो बेटे का इंतजार करती हुई अपने ही फ्लैट में कंकाल में बदल गई। उस वृद्धा का कंकाल होना तो सबको दिखा, मगर ऐसे लाखों-करोड़ों माँ-बाप की कंकाल होती उम्मीदें हमें नहीं दिखतीं जिनके बेटे कई कारणों से उसी शहर में अलग रहने लगते हैं। इनमें कितने लायक बेटे होंगे जो नागराजन की तरह माँ-बाप के घर लौटेंगे? कहाँ खो गया है हमारे भीतर का श्रवण कुमार?

नागराजन के इस्तीफे की चर्चा मित्रों से कर चुका हूँ। उनके भीतर भी कचोट है कि काश वे ऐसा कर पाते। मगर कौन कर पाता है? मेरे मन में भी पिता की देखभाल करने का खयाल आया है। ठीक वैसे ही जैसे कभी उन्होंने मेरी की होगी।...तो आज सुबह मैंने उनसे कहा- नौकरी छोड़ कर मैं अब आपकी सेवा करना चाहता हूँ। बहुत हो गई नौकरी। आपकी क्या राय है? इस पर उनका सहज जवाब था- अभी तुम्हारी जिम्मेदारियाँ पूरी नहीं हुईं। नौकरी छोड़ दोगे, तो जीवन कैसे निभाओगे। तुम मेरे साथ हो न। इतना ही काफी है।

तुम मेरे साथ हो न...। उनका यह वाक्य दिल को छू गया। हाँ, मैं उनके साथ हूँ। बच्चे साथ रहें, बुजुर्ग माँ-बाप इतना ही तो चाहते हैं। आज जब दफ्तर के लिए चला तो पिताजी दरवाजे पर मिले, हाथ में बिस्कुट का पैकेट और सेब लिए हुए। उन्होंने इसे मेरे ऑफिस बैग में डाल दिया है, शाम के नाश्ते के लिए। बुजुर्ग माँ-बाप की नजरों में हम सभी हमेशा बच्चे ही रहते हैं।

मैं ऑफिस के लिए निकल रहा हूँ। पिताजी गेट पर खड़े मुझे जाते हुए देख रहे हैं। बरसों पहले भी इसी तरह देखते थे, जब मैं सुबह स्कूल

के लिए निकलता था। दूर तक उनकी निगाहें मेरे साथ चलतीं और यह आश्वस्त करतीं- बेटा मैं तुम्हारे साथ हूँ। खूब पढ़ो-लिखो। अच्छा इनसान बनो।...आज मेरी बारी है। पिताजी मैं आपके साथ हूँ। मैं पलट कर बार-बार देख रहा हूँ। पिता जी घर के अंदर चले गए हैं न?

मुख्य सड़क पर आ गया हूँ। मेट्रो स्टेशन जाने के लिए फीडर बस या ई-रिक्शा मिल जाए, तो सहूलियत हो जाती है। उमस भरी इस दोपहर में बस स्टाप पर अकेला खड़ा हूँ। एक आटो अभी मेरे सामने आकर रुका है। इसे चला रहे बुजुर्ग को देख कर हैरत में हूँ। मैने पूछा- 'मेट्रो स्टेशन चलेंगे?' जवाब है- 'हाँ, क्यों नहीं बेटा। बैठो आप।'

...आटो चल पड़ा है। मैंने उनसे सवाल किया- 'बुरा न मानें तो ये बताइए कि इस उम्र में भी आप क्यों काम कर रहे हैं।' इस पर उन्होंने जवाब दिया- 'जब बूढ़े बाप को बहू-बेटे अकेला छोड़ कर चले जाएँ तो कोई क्या करे।' उनकी बात सुन कर मैं खामोश हो गया। फिर भी रहा न गया; तो एक सवाल और पूछ लिया- 'कितनी उम्र हो गई आपकी।' उन्होंने मुस्कारते हुए जवाब दिया- 'यही कोई सत्तर साल।' सामने लगे शीशे में उनका चेहरा देख रहा हूँ। इस मुस्कुराहट में भी एक दर्द है।

अब कोई सवाल करने की हिम्मत नहीं हो रही। ये बुजुर्ग सज्जन बेहद सावधानी से आटो चला रहे हैं। काश कि इतनी सावधानी जीवन में भी बरती होती, तो इस उम्र में आटो तो न चलाना पड़ता। दो पैसे ही जोड़ लेते अपने भविष्य के लिए।...आटो वाले बाबा ने मुझे मेट्रो स्टेशन के गेट पर उतार दिया है। मैंने सकुचाते हुए उन्हें चालीस रुपए दिए तो हंसते हुए बोले- 'अच्छा ठीक है। इतना काफी है।' अभी मुझे उन आटो वालों के चेहरे याद आ रहे हैं, जो ज्यादा किराया माँगते रहे हैं। एक ये बाबा हैं, जिन्हें जितना दे दिया उसी में संतुष्ट हो गए।

...मैं उन्हें जाते हुए देख रहा हूँ। सोच रहा हूँ कि गैर सरकारी क्षेत्र में काम करने वाले लोगों के लिए एक मुक्कमल सामाजिक सुरक्षा योजना क्यों नहीं पेश की जाती, जिससे वे बुढ़ापे में घर पर सम्मान के साथ जी सकें। आपने देश भर में ऐसे कई बूढ़े पुरुषों-महिलाओं को कुछ न कुछ काम करते हुए देखा होगा। मगर किसी भी श्रममंत्री ने इनके लिए कभी कोई व्यावहारिक पेंशन योजना शुरू नहीं की। राजधानी दिल्ली में

दो या तीन हजार रुपए पेंशन देकर सामाजकि सुरक्षा से मुक्त हो जाने वाली सरकारें एक पल के लिए भी नहीं सोचतीं कि इतनी कम राशि में कोई कैसे गुजारा करता होगा। देश के लिए भावी नागरिक तैयार कर चुके और अब गरीबी व भूख से लड़ रहे इन बुजुर्गों के लिए सरकार कभी सोचेगी भी?

मैं मेट्रो स्टेशन के प्लेटफार्म नंबर एक पर उस जगह खड़ा हूँ, जहाँ आखिरी डिब्बा लगेगा। स्टेशन पर अक्सर बुजुर्ग सहयात्री दिख जाते हैं। कोई झोला लिए, तो कोई हाथ में छड़ी लिए हुए। रिश्तों में घुस आए स्वार्थ ने उन्हें अकेला कर दिया है। मेट्रो का शुक्रिया, जिसने अपने सिस्टम में इनका खयाल रखा है। जब मैं हर कोच के आखिर और शुरू में चार सीटें इनके लिए रिजर्व देखता हूँ, तो तसल्ली मिलती है कि यहाँ बुजुर्ग अकेले नहीं हैं। अभी-अभी जवान हुई नई पीढ़ी भी इनके लिए सीट खाली कर देती है।

...प्लेटफार्म के आखिरी छोर पर एक बुजुर्ग मेट्रो का इंतजार करते दिख रहे हैं। कुर्ता-पायजामा पहने इन गोरे-चिट्टे सज्जन के सभी बालों ने श्वेत आभा ओढ़ ली है। इस आभा के पीछे जीवन के न जाने कितने अध्याय जुड़े होंगे, जिन्हें कोई पढ़ नहीं पाता। वे उम्र ढलने के साथ कुछ ज्यादा ही दुबले हो गए हैं। सच कहूँ, तो उम्र नहीं ढलता, जीवन ढल जाता है संघर्ष के कई पड़ाव पार करते हुए। बच्चों को बड़ा करते हुए। तो कई पड़ावों से आगे निकल चुके इन बुजुर्ग के एक हाथ में टिफिन है, तो दूसरे में धार्मिक पुस्तक सुखमनी साहिब। वे कुछ बुदबुदा रहे हैं। मगर क्या? पता नहीं चल रहा। होठों पर आए शब्द हवा में गुम हो जा रहे हैं। अंदाज लगाना मुश्किल है कि वे प्रार्थना कर रहे हैं या किसी को कोस रहे हैं।

...हुडा सिटी सेंटर जाने वाली मेट्रो के आने की घोषणा हो रही है। वे सजग हो गए हैं। आखिरी डिब्बा लगते ही मैंने उन्हें सहारा दिया है। हम कोच के अंदर आ गए हैं। मेरी आत्मीयता पाकर वे ठीक मेरे बगल में बैठ गए हैं। सीट मिल जाने का इत्मीनान उनके चेहरे पर है। इधर-उधर नजर दौड़ाने के बाद उन्होंने मुझसे पूछा, आपको कहाँ जाना है पुत्तर जी। मैंने कहा- राजीव चौक और आप? इस सवाल पर उनका

दर्द छलक उठा- मेरा क्या है जी। रोज सचिवालय चला जाता हूँ पुत्तर जी। उनकी बात सुन कर अचरज हुआ। सत्तर-पचहत्तर साल के ये सज्जन अब क्या करने जाते होंगे सचिवालय? सेवानिवृत्ति के इतने सालों बाद अब वहाँ इनका क्या काम?

बुजुर्ग सज्जन ने सुखमनी साहिब के पन्ने पलटने शुरू कर दिए हैं। पहली पंक्ति पर मेरी नजर पड़ी है- धन गुरु नानक तू ही निरंकार।

इससे पहले कि वे आगे बढ़ें, मैंने उन्हें टोका, रोज सचिवालय क्या करने जाते हैं बाऊजी। इस सवाल पर उन्होंने मुझे घूर कर देखा, मानो मैंने कोई पिन चुभो दी हो उन्हें। फिर एकदम से वे बोले- हुण मैं की करां? घर विच दिल नहीं लगदा। जनानी रोटी दा डब्बा हाथ विच पकड़ा देंदी है, फिर केंदी है, हुण तुसी जाओ, घूम के आओ। सारा दिन तुसी घर में कुड़-कुड़ करदे रेंदे हो।....हुण तुसी ही दस्सो मैं की करां...? यह कहते हुए उनके मन की पीड़ा चेहरे पर उतर आई।

कुछ पलों के बाद वे सहज हुए तो बताने लगे कि सेवानिवृत्ति के बाद कैसे वे परिवार के लिए बोझ हो गए। जवान बेटे-बहू तो कुछ समझते ही नहीं। पत्नी भी उन्हीं का पक्ष लेती है। वे बार-बार बोलते- हुण तुसी दस्सो मैं की करां...?

इन बुजुर्ग से बात करते हुए कश्मीरी गेट तक पहुँच गया हूँ। उनसे बातों का सिलसिला जारी है। ये सज्जन केंद्रीय सचिवालय में कई साल पहले अफसर थे। रिटायर होने तक परिवार के सभी दायित्व पूरे कर चुके थे। बेटे के लिए प्यारी-सी बहू ले आए। मगर शादी के बाद वह अपनी दुनिया में इस कदर खोया कि बूढ़े माँ-बाप की सुध न रही। टोका-टाकी करने लगे तो घर में कलह शुरू हो गया। तब एक दिन पत्नी ने ही कहा कि बाहर घूम आया करो। तो रोज चले जाते हैं सचिवालय, कभी इस दोस्त के पास तो कभी उस दोस्त के पास। फिर शाम चार-पांच बजे फल-सब्जियाँ लेकर लौट जाते हैं घर। सरकारी पेंशन है, तो सहारा है। यह सब बताते हुए कई बार उनकी आँखें छलकतीं। और फिर उनकी नज़र सुखमनी साहिब के पन्ने पर गड़ जाती- धन गुरु नानक तू ही निरंकार...।

बुजुर्ग महोदय अपने जीवन की किताब खोल चुके थे। अब और

अध्यायों को पढ़ने के लिए समय नहीं मेरे पास।...राजीव चौक आने की घोषणा हो रही है। मैंने यों ही पूछ लिया, आप तो सचिवालय जाएँगे। उन्होंने मुस्कुराते हुए कहा- हाँ और क्या। हुण दस्सो की करां? फिर बताने लगे कि आज अपने पुराने दोस्त के साथ बैठ कर कॉफी की चुस्कियाँ लेंगे। और गप-शप करेंगे। पटेल चौक के बाद तो उतर ही जाना है। मैंने कहा, अच्छा, कल फिर मिलेंगे।

मैं सीट से उठ गया हूँ। उन्होंने सुखमनी साहिब का पन्ना फिर पलटा है। वे पढ़ रहे हैं-

दीन दरद दुख भंजना घटि घटि नाथ अनाथ।
सरणि तुमारी आइयो नानक के प्रभ साथ।

वे खुद में फिर अकेले हो गए हैं। फिर भी कोई गम नहीं। क्योंकि प्रभु उनके साथ हैं। पुराने दोस्त उनके साथ हैं।

मैं राजीव चौक उतर रहा हूँ। इन बुजुर्ग के मन की गठरी को अपने सिर लादे। वे मन की बात कह लेते हैं, लेकिन इस देश में करोड़ों बुजुर्ग किससे अपने मन की कहें? और कहें भी तो किससे कहें और क्या कहें? कितने लोग हैं, जो इनकी सुनने को तैयार हैं। क्या आप सुनेंगे इनके दिल की बात?

(27 अगस्त, 2017)

22. हिंदी हैं हम

आज आखिरी कोच में बैठे हुए सोच रहा हूँ कि हर साल पितृपक्ष में लोग पितरों को याद करते हुए पिंडदान करते हैं। ठीक इसके बरक्स हमारे यहाँ हिंदी पखवाड़ा शुरू हो जाता है। यह कैसा संयोग है कि हम दोनों पखवाड़ों में अपने अतीत को याद करते हैं। दुखी होते हैं। मगर अब आँसू बहा कर अपनी ऊर्जा नष्ट करने का दौर नहीं रहा। चाहे वह मुद्दा अपनी भाषा का हो या हमें छोड़ कर चले गए पूर्वजों का।

पिछले दिनों मेट्रो में इसी तरह सफर के दौरान फेसबुक अपडेट चेक कर रहा था। तभी एक मित्र प्रोफेसर साहब के उवाच पर नजर पड़ी। उन्होंने लिखा था कि उनका एक छात्र किस तरह हिंदी में पढ़ाई को लेकर दूसरों के सामने शर्मिंदा हो जाता है। हैरत हुई थी पोस्ट पढ़ कर। आज जब हिंदी की ताकत का लोहा विदेशी कंपनियाँ भी मान रही हैं, ऐसे में एक युवा की हिंदी को लेकर शर्मिंदगी ने मेरे मन में कई सवाल खड़े कर दिए।

अभी सफर करते हुए आनलाइन हूँ। आपसे रूबरू हूँ। फेसबुक पर मित्रों के ज्यादातर स्टेटस मुझे हिंदी में दिख रहे हैं। जिनके गैजेट हिंदी अनुकूल नहीं हैं, वे भी रोमन लिपि में हिंदी लिख रहे हैं। और खूब लिख रहे हैं दिल की बात, ज्ञान की बात। देश की राजनीति पर चर्चा भी कर रहे हैं।

हिंदी अभी न तो प्रौद्योगिकी की भाषा है और न ही रोजगार की। फिर भी वह अंग्रेजी से आगे क्यों निकल रही है। इस पर कभी आपने सोचा है? उसे यह गति तकनीक ने दी है। पिछले छह दशक में राष्ट्र की

अभिव्यक्ति की जो परिभाषा गढ़ी जा रही है, वह अचंभित करती है। हम इस नई हिंदी को समकालीन भाषा कह सकते हैं, जिसे पूरा भारत बोलता और समझता है। यह गर्व का विषय है।

हिंदी में काम करने वाले किसी भी भारतीय को आज शर्मिंदा होने की जरूरत नहीं। यह हमारी पहचान है। दरअसल, बरसों तक हिंदी की दुर्गति के लिए और कोई नहीं इस भाषा के कट्टरपंथी पैरोकार जिम्मेदार हैं। उन्होंने पाठ्यक्रमों की चहारदीवारी और जरूरत से ज्यादा व्याकरणिक पाबंदियों के बीच हिंदी की रसधारा को सूखने दिया। साहित्य के मठाधीशों ने तो इसे ऐसी विशिष्ट भाषा बना दी कि एक समय में यह उपहास का पात्र बनी रही। यानी यह एक ऐसी स्त्री के रूप में दिखने लगी, जो बेहद दुबली-पतली थी, मगर अलंकारों के बोझ से दबी हुई थी।

हिंदी पर साहित्य के इस अनावश्यक अनावरण को सबसे पहले सिनेमा और फिर मीडिया ने उतार फेंका। सकुचाई-सी वह स्त्री (भाषा) एकदम तेजतर्रार अंदाज में सामने आई। फेसबुक पर वह थोड़ी अल्हड़ जरूर हो गई है, लेकिन वह यहाँ भी कमाल की दिख रही है।

हिंदी के इस नए रूप का परंपरावादियों ने यह कर कर विरोध किया कि यह तो बाजार में बैठ गई है। यानी यह बाजार की भाषा है। कोई स्त्री सजने-संवरने लगे, तो क्या उसके चाल-चरित्र पर संदेह करेंगे? परंपरावादियों का आरोप यही भाव लिए हुए था। आज हिंदी का 'बोल्ड' होना इन्हीं परंपरावादियों को करारा जवाब है। और यह जवाव आप लोग दे रहे हैं।

आज जब फेसबुक पर नए-पुराने मित्रों को हिंदी में लिखते हुए देखता हूँ। उनका लिखा हुआ पढ़ता हूँ, तो सुखद अनुभूति होती है। हिंदी यहाँ भी एक नए प्रयोग से गुजर रही है।

क्षेत्रीय भाषाओं के अलावा देसज शब्दों और मुहावरों से समृद्ध हुई हमारी हिंदी कोई एक दिन में नहीं बनी है। भाषा के बनने की एक सतत प्रक्रिया होती है। वह समय और स्थान के हिसाब से बनती-बिगड़ती रहती है। पिछले दो दशक में मीडिया और बाजार ने भी एक नई हिंदी बनाई है। यहाँ ठंडा मतलब कोकाकोला हो जाता है। यह कुछ को भली लगती है, तो कुछ को अखरती भी है। फेसबुक पर भी हिंदी एक नया

मुहावरा गढ़ रही है। क्या आप गौर कर रहे हैं इस पर?

ये तो आप भी मानेंगे कि मोबाइल फोन पर एसएमएस और वाट्सऐप पर रोमन में संदेश भेज रही नई पीढ़ी पहले हिंदी में ही सोचती है। उनकी चौटिंग यानी संवादों में अंग्रेजी के शब्द 'नमक में आटे के बराबर' ही होते हैं। यह हिंदी की ही ताकत है कि तमाम बड़ी कंपनियाँ अपने मोबाइल फोन को हिंदी और क्षेत्रीय भाषाओं में समर्थ बना रही हैं। वे जानती हैं कि नई पीढ़ी अपनी भाषा में संवाद करना ज्यादा पसंद करती है। फिर क्षेत्रीय भाषाओं का अपना एक विशाल वर्ग भी है, जिसकी उपेक्षा कर बाजार में नहीं टिका जा सकता।

इस यात्रा में सोच रहा हूँ कि राज्यों की विविध बोलियों ने हिंदी को एक तरह से राष्ट्रीय सूत्र में बाँधा है। अनेकता में एकता का भाव हमें यहाँ भी दिखता है। आप देश में कहीं भी चले जाइए, इस भाषा को बोलने वाले मिल ही जाएँगे। इसके बिना आपका काम नहीं चल सकता। यही वजह है कि गैर हिंदीभाषी राज्यों में भी हिंदी के चैनल और अखबार पहुँचे हैं और वहाँ के लोगों की आवाज बन रहे हैं। पाठकों के सरोकार के साथ उनकी बोलियों के शब्दों को भी बखूबी स्वीकार किया है। सोशल मीडिया पर भारतीय भाषाएँ भी जब अपनी जड़ें जमा लेंगी, उस दिन पूरा भारत भावनात्मक रूप से एक सूत्र में बंधा दिखेगा। हिंदी ने यह पहल कर दी है।

पिछले एक दशक में हमारी हिंदी खूब परिमार्जित हुई है। वह जरूरत से ज्यादा चमकी है। यह 'रिन की चमकार' की तरह है। मीडिया का प्रभु वर्ग इसे युवा भारत की भाषा बनाना चाहता है। इसका समर्थन भी है और विरोध भी, लेकिन इस पर छाती कूटने वाले यह नहीं बताते कि हिंग्रेजी बनती हिंदी अपने सामान्य रूप में कैसे बरकरार रहे। कैसे वह नई तकनीक से जुड़े शब्दों को अंगीकार करे और इससे जुड़े नए शब्द तैयार कर उन्हें प्रचलित किया जाए।

मगर मैं यह भी मानता हूँ कि बाजार की भाषा बनती हिंदी को 'कूल' बनाने वाले बाजारवादियों से न केवल हिंदी बल्कि इस भाषा के लेखकों और पत्रकारों को भी सजग रहने की जरूरत है। जिस तरह भारत में व्यापार करने आए अंग्रेजों ने बाजार की आड़ में सत्ता की डोर पकड़

कर इस देश को गुलाम और फिर कंगाल बनाया, ये नवबाजारवादी और उनके पैरोकार भी अपनी जेबें भर कर कहीं हिंदी को कंगाल न बना दें। इस पर नजर रखना हम सब दायित्व है। आप इसे निभाएँगे न?

आप के साथ हिंदी पर चिंतन करते हुए मेरा स्टेशन आ गया है। उद्घोषणा हो रही है- अगला स्टेशन राजीव चौक...। हिंदी में रोटी कमाने निकला हूँ। मोहम्मद इकबाल का लिखा यह गीत दिल गुनगुना रहा है-

हिंदी हैं हम वतन हैं, हिंदुस्तां हमारा-हमारा,
सारे जहाँ से अच्छा हिंदुस्तां हमारा...।

(14 सितंबर, 2017)

23. हमें माफ कर देना

सोते-जागते और लिखते-पढ़ते हुए हर वक्त तुम्हारा ही चेहरा सामने आ जाता है। इन दिनों मेट्रो में यात्रा करते हुए गुमसुम रहता हूँ। आँखें बंद करता हूँ, तो तुम ही तुम दिखते हो। हर बच्चे में तुम दिखते हो। उस दिन तुम्हारे स्कूल की खबर आई थी मेरे पास। मुझे नहीं पता कि ये तुम थे प्रद्युम्न। बस इतनी भर जानकारी कि तुम्हारे स्कूल में एक बच्चे की जान ले ली गई है। रात में पूरी खबर आई, तो उसे पढ़ते हुए मैं निर्जीव हो गया था प्रद्युम्न। रो पड़ा था तुम्हारे साथ हुई हैवानियत के बारे में जान कर। उस कातिल को जरा भी दया नहीं आई तुम पर!

हमेशा की तरह वह उम्मीदों भरी सुबह रही होगी। जब मम्मी ने तुम्हें स्कूल के लिए तैयार किया होगा। तुम अपने पूरे होमवर्क के साथ स्कूल गए थे। साथ में दीदी भी थी। पापा ने स्कूल के गेट तक पहुँचा कर तुम्हें प्यार से बाय कहा होगा और तुम भी अपने नन्हे हाथ हिलाते हुए पढ़ने चले गए। है न प्रद्युम्न? मगर बस्ते को क्लासरूम में रखने के बजाय तुम सीधे वॉशरूम क्यों चले गए? ऐसी क्या जल्दी थी तुम्हें? वहाँ तुम्हारे साथ क्या हुआ? ऐसा क्या देख लिया था प्रद्युम्न?

तुम अब कुछ बताने के लिए नहीं हो, लेकिन सब के दिलों में हो। हम तुम्हारी टूटती हुई हर धड़कन को महसूस कर रहे हैं। काश कि हम जान पाते कि उस सुबह असल में हुआ क्या था। उस शैतान के हमले के बाद चिल्लाए क्यों नहीं प्रद्युम्न? तुम भाग कर अपने क्लासरूम में गए क्यों नहीं। वह बिल्कुल वॉशरूम के बगल में ही था न। उस दरिंदे की हैवानियत से बचने के लिए तुमने बहुत कोशिश की होगी। लेकिन तुम

इतने कोमल थे कि उस हत्यारे के चंगुल से निकल नहीं पाए। और उसने एक पल में वह कर दिया, जिसके बारे में सोच कर ही सभी सिहर उठते हैं।

...वहाँ सभी तो थे। तुम्हारी क्लास टीचर। तुम्हारे दोस्त। तुम्हारी दीदी। सभी तो थे वहाँ। फिर भी तुम उस वॉशरूम में अपनी जान बचाने के लिए अकेले संघर्ष कर रहे थे। कातिल के जानलेवा वार के बाद तुम इस हालत में न थे कि दो कदम भी चल सको। तुम्हारीं सांसें टूट रही थीं। आँखों के आगे अंधेरा छा रहा था। फिर भी तुम रेंगते हुए बाहर निकलने की कोशिश कर रहे थे, पर उस हैवान से कहाँ बच पाए तुम।

यह सब लिखते हुए रो रहा हूँ प्रद्युम्न। आँखें डबडबा रही हैं। शब्द गुम हो रहे हैं। हम दुनिया के उन गरीब देशों में हैं जो अपने नौनिहालों की जिंदगी बचा नहीं पाते। तुम मेरे सामने खड़े हो। तुम्हारा मासूम चेहरा बहुत कुछ कह देता है। फिर पूछा रहा हूँ कि वहाँ तुमने ऐसा क्या देख लिया था कि तुम्हारी जान पर बन आई।

तुम्हारा यूँ चले जाना दिल को चाक कर गया प्रद्युम्न। वह चाकू जो तुम्हारे गले पर चला, वह दरअसल हम सबके दिलों पर चला है। देश के उस सिस्टम पर चला है जिसने बरसों से अपनी आँखें बंद कर रखी हैं। वह चाकू तुम्हारी माँ की ममता पर चला है। हर उस माँ पर भी चला जो अपने बच्चों से बेहद प्यार करती हैं। पता है प्रद्युम्न, जिस दिन से तुम नहीं हो, लाखों-करोड़ों माँएं सदमे में हैं। लगता है जैसे अपने घर का लाल चला गया हो। वे अब स्कूल के गेट पर सजग खड़ी रहती हैं। बस स्टाप पर किसी अनजानी आशंका में डूबी इंतजार करती रहती हैं अपने बच्चों का। उनका किसी पर भरोसा नहीं रहा।

...प्रद्युम्न, इस वक्त मैं मेट्रो में सफर कर रहा हूँ। आखिर काम पर तो जाना ही है न। तुम्हें याद करते हुए मुझे अपने भांजे प्रतीक की याद आ रही है। वह भी तुम्हारी तरह सात साल का है और दूसरी क्लास में पढ़ता है। वह भी अपनी दीदी की साइकिल पर बैठ कर शरारतें करता है। जब तक स्कूल से लौट कर वह नहीं आता, घर में सभी बैचैन रहते हैं। यह बचैनी आज हर घर में है प्रद्युम्न। तुम नहीं हो फिर भी सब के घरों में हो। सब याद करते हैं तुम्हें। तुम सभी बच्चों में हो, उसी

मासूमियत के साथ जो तुम्हारे चेहरे पर खिली रहती थी। ये बच्चे भी तुम्हारी तरह सजग हैं, जो गलत देख कर यह सवाल कर सकते हैं- ये क्या कर रहे हो अंकल?

मेट्रो चलती जा रही है प्रद्युम्न। कौन सा स्टेशन आया और गया। आज इसकी सुध नहीं है। मेरे दिमाग की धमनियों में जैसे खून सूख गया है। उनमें एक जहरीली हवा बह रही है अभी, जहाँ इंसानियत के साथ इस समाज और पूरे सिस्टम को मरते हुए महसूस कर रहा हूँ। दिमाग सुन्न हुआ जा रहा है मेरा। तुम्हें हमेशा के लिए खामोश करने वालों ने उस भरोसे की हत्या की है, जहाँ तुम्हारे जैसे बच्चों को पढ़ाने की आड़ में स्कूल का कारोबार चलाया जाता है। लाखों माँ-बाप इन शिक्षा माफिया के आगे बेबस हैं। वे मजबूर हैं क्योंकि वे अपने बच्चों को काबिल बनाना चाहते हैं। ठीक उसी तरह प्रद्युम्न जैसे तुम्हारे मम्मी-डैडी सोचते थे। वह भी तो यही चाहते थे न कि तुम आगे चल कर बड़ा आदमी बनो। यही तो था उनका सपना।

अब मम्मी-डैडी के पास बचा ही क्या है प्रद्युम्न। उन्हें मालूम है कि तुम कभी लौट कर नहीं आओगे। आज तुम नहीं हो, फिर भी लगता है कि यही कहीं हो। तुम देख रहे होगे प्रद्युम्न कि मम्मी की आँखों के आँसू सूखे नहीं हैं। वह तुम्हारी मासूम बातों को याद कर हमेशा रोती रहती हैं। तुम्हारी शरारतों को याद करते हुए रोती हैं कि कैसे तुम स्कूल से आकर खेलने की जिद कर बैठते थे। मना करने पर भी कहाँ सुनते थे तुम।

...और दीदी की साइकिल लेकर जब तुम चुपके से निकल जाते थे, तब मम्मी डर जाती थीं और पापा पीछे दौड़ते कि कहीं तुम्हें चोट न लग जाए। इसी चिंता में तुम्हारे पीछे खड़े रहने वाले पापा के भी आँसू आज तक नहीं थमे। क्या गुजरी होगी उन पर जब कुछ नासमझ पत्रकारों ने उनसे यह बेहूदा सवाल किया होगा- आपने खून से लथपथ लाश देखी। आपको लाश देख कर कैसा लगा?...उफ्फ।

प्रद्युम्न देखो न, तुम्हारी दीदी कितनी गुमसुम हो गई है इन दिनों। कोने में वो साइकिल भी उदास खड़ी है। उस पर धूल जम गई है। घंटी की ट्रिन-ट्रिन भी खामोश हो गई है। इसे अब कोई नहीं चलाता। तुम्हारे यूँ अचानक चले से मम्मी टूट सी गई हैं। गम में निढाल होकर लेट जाती

हैं। उन्हें लगता है कि तुम सहसा चले आओगे। और बगल में आकर लेट जाओगे। मगर नहीं। तुम अब कहाँ आओगे। वो करवट बदलती हैं और तुम्हें अपने पास न पाकर फफक कर फिर रो पड़ती हैं।

मालूम है न प्रद्युम्न...मम्मा कितना प्यार करती थीं तुमसे। वे सुबह सबसे पहले उठ जाती थीं और तुम्हारे लिए और दीदी के लिए टिफिन बनाने लग जाती थीं। फिर तुम दोनों को जगाती थीं। तुम्हें नहला-धुला कर स्कूल के लिए तैयार करती थीं। जूते-मोजे पहना कर कंघे से तुम्हारे बालों को भी संवार देती थीं। उस दिन भी कितने प्यार से स्कूल भेजा था। तुम अपनी कॉपियाँ-किताबें बस्ते में संभाल कर ले गए थे। मम्मी ने टिफिन और पानी की बोतल थमाते हुए तुम्हें गुडमार्निंग विश भी किया था।

तुम्हारे होमवर्क को पूरा कराने के लिए मम्मा कितना जतन करती थीं। अब कॉपियों को खोल कर मोतियों जैसे तुम्हारे अक्षर पर अपनी अंगुलियाँ फेरते हुए तुम्हें अपने आसपास होने का अहसास करेंगी। यह जानते भी हुए कि तुम नहीं हो। तुम उनकी यादों में फूल बन कर महकोगे।

तुम्हारे लिए और देश के तमाम बच्चों के लिए पापा इंसाफ की लड़ाई लड़ रहे हैं प्रद्युम्न। यह लड़ाई बहुत लंबी है। मुझे यकीन है कि एक न एक दिन वो सभी चेहरे सामने आ जाएँगे, जो तुम्हारी मौत की वजह बने। मगर मेरे बच्चे, इन 'अंकल लोगों' के चेहरे कब बेनकाब होंगे, जो बुरे काम कर के भी हमारे बीच शरीफ बने रहते हैं। ये घरों में, स्कूल में, आस-पड़ोस में, नाते-रिश्तेदारी में, बस-ट्रेन-टैक्सी में, कहीं भी हो सकते हैं। इनकी पहचान कैसी होगी प्रद्युम्न? तुम जैसे बच्चे ऐसे लोगों को पहचान कर जब ये सवाल पूछते हैं-ये क्या कर रहे हो अंकल?...तो वे जान ले लेते हैं मासूमों का। फिर बड़ी मुश्किल से इन 'अंकल लोगों' का काला चेहरा सामने आता है।

आज तुम इस दुनिया में नहीं हो, तो इसके लिए हम सब कहीं न कहीं दोषी हैं। तुम्हारा स्कूल, हमारा समाज और ये पूरा सिस्टम जिसकी जवाबदेही बनती है। लेकिन प्रद्युम्न तुम्हारे जाने के बाद पूरे देश में बच्चों की सुरक्षा को लेकर जागरूकता आई है। आज जो माहौल बना है, तो

इसकी वजह तुम हो। इसकी कीमत तुमने अपनी जान देकर चुकाई है। यह जागरूकता पहले आ गई होती, तो इस वक्त तुम स्कूल से लौट कर दीदी के साथ खेल रहे होते। तुम्हारे न होने की वजह हम सब हैं। हमें माफ कर देना प्रद्युम्न। हमें माफ कर देना...।

...अगला स्टेशन हुडा सिटी सेंटर...कोच में उद्घोषणा हो रही है। किसी ने मुझे झकझोरा- आखिरी स्टेशन आ गया है जनाब। घंटे भर से सोए हैं। उतरना नहीं है क्या।...ओह! इस तरह तो मैं मेट्रो में कभी ख्यालों में डूबा नहीं। आज ये क्या हो गया मुझे। अब लौटना होगा राजीव चौक। पर इस सहयात्री ने सही कहा। हम सब सोए ही तो हैं। आखिर कब जागेंगे। मैं हड़बड़ा कर उठ गया हूँ सीट से। प्लेटफार्म पर कई स्कूली बच्चे हैं। उन सभी में मुझे प्रद्युम्न नजर आ रहा है। क्या आप भी इन दिनों स्कूल जा रहे बच्चों में प्रद्युम्न को देखते हैं?

(18 सितंबर, 2017)

24. तुम अकेली नहीं

शाम हो गई थी। न्यूजरूम में यह व्यस्तता का समय था मेरे लिए लिए। तभी मैसेंजर की घंटी बजी। प्रियंका ने एक वीडियो संदेशा भेजा था मुझे। इसमें काशी हिंदू विश्वविद्यालय के सिंह द्वार पर धरना दे रहीं छात्राओं की खबर थी। शोहदों की अभद्रता का शिकार विजुअल आर्ट की छात्रा अपनी पीड़ा बयान कर रही थी। आक्रोश जताने का उसका अंदाज चौंका देने वाला था। उसने विरोध में अपने बाल मुंड़वा लिए हैं। शायद उसे लगा कि वह अपने बाल छिलवा लेगी तो कम सुंदर दिखेगी और फिर शोहदों की हरकतें बंद हो जाएँगीं। मगर ऐसा हुआ नहीं। क्योंकि संस्कारहीन मनुष्य इनसान नहीं जानवर होते हैं। लिहाजा गुस्सा फूटना ही था।

देर रात खबर आई कि अपनी गरिमा और सुरक्षा के लिए गुहार लगा रहीं निहत्थी लड़कियों पर लाठियाँ चलवा दी गई हैं। अपने गुस्से को जाहिर करने के लिए बाल मुंड़वा चुकी उस युवती का तमतमाया चेहरा एक बार फिर आँखों के आगे घूम गया। उस वक्त दिल ने बस इतना ही कहा- तुम अकेली नहीं हो...। हम सब साथ हैं, जो नारी अस्मिता और उसकी गरिमा का सम्मान करते हैं। वे छात्र भी, जिन्होंने धरना दे रहीं छात्राओं के समर्थन में पुलिस की लाठियाँ खाई हैं।

मगर युवती के साथ हुई हरकत कोई पहली घटना नहीं है। कोख से बच निकलने के बाद और स्कूल की पढ़ाई पूरी कर लेने के बाद अपने उज्ज्वल भविष्य के लिए कदम बढ़ा रहीं न जाने कितनी आकांक्षा को अभद्रता का सामना करना पड़ रहा है। कभी सड़कों पर तो कभी

बसों में, तो कभी स्कूलों और कॉलेजों के बाहर। न जाने कितनी बार उनके सम्मान को ठेस पहुँचाई गई। इसके जिम्मेदार हम सब हैं, जो वक्त रहते साथ नहीं देते। और कानून के वो रखवाले भी, जो ऐसी घटनाओं पर आँखें मूंद लेते हैं।

...तो मैंने प्रियंका को शाम को ही जवाब दे दिया कि इस खबर पर मेरी नजर है। मगर इसके बाद आई दो खबरों ने मेरा ध्यान खींचा। पहली खबर नोएडा से आई थी तो दूसरी मोदीनगर से। नोएडा में चलती कार में युवती से सामूहिक बलात्कार हुआ, तो मोदीनगर में नर्स से। मगर दोनों खबरों में एक समानता थी। नोएडा की युवती गोल्फ कोर्स स्टेशन के पास कैब का इंतजार कर रही थी, तो मोदीनगर की युवा नर्स ड्यूटी खत्म कर घर जाने के लिए सड़क पर निकली थी। दोनों को ही एक तरह से अगवा किया गया। बाद में दोनों ही बदहवास हालत में मिलीं।

दिल्ली में 2004 में हुई एक घटना मुझे अभी याद आ रही है। जब ग्रेटर कैलाश इलाके में बस से स्कूल जा रही छात्राओं के कपड़े फाड़ दिए गए थे। उनकी पिटाई की गई। इन छात्राओं का इतना ही कसूर था कि उन्होंने उन संस्कारहीन लड़कों से दोस्ती करने से इनकार कर दिया था, जो लगातार बस में उनका पीछा कर रहे थे। और उन्हें मानसिक तथा शारीरिक रूप से परेशान कर रहे थे। सबसे त्रासद पहलू यह था कि बस यात्रियों के सामने सब कुछ होता रहा, मगर वे आँखें मूंदे बैठे रहे। वे भी जिनकी बहू-बेटियाँ घर से बाहर निकलती हैं। यह है हमारे समाज का चरित्र और पुरुषवादी समाज का दोगलापन।

इसलिए मुझे भीड़ में लड़कियाँ आज भी अकेली और असुरक्षित लगती हैं। उनका अपना कोई नहीं होता, जिस पर वे भरोसा कर सकें। लेकिन तुम अकेली नहीं हो आकांक्षा। तुम्हारी जैसी तमाम लड़कियाँ अपने अस्तित्व के लिए संघर्ष कर रही हैं। आगे बढ़ रही हैं। तुम डरना नहीं। तुम्हारा आक्रोश स्वाभाविक है।

...सुबह हो गई है। मगर मन अब भी खिन्न है आकांक्षा से हुई अभद्रता को लेकर। दफ्तर के लिए निकल गया हूँ। सड़क पर बैटरी रिक्शा चला रही युवती को देख कर चौंक गया हूँ। उसने पास आकर कहा- मेट्रो जाएँगे? मैंने कहा- 'हाँ, मगर चारों सीटें पर लोग बैठे हैं। मुझे

कैसे ले जाओगी?' उसका जवाब है- मेरे बगल में बैठ जाइए। मुझे संकोच में देख उसने कहा- 'मुझे कोई दिक्कत नहीं, तो अपको संकोच क्यों। बैठ जाइए सर...।'

रास्ते में उसने बताया कि वह बीए पास है। उसका कोई भाई नहीं है। माता-पिता बीमार रहते हैं। घर चलाने के लिए वह यह काम कर रही है। टैक्सी खरीदने के लिए रुपए नहीं।...इस लड़की में भरपूर आत्मविश्वास है। मैंने उससे कहा- एक दिन तुम्हारे सपने पूरे होंगे। ये अभी शुरुआत है। उसका जवाब है- 'जी सर, एक दिन मेरे पास कई गाड़ियाँ होंगी। जिनमें एक मैं चलाऊँगी और बाकी दूसरी लड़कियों को रोजगार के लिए दूंगी।' उसके जवाब ने मुझे खुश कर दिया है। जो दूसरों को रोजगार देने का जज्बा रखता हो, इससे बढ़ कर क्या बात हो सकती है। मैंने कहा- 'जरूर। मेरी शुभकामनाएँ।'

उसने मुझे मेट्रो स्टेशन के गेट पर उतार दिया है। मैंने उससे कहा- 'फिर मिलेंगे।' उसने मुस्कुराते हुए कहा- 'जी सर।'...मैं स्टेशन की सीढ़ियाँ चढ़ते हुए सोच रहा हूँ कि अगर सभी लड़कियों में अपना और दूसरों का भविष्य संवारने का हौसला हो, तो उनके बढ़ते कदमों को कोई नहीं रोक सकता।

...आज मेट्रो के आखिरी कोच की अंतिम सीट पर बैठे हुए सोच रहा हूँ कि दिल्ली से नोएडा और कोलकाता से लेकर काशी तक कहीं भी लड़कियाँ सुरक्षित नहीं हैं। अभी पिछले दिनों कोलकाता में बांग्ला फिल्मों की एक अभिनेत्री से सरेआम छेड़छाड़ हुई। शायद ही इसे किसी ने नोटिस में लिया हो। लेकिन सच है कि यह घटना भी सड़क पर घटी। तो स्त्रियाँ कभी चीरहरण का सामना करती हैं, तो कभी काम पिपासुओं का शिकार होती हैं। वे गिर पड़ती हैं, पर फिर संभल कर चल देती हैं। वे साक्षात प्रकृति हैं जो विध्वंस के बाद नई रचना करती हैं। इसलिए लड़कियों, तुम कमजोर नहीं हो और न अकेली....। नए समाज की रचना तुम्हें ही करनी है।

....उद्घोषणा हो रही है- अगला स्टेशन विश्वविद्यालय। दरवाजा खुलते ही लड़के-लड़कियों ने कोच में उमंग भर दिया है। आत्मविश्वास से लबरेज ये युवा सजग हैं। खासकर लड़कियाँ। पिछले एक दशक में

एक बड़ा बदलाव दिल्ली और अन्य महानगरों की लड़कियों में दिखा है। वह यह कि वे किसी भी स्थिति का सामना करने को तैयार हैं। काशी जैसे शहरों की लड़कियाँ भी अब खामोश नहीं रहतीं। कोई साथ दे या न दें, वे हालात से निपटने और जोखिम उठाने के लिए तैयार हैं। वे उदंड लड़कों और उनके सम्मान को ठेस पहुँचाने वालों को सबक सिखाने से पीछे नहीं हटतीं।

मेट्रो चल पड़ी है अपने गंतव्य की ओर। मेरे सोचने का क्रम जारी है। यह पूरी दुनिया अपनी रफ्तार से आगे बढ़ रही है। मगर मनुष्य अपने आदिम सोच से कितने कदम आगे पढ़ पाया है? स्त्रियों को भोग्या समझने का मर्दवादी नजरिया आज तक नहीं बदला। रूढ़िवादी परंपरा और विचार अब भी कुंडली मारे बैठे हैं लोगों के दिमाग में। कोई लड़की रात को कब घर लौटती है। क्या पहनती है। किससे बात करती है। किससे दोस्ती करती है। यह जानने की दिलचल्पी ज्यादातर पुरुषों में रहती है। मगर घर के बाहर बेटे क्या कर रहे हैं। रात को कितनी देर से लौट रहे हैं, यह न माँ पूछती है न बाप। बेटियों के मामलों में वे दोहरी मनोवृत्ति के शिकार हो जाते हैं। छात्रावास में रह कर पढ़ने वाली बेटियों के साथ क्या हो रहा है, यह काशी ने देख लिया है।

...कोच में देख रहा हूँ कि ये लड़कियाँ दोपहर की अंतिम क्लास खत्म होने के बाद घर लौट रही हैं। शिक्षा के प्रसार ने जहाँ इनको जागरूक किया है, वहीं कुछ बनने का जज्बा भी है इनमें। बदलाव की पहल इन युवतियों ने शुरू कर दी है। दरअसल, बराबरी पर आ रही इन लड़कियों से पुरुषों को डर लगता है। क्योंकि वे पढ़-लिख कर उनसे आगे निकलती दिख रही हैं। कई जगह तो उनकी बॉस भी बन रही हैं। इसलिए डर लगता है इन लोगों को साहब। उन लड़कों से पूछिए कि गर्ल्स हॉस्टल के बाहर वे 'धतकरम' करते हुए क्या जताना चाहते हैं? युवतियाँ आवाज उठाती हैं, तो इन लोगों को और भी डर लगता है। फिर उसे इंसाफ दिलाने के बजाय एक चुप्पी पसर जाती है चारों तरफ।

मेट्रो चली जा रही है। उद्घोषणा हो रही है- अगला स्टेशन कश्मीरी गेट। लड़कियाँ कोच के दरवाजे से हट कर खड़ी हो गई हैं।...स्टेशन पर मेट्रो रुकने पर एक लड़की कोच में दाखिल हुई है। उसे देख कर

लड़के-लड़कियों का एक समूह चहक उठा है। खादी का लाल कुर्ता और और नीली जींस पहने इस युवती के माथे पर कुमकुम है। दमकता गोरा चेहरा। उसके एक हाथ में पूजा सामग्री है, तो दूसरे में गुलाब की माला।

युवती के खिले चेहरे को देख उसकी एक सहेली ने मुस्कुरा कर पूछा- 'कहाँ चली जोगन? आज कॉलेज क्यों नहीं आई?' उसने सौम्यता से जवाब दिया है- 'कुछ नहीं घर में पूजा थी। सब व्रत पर हैं, तो सोचा आज मैं भी माँ के दर्शन कर लूँ। इसलिए मंदिर मार्ग जा रही हूँ। तुम लोग चलोगी?' उसके इस सवाल पर सहेलियाँ सोच में पड़ गईं। बोलीं- 'अभी तो वहाँ बहुत भीड़ होगी। तुम ही जाओ।' सहेलियों के इनकार के बाद वह कुछ नहीं बोली।

इस लड़की ने भी कोई जिद नहीं की सहेलियों से। उसे खामोश देख कर साथ पढ़ने वाले दो लड़कों आगे आए- 'चित्रा, हम चलते हैं तुम्हारे साथ। हम भी देवी माँ के आगे हाथ जोड़ लेंगे। फिर हम सब साथ रहेंगे तो भीड़ में कोई दिक्कत भी न होगी। बोलो क्या कहती हो तुम।'...इस पर युवती का जवाब है- 'एज यू विश। तुम्हारे जैसे दोस्त हों तो क्या चिंता।'

इन लड़के-लड़कियों की बात सुन रहा हं। अगला स्टेशन राजीव चौक है- उद्घोषणा हो रही है। मैं सीट से उठ गया हूँ। कोच के गेट पर युवती खड़ी है। उसने दोनों से फिर पूछा- क्या सच में तुम लोग चल रहे हो मंदिर? इस पर दोनों लड़कों ने कहा-'हाँ, और क्या। झूठ थोड़े ही बोलेंगे तुमसे। वहाँ भीड़ में हम सब साथ रहेंगे। तुम अकेली नहीं हो। आफ्टर आल वी आर फ्रेंड्स।'

...राजीव चौक आ गया है। कोच का दरवाजा खुल गया है। दोनों लड़कों ने झुक कर खास अंदाज में कहा- 'चलिए देवी...माँ ने बुलाया है।' उनकी बात सुन कर वह मुस्कुरा उठी है। सहेलियाँ पीछे से बोलीं- 'हमारे लिए प्रसाद जरूर लाना कल। भूलना नहीं...।' हाँ-हाँ जरूर, यह कहते हुए वह कोच से बाहर निकल गई है। पीछे-पीछे उसके सहपाठी भी हैं।

मैं उन तीनों को जाते हुए देख रहा हूँ। जिस देश के युवाओं में

लड़कियों की हिफाजत और उनके सम्मान की चिंता हो, वहाँ कोई भी लड़की अकेली नहीं हो सकती। भीड़ में कोई न कोई एक राम भी होता है। जो सभी बुराइयों का अंत कर देता है। और एक देवी भी जो खड्ग उठा कर शत्रुओं का नाश कर सकती है–

या देवी सर्वभूतेषु शक्तिरूपेण संस्थिता।

(25 सितंबर, 2017)

25. चाँद के पार चलो...

करवा चौथ पर आज लाखों स्त्रियाँ अपने पतियों की दीर्घायु के लिए व्रत रखेंगी। युवतियाँ भी पीछे नहीं रहने वाली हैं। मगर कितने पति और पुरुष मित्र आज अपनी पत्नी या प्रिया के लिए व्रत रखेंगे, मालूम नहीं। भारतीय परंपरा में यह है ही नहीं। लड़कों को घर में यह संस्कार दिया ही नहीं गया कि अगर कोई लड़की तुमसे प्रेम करे, तो उसके लिए तुम भी त्याग और समर्पण करना सीखो। उसकी मंगलकामना के लिए व्रत रखो।

पूरे उत्तर भारत खासकर पंजाब, राजस्थान और उत्तर प्रदेश की महिलाएँ करवा चौथ का व्रत रख खुद को सौभाग्यवती समझती हैं। भारतीय समाज ने उन्हें इसी संस्कार में ढाला है। क्या ही अच्छा होता कि पुरुष भी उनके साथ व्रत रख कर अपने आप को सौभाग्यशाली समझते। प्यार को ईश्वरीय सौगात मानते। यह अजीब बात है कि पति या पुरुष मित्र प्यार करे या न करे, युवतियाँ अपनी भावनाओं का इजहार जरूर करती हैं। मगर एक दिन का प्यार क्या साल भर लबालब रहता है उनके दिलों में? कई जन्मों का साथ निभाने का संकल्प करने वाले दंपति क्या एक जनम का प्यार भी निभा पाते हैं। शायद नहीं।

आज बाजार में सुबह से चहल-पहल है। दुकानें सज गई हैं। देश में बाजारीकरण के बाद जिंदगी में जो बनावटीपन आया है, उसने स्त्री-पुरुष संबंधों को भी खोखला कर दिया है। जीवन के गागर में कुछ नहीं बचा। अब न प्रेम की ललक है और न संबंधों में गर्मजोशी। थोड़ा बहुत जो बचा था, वह इन शोरूम और दुकानों में गुम हो गया है। सात जन्मों तक के सुहाग की चाह में लड़कियाँ व्रत तो रखेंगीं, मगर सच्चा

प्यार कहाँ से लाएँगीं। जिसकी दरकार उन्हें हर पल रहती है।

अभी कई सवाल घुमड़ रहे हैं मन में, उन महिलाओं के लिए जो सरगी के बाद अपना व्रत शुरू कर चुकी हैं। और जिन्हें चाँद दिखने के बाद उपवास तोड़ना है। क्या यह महंगे उपहारों के मिलने के बाद टूटेगा या चाँद में अपने पति को निहारते हुए और उनकी आँखों में झाँक प्यार के दो घूंट पीते हुए व्रत खुलेगा। क्या पता?

करवा चौथ की एक कथा अनुसार वीरवती का सुहाग मृत्यु के बाद वापस मिल गया था, लेकिन आज के इस भौतिकवादी दौर में जहाँ पुरुष अपनी 'इच्छा पूर्ति' तक सीमित हो गए हों और स्त्रियाँ अपनी 'चाहतों के बियावान' में भटक रही हों, वहाँ सच्चे प्रेम का मोल कहाँ! चाहे कितने व्रत रख लें, जीवन में प्रेम का फूल खिलना मुश्किल है। प्रेम सुगंध की तलाश में वह हमेशा भटकती रहेंगी। उस मृग की तरह जो कस्तूरी के लिए बेचैन रहता है, मगर वास्तव में वह तो उसके भीतर ही होता है।

....तो कुंआरी युवतियों ने इसलिए व्रत रखा है कि उन्हें मनचाहा जीवन साथी मिलेगा। उन्होंने आज अपने हाथों में मेंहदी रचाई है। इसका रंग जितना निखरेगा, उनके मन में उतना ही उमंग भरेगा। इस उम्मीद में कि भावी साथी से उन्हें सच्चा प्यार मिलेगा। दिल्ली, मुंबई और कोलकाता ही नहीं, जयपुर, पटना से लेकर लखनऊ, चंडीगढ़ और भोपाल तक की लड़कियाँ आज उपवास पर हैं, तो इसलिए कि उन्हें अपना प्यारा सुहाग चाहिए, जो उनकी उम्मीदों से भरपूर हो। जो उनकी भावनाओं को समझे। प्रेम के देवता...काश कि ऐसा ही हो।

बाजार से लौट आया हूँ और अब मुझे दफ्तर निकलना है। दोपहर हो गई है। मैं स्टाप पर खड़ा हूँ। चाँद मुझे हर साल दग़ा दे जाता है। शुक्र है मेट्रो अमूमन दग़ा नहीं देती।...बैटरी रिक्शा अभी-अभी सामने आकर रुका है। चालक सीट पर बैठी उस युवती ने आवाज लगाई है- सर, मेट्रो स्टेशन नहीं जाना क्या? हाँ-हाँ क्यों नहीं। यह वही है जो मुझे हाल में मिली थी। आज इसने नई टॉप और जींस पहनी है। इसकी कलाई निखर गई है मेंहदी के रंग से। बेहद खुश दिख रही है। मैंने पूछा- क्या तुम भी...? मेरा सवाल पूरा भी नहीं हुआ कि उसने मुझे रोकते हुए कहा- हाँ

सर, मैं भी। एक दोस्त है मेरा। उसके लिए करवा चौथ कर रही हूँ।

सचमुच इस युवती में गजब का आत्मविश्वास है। कुछ करना है जीवन में। फिर भी कोई मनमीत तो चाहिए न दुख-सुख बाँटने के लिए। यों यह निजी मामला है। कौन है वह, जिससे यह प्यार करती है। मुझे पूछना भी नहीं। लेकिन एक सवाल उठा मन में, तो पूछ ही लिया- 'तुमने करवा चौथ रखा है, तो क्या वो भी...?' 'हाँ सर, वह भी व्रत पर है मेरे लिए। कहता है तेरी कामयाबी के लिए व्रत रख रहा हूँ। अच्छा लगता है सर, जब वह मेरे लिए इतना सोचता है। इसलिए आज मैंने करवा चौथ रखा है उसके लिए।' उसने चहक कर कहा। कोई दो राय नहीं कि दोनों के संबंधों में बेहद मिठास है। सच है, जहाँ दो मीठे बोल हों, वहाँ हर रोज करवा चौथ है। स्त्री-पुरुष संबंधों में मिठास का ही दूसरा रूप है- करवा चौथ। एक दूसरे के प्रति सुखद अहसास ही तो प्रेम है।

....मेट्रो स्टेशन आ गया है। रिक्शे से उतर रहा हूँ। वह मुस्कुराते हुए कह रही है- सर, कल भी मिलेंगे न?....स्टेशन की सीढ़ियाँ चढ़ते हुए सोच रहा हूँ कि यह लड़की खुशनसीब है या उसका दोस्त? या शायद दोनों ही। सच्चे प्रेम की तलाश में इस लड़की को भटकने की जरूरत नहीं। प्यार की कस्तूरी तो उसके भीतर ही है।

प्लेटफार्म पर कई युवा दंपति मेट्रो का इंतजार कर रहे हैं। कई युवतियाँ आज श्रृंगार कर के निकली हैं। अब त्योहारों पर युवा घरों में नहीं पड़े रहते। वे बाजार जाते हैं। वे खरीदारी करें या न करें, अपनी उमंगों के कई रंग घोल देते हैं। करवा चौथ और वेलैंटाइन डे जैसे मौके पर यह खूब दिखता है। मेट्रो के आने की घोषणा हो रही है।

...आठ कोच वाली मेट्रो के आखिरी कोच में सवार हो रहा हूँ। सीट मिल गई है मुझे। मेरे ठीक बगल वाली सीट पर अभी-अभी एक युवती आकर बैठ गई है। मैं गौर नहीं करता, पर भीनी खुशबू ने मेरा ध्यान खींच लिया है। उसके दमकते चेहरे पर शालीन मेकअप है। हरी चूड़ियों से गोरी कलाइयाँ सजी हैं। मेंहदी के रंग ने तो चार चाँद लगा दिए हैं।

मेट्रो चल पड़ी है। सहसा उसके मोबाइल फोन का स्क्रीन चमक उठा। गुलाबी परिधान में सजी युवती कॉल रिसीव करते हुए खिल उठी

है-'कहाँ हो तुम? मैं राजीव चौक पहुँच रही हूँ। तुम सीपी आ रहे हो न?' उसने एक साथ कई सवाल पूछे। उधर से जो जवाब मिला है, जाहिर है कोई सकारात्मक नहीं है। क्योंकि युवती के चेहरे की मुस्कान मंद पड़ गई है। ऐसे जैसे खिला गुलाब मरझा गया हो। उसके मित्र ने क्या कहा होगा....?

युवती उसे समझा रही है-'तुम क्यों नहीं आओगे। आज मैंने तुम्हारे लिए व्रत रखा है। तुम नहीं आओगे, तो क्या करूंगी आकर। तुम परेशान क्यों हो? सब ठीक हो जाएगा। तुम चिंता मत करो। जीवन में ये सब चलता रहता है।'...युवती अपने मित्र की किसी बात पर चौंक गई है-'क्या-क्या...अरे बाबा, मुझे नहीं चाहिए कोई गिफ्ट-शिफ्ट, समझे। और हाँ, तुमने भी तो मेरे लिए व्रत रखा है। फिर क्यों संकोच कर रहे थे आने से। सीधे पहुँचो सीपी। नहीं आए तो फिर सोच लो।'

मेट्रो अपनी पूरी रफ्तार में है। कश्मीरी गेट आने की उद्घोषणा हो रही है। मित्र से युवती की बातें खत्म नहीं हुई हैं। मगर अब उसके चेहरे से उदासी की परत उतर रही है। उसने मित्र की जिद तोड़ दी है। अब कोई गुस्सा नहीं, कोई नाराजगी नहीं। सही है, जहाँ आपसी समझ हो, जहाँ प्यार के दो मीठे बोल हों, वहाँ हर रोज करवा चौथ है। हमारे पड़ोसी भाटिया दंपति आज यह कह रहे थे तो लगा उनकी बात में दम है।

युवती उसकी बातों से सहमत है-अच्छा थोड़ी देर बैठ कर चले जाना। मम्मी का ध्यान रखना। वो बहुत बीमार हैं। तुम्हें अपने सामने देख लूँगी, तो मेरा आधा व्रत पूरा हो जाएगा। फिर तुम्हें याद करते हुए चाँद में तुम्हारे चेहरे को निहार लूँगी। आज की सेल्फी वाट्सऐप पर भेज देना समझे।

युवती का चेहरा फिर गुलाबी हो उठा है। उसने कहा- हाँ, तो तुम आ रहे हो। अब कोई बहाना नहीं। वहीं खड़े रहना, जहाँ हम मिलते हैं। ओके...बस राजीव चौक पहुँचने ही वाली हूँ। बाय...। बात खत्म हो गई है उसकी।

एक तरफ करवा चौथ और दूसरी तरफ पिया मिलन की आस। उसकी आँखें नम हो उठी हैं। तभी युवती से कुछ दूर बैठे एक युवक के

मोबाइल पर यह गीत बज उठा है-

ये रास्ते अलग हो जाएँ
चलते-चलते हम खो जाएँ...
मैं फिर भी तुमको चाहूँगी
मैं फिर भी तुम को चाहूँगी...

गीत शहद सा उतर रहा है दिल में।...उद्घोषणा हो रही है- अगला स्टेशन राजीव चौक है। वह मुझसे पहले ही सीट से उठ गई है। उसकी बेसब्री को उसके चेहरे पर पढ़ रहा हूँ। उसकी आँखें छलक उठी हैं। कोई देख न ले। इसलिए वह अपने आँसुओं को खुद ही चुरा लेना चाहती है। दरवाजा खुल गया है। मैं उसे जाते हुए देख रहा हूँ। लग रहा है मानो तारों में सजी धरती अपने सूरज से मिलने चली जा रही हो।

मैं अगली मेट्रो में सवार होने के लिए प्लेटफार्म नंबर तीन के आखिरी छोर पर पहुँच गया हूँ। आज यहाँ भी खासी चहल-पहल है। पहले से कहीं ज्यादा, उमंग से भरपूर। युवा दंपति अपने घर लौटते हुए। चटख परिधान और डार्क मेकअप में लड़कियों ने अपने मित्रों पर जादू चला दिया है। वे बस उन्हें ही देखते हैं। आज जादू की झप्पियाँ कुछ ज्यादा ही बरस रही हैं उन पर। चुंबन से भी कोई परहेज नहीं। सार्वजनिक जगह का कोई संकोच नहीं। उनमें आत्मीयता ही दिखती है, उन खास पलों में।

डिसप्ले पैनल पर नोएडा सिटी सेंटर की मेट्रो आने की सूचना दे दी गई है। अभी तीन मिनट बाकी हैं। इस बीच एक युवा दंपति ने मेरा ध्यान खींच लिया है। ये संभवतः मजदूरी करते हैं। पति के परिधानों से तो यही लग रहा है। पत्नी ने आज माथे पर बड़ी सी लाल बिंदी लगाई है। उसके हाथों में लाल चमकदार चूड़ियाँ हैं। लाल साड़ी में उसका सौंदर्य खिल उठा है। उड़हुल के लाल फूल सी खिली इस यौवना ने अपने पति के कंधे पर अपना एक हाथ रखा है, तो दूसरे हाथ से उसने गोद में नन्हीं सी बच्ची ले रखी है। वह जता रही है कि तुम जहाँ भी चलोगे, साया बन कर हर कदम साथ रहूँगी।

...मेट्रो आ गई है। मैं आखिरी कोच में सवार हो रहा हूँ। कोई सीट खाली नहीं है। श्रमिक दंपति वरिष्ठ नागरिकों वाली सीट के सामने फर्श

पर विराजमान है। देश के निर्माता हैं ये। मगर क्या हम इन्हें मान दे पाते हैं कभी, जिनके ये हकदार हैं। बच्ची को उन्होंने चिप्स का पैकेट खोल कर दे दिया है। प्यारी सी यह परी टुकुर टुकुर यात्रियों को देख रही है और फिर टिप्स को कुतर रही है। उसने मुझे देख कर कई बार पलकें झपकाई है। ओह! सचमुच यह कितनी प्यारी है। जी कर रहा है इसे गोद में ले लूँ।

बच्ची के सिर पर हाथ फेरते हुए माँ उसे दुलार रही है। इस बीच वो लाली दुलहनिया करवा चौथ पर अपनी फरमाइशें रख रही है- सुनते हो। शाम को व्रत खोलना है। स्टेशन से उतर कर बाजार से पूजा का समान ले लेना। और हाँ, अग्रवाल वाले से मेरी पसंद का गुलाब जामुन भी। पति उसकी हर माँग पर हाँ-हाँ करते हुए मुस्कुराए जा रहा है।

....मेट्रो चली जा रही है अपनी रफ्तार में। सच्चा प्यार कहाँ है। यह मैं यहाँ देख रहा हूँ इस दंपति के भावों में। अभावों के बीच भी खुश। करवा चौथ क्या है? एक दूसरे के लिए मंगलकामना ही तो। और क्या है। कुछ भी तो नहीं। एक दूसरे की खुशी में दिल को जो तसल्ली मिलती है, उससे जिंदगी सार्थक लगने लगती है। हजारों रुपए के उपहार भी खुशी नहीं देते, जितने सच्चे मन से उमड़े दो बोल दे जाते हैं।

वह अपनी प्रिया से कह रहा है-'तुम जो कहो, सब ले लेंगे। पर एक नई साड़ी भी न ली आज तुमने।' इस पर उसका मासूम-सा सवाल है, 'ले तो लूँ, पर तुम ना खरीदोगे कभी कुछ अपने लिए? कितने घिस गए हैं तुम्हारे कपड़े। तुम न लेते कभी। मैं ही अपने लिए खरीदती रहूँ सब कुछ। पहले तुम लो। फिर मैं लूँगी...।' उसकी बात सुन कर पति के चेहरे पर प्यार उमड़ आया है। लाली दुलहनिया कनखियों से प्यार बरसा रही है। यह सहज-सरल दो दिलों के प्रेम का इजहार है। समझ सकेंगे आप? एक दूसरे की जरूरत को समझना ही प्यार है।

...अगला स्टेशन अशोक नगर। उद्घोषणा हो रही है। सच्चे प्यार में पगे इस युगल को देख कर भावुक हूँ। प्यार की गागर एक दूसरे पर उड़ेलते रहें, लेकिन फिर भी खाली न हो। यही तो प्रेम है, जो बेचैन समंदर सा लहराता रहता है दिल में। मगर इसमें सिर्फ मिठास ही नहीं होनी चाहिए। अगर साथी थोड़ी चिंता, थोड़ी नसीहत और थोड़ी नाराजगी

जता दे, तो जिंदगी सच में नमकीन हो जाती है। प्यार को खट्टा मीठा-नहीं, मीठा और नमकीन बनाइए। एक दूसरे के प्रति फिक्र ही रिश्ते को मजबूती देती है, चाहे यह रिश्ता कोई भी हो, इसे इसी तरह निभाइए।

स्टेशन आ गया है। कोच के दरवाजे खुल गए हैं। मैं सीढ़ियों से नीचे उतर रहा हूँ। वे दोनों सामने बाजार की तरफ जा रहे हैं। पत्नी कुछ घंटे बाद अपना व्रत खोलेगी। उसे चाँद दिखने का इंतजार है, जब वो एक साथ दो-दो चाँद निहारेगी। अपने प्रिय को नजरों से छू लेगी। भर लेगी अपनी आँखों में हमेशा के लिए।

....तो उस यादगार पल के इंतजार में वह खरीदारी कर रहा है। उसे अपने लिए कुछ नहीं चाहिए। उसे तो अपनी प्रिया के चेहरे पर खिला चाँद देखना है। दिल की डगर से गुजरते हुए उतर जाना है वहीं पर। वह कुछ खरीदारी कर मिठाई की दुकान की ओर बढ़ रहा है। पीछे उसकी प्रिया है, उमगते कदमों से साथ चलती हुई, चाँद सितारों में खोई सी।

(8 अक्तबूर, 2017, दोपहर)

26. जहाँ खुशियाँ, वहीं दिवाली

साल भर इंतजार के बाद लीजिए, दिवाली आ गई। आपके मन में उजाला भरने। संघर्ष भरे आपके रास्तों पर उम्मीदों का दीप झिलमिलाने। अमावस्या की इस रात अपने घरों को जगमग करने में आप कोई कसर नहीं छोड़ेंगे। मगर अबकी दिवाली कुछ अलग होगी। बिना आतिशबाजी के कैसी होगी दिवाली?

आँखें बंद कर कल्पना कर रहा हूँ। सुखद दृश्य मेरे सामने है। आंगन-बरामदे में लड़कियाँ रंगोली बना रही हैं। रसोई से पकवानों की खुशबू उड़ रही है। नए परिधानों में सजीं स्त्रियाँ आवभगत में जुटी हैं। नए कपड़े पहने बच्चे सबसे ज्यादा उत्साहित हैं। वे खील-बताशे, मेवे-मिठाइयाँ और मिट्टी के ढेर सारे खिलौने लेकर घर लौटे हैं अभी-अभी। मगर उनके हाथों में पटाखे नहीं हैं।

...सांझ की दुलहन दीपमाला से अपनी माँग सजाने के लिए बेकरार हो उठी है। धरती रोशनी से नहा चुकी है। उसके अनुपम सौंदर्य को देख देवदूत आसमान से उतर रहे हैं। वे धरती पर दीयों की असंख्य कतार में खुद को पाकर स्वर्ग का दैदीप्यमान ऐश्वर्य भी भूल गए हैं। रंगोली बना रहीं बालाओं को देख कर कर उनके साथ आई अप्सराएँ भी मुग्ध हैं। खील-बताशों से सामाजिक सद्भाव में मिठास घोल रहे नरों पर देवता फूल बरसा रहे हैं। प्रकृति का नया रूप रचने के लिए देवियाँ आशीष दे रही हैं नारियों को। कैसा अलौकिक दृश्य है! क्या इस दीपावली पर आप धरती को स्वर्ग से भी सुंदर नहीं बना सकते?

आपकी तरह मैं भी निकला हूँ आज खरीदारी करने। देख रहा हूँ कि

सड़क किनारे पटरी पर इस बार भी रश्मि मिट्टी के खिलौने और दीयों को सजा रही है। हर साल इसी तरह वह अपनी अकेली माँ की मदद करती है। उसकी दुकान पर साल भर मिट्टी के बर्तन और त्योहारों से जुड़ी चीजें बिकती हैं। रश्मि की माँ से एक दिन मैंने पूछा कि साल भर यही काम क्यों। तो जवाब मिला- मानुष ये तन माटी का, मिट्टी में मिल जाना है।

पिछले दिनों न्यूजरूम में काम करते हुए मेरे पास ऐसी कई तस्वीरें आई, जिसमें चाक पर मिट्टी के सुंदर दीये बनाते कुम्हार के सधे हुए हाथ दिख रहे थे। ध्यान से देखता रहा। उस पल ऐसा ही लगा कि रचयिता भी हम मिट्टी के पुतलों को इसी तरह रचता होगा। तभी तो ये तन मिट्टी का, मिट्टी में मिल जाना है...।

चलिए, आज पुरानी दिल्ली जाकर त्योहार की कुछ खरीदारी करते हैं आपके साथ। दिल्ली के फ्यूजन को देखना हो, तो त्योहारों पर वहाँ जरूर जाइए। व्यंजनों के चटपटेपन से लेकर परंपरा की सोंधी महक मन को प्रफुल्लित कर देती है। वहीं आधुनिक ग़हनों-घड़ियों के शोरूम और इलेक्ट्रॉनिक गैजेट व खिलौने की दुकानें अपनी चकाचौंध से हमें जीवन में आई आधुनिकता का अहसास कराती हैं। तो चलिए चलते हैं मेट्रो से।

आज प्लेटफार्म पर थोड़ी भीड़ है।...हुडा सिटी सेंटर की मेट्रो आने की घोषणा हो रही है। लीजिए आठ कोच वाली मेट्रो इठलाती हुई चली आ रही है। त्योहार पर उमंग आखिर इसे भी क्यों न हो। साफ-सुथरी मेट्रो के आखिरी कोच में कदम रख रहा हूँ। आज एक भी सीट खाली नहीं है। लिहाजा हमेशा की तरह गेट के किनारे खड़ा हो गया हूँ।

मेट्रो चल पड़ी है। अगला स्टेशन माडल टाउन है। मैं कुछ सोचूँ इससे पहले ही इसकी उद्घोषणा हो रही है।...अपने पिता के साथ दो बच्चे कोच में अभी सवार हुए हैं। ये भी खरीदारी करने निकले हैं मेरी तरह। माँ ने बच्चों को फेहरिस्त पकड़ा दी है। वे पढ़ रहे हैं-मेवे-मिठाई, खील बताशे, दीये-मोमबत्तियाँ और इसके साथ ही मसाले व घी न जाने क्या क्या। सूची पूरी हो गई तो पहला सवाल यही- पापा पटाखे? बच्चों के इस मासूम सवाल पर पापा मुस्कुराए-इस बार हैप्पी दिवाली पर नो क्रैकर्स। मगर बच्चों के चेहरे पर जिद है-नहीं......हम तो लेकर रहेंगे।

पापा उन्हें समझा रहे हैं- बेटे, इस बार पटाखे बिकेंगे ही नहीं। क्या हम कुछ डिफरेंट दिवाली नहीं मना सकते इस बार...?

बच्चे सहमत नहीं। पापा भी हार मानने वाले नहीं- सबसे बड़ी अदालत का फैसला है बेटे। इस बार पटाखे बेचने पर पाबंदी है। बच्चे मान नहीं रहे।...उधर उद्घोषणा हो रही है- अगला स्टेशन कश्मीरी गेट। स्टेशन पर कोच से कुछ लोग उतरे हैं, तो कुछ लोग सवार भी हुए हैं। दोनों बच्चे मेरे पास आकर खड़े हो गए हैं। मैंने मुस्कुराते हुए कहा- चलो आज बाजार में पटाखे ढूँढते हैं। मैं भी जा रहा हूँ सदर बाजार। चलोगे हमारे साथ? मेरे इस प्रस्ताव पर उनके पिता के चेहरे पर रहस्यमयी मुस्कान खिल गई है।

मैंने बच्चों के कंधे पर हाथ धरते हुए कहा-चाँदनी चौक आने वाला है। वहीं उतर जाते हैं। मेरी बात से बच्चों में उत्सुकता बढ़ गई है।... उद्घोषणा हो रही है-अगला स्टेशन चाँदनी चौक। हम लोग कोच से बाहर निकल रहे हैं। दोनों बच्चे और उनके पिता साथ चल रहे हैं। स्टेशन के बाहर बैटरी रिक्शा वाला आवाज लगा रहा है- सदर बाजार...सदर बाजार...।

हम चारों बैटरी रिक्शा पर सवार हो गए हैं। चल पड़ा है रिक्शा।.. .बायीं तरफ खारी बावली है। सूखे मेवे और मसालों का बाजार आ गया है। रिक्शा रुकवा कर पापा खरीदारी कर रहे हैं। बच्चों का मन नहीं है वहाँ जाने का। वे मेरे सामने बैठे है, इस इंतजार में कि मैं कुछ कहूँ।. ..उनके पापा ने खरीदारी कर ली है। वे रिक्शे पर आकर बैठ गए हैं।

हम खारी बावली से आगे बढ़ चुके हैं। अब हम पुल से गुजर रहे हैं। नीचे सदर रेलवे स्टेशन है। पुल पार करते ही कुतुब रोड आ गया है। हम बैटरी रिक्शा से उतर रहे हैं। सामने ही तो है बाजार, बच्चों की उम्मीदों का। अनगिनत दुकानें, मगर पटाखे की एक भी नहीं। बच्चों के चेहरे पर निराशा देख रहा हूँ। मैं उनका हौसला बढ़ा रहा हूँ। पापा मुस्कुरा रहे हैं। मैं उनसे कहा- चलिए घर को जगमग करने के लिए एलईडी की लड़ियाँ खरीदते हैं।

...थोड़ी दूर आगे बढ़ते ही बिजली की कई दुकानें हैं। थोक में लीजिए, तो कई चीजें यहाँ सस्ती मिल जाती हैं। बच्चों के पापा

लाल-हरी-नीली लड़ियाँ खरीद रहे हैं। नीले रंग की लड़ियाँ मुझे भी भा गई हैं। मैंने एक बड़ा डिब्बा खरीद लिया है। बच्चे हैरानी से जगमगाती लड़ियों और और उनमें से निकल रही रंग-बिरंगी रोशनी को देख रहे हैं। पटाखों से उनका ध्यान हट गया है। सच ही है, आशा की कोई भी किरण हो, उम्मीदें जगाए रखती है।

खरीदारी के बाद अब हम लौट रहे हैं चाँदनी चौक की ओर। घंटाघर पहुँचने पर बैटरी रिक्शा रुकवा लिया है बच्चों के पापा ने। यहाँ मिठाइयों की मशहूर दुकानें हैं। बच्चों का जी ललचा गया है। उनके पापा कह रहे हैं, 'चलिए न आप भी। मैंने कहा, ठीक है, चलिए। मोतीचूर का लड्डू खरीदने का मेरा इरादा है।' अपने विघ्न विनायक गणेश जी को यह बहुत पसंद है। उधर, बच्चों ने काजू की बर्फी की फरमाइश की है। पापा को कोई एतराज नहीं। उन्होंने एक किलो बर्फी का आर्डर दे दिया है। मिठाई की दुकान से बाहर आ गया हूँ। मैंने मोतीचूर का लड्डू खरीद लिया है।

अब हम पटरी पर लगे बाजार में आ गए हैं। खील-बताशे की मीठी महक खींच रही है। मिट्टी के दीये पूरी सादगी के साथ अपनी मसूमियत जता रहे हैं। रंग-बिरंगे दीये के नखरे संभाले नहीं संभल रहे। वहीं मिट्टी के खिलौनों के बीच गणेशजी मुस्कुरा रहे हैं। मैं कुछ कहं इससे पहले ही वे टोक बैठे- 'आ गए मुझे फिर घर ले जाने। मैंने मन ही मन कहा, 'प्रभु आप गए ही कहाँ थे मुझे छोड़ कर। मेरे सभी विघ्न को टालने के लिए आप तो सदा मेरे साथ रहते हैं।'

गणेशजी की मुस्कान से मैं मंत्रमुग्ध हूँ। बगल में बैठी लक्ष्मी जी इस भक्त संवाद को सुन रही हैं। मैंने उनके आगे हाथ जोड़ दिए हैं- 'मां आपको भी चलना है मेरे साथ। विघ्न विनायक ने हामी भर दी है। यूँ तो आप हरदम साथ हैं, न जाने कितने रूप में। मगर विधि-विधान के मुताबिक इस रूप में आपको पूजना चाहता हूँ।' मैंने कहा। 'हाँ, क्यों नहीं, जब गणेश चल रहे हैं, तो भक्त के घर मैं भी चलूँगी। साल भर मेहनत करते हो, तो अब शुभाशीष देने का वक्त आ गया है।' यह महालक्षी का स्वर था।

मैं कुम्हार से मोलभाव नहीं करना चाहता। उसकी नजरों में ये माटी की मूरतें हैं, मेरी नजर में भगवान। मैंने विघ्न विनायक को बहुत संभाल

कर अपने हाथों में ले लिया है। साथ में हैं सुख-समृद्धि और ऐश्वर्य का उजाला भरतीं माँ लक्ष्मी। '...माँ आप हमेशा साथ क्यों नहीं रहतीं', मैं मन ही मन उनसे कहता हूँ। मेरे इस इस मासूम सवाल पर पर माँ मुस्कुरा रही हैं। वे इस सवाल का जवाब नहीं देना चाहतीं।

मिट्टी के दीयों और अन्य चीजों की खरीदारी कर अब हम लौट रहे हैं। बच्चे खुश नहीं दिख रहे। क्योंकि पटाखे की एक भी दुकान नहीं मिली। पापा उन्हें समझा रहे हैं कि चलो इस बार दिवाली कुछ अलग अंदाज में मनाते हैं। बच्चे जिद किए बैठे हैं। उन्हें समझा-बुझाते हम लोग फिर चाँदनी चौक मेट्रो स्टेशन आ गए हैं। प्लेटफार्म पर पहुँचे तो बच्चों की फिर वहीं जिद।

मैं विघ्न विनायक से पूछ रहा हूँ, 'प्रभु, ये बच्चे मान क्यों नहीं रहे?' उनका जवाब है- 'अभी नासमझ हैं न, इसलिए। मगर इनकी मुस्कुराहटों से ही जगमग होगा इनका घर। बच्चों को मालूम नहीं कि इनके लिए एक अनोखा उपहार रखा है घर पर।' '...वो क्या है प्रभु?' मैंने उनसे पूछा। विघ्न विनायक का जवाब है- 'ई किंडल रीडर। दोनों बच्चों के लिए अलग-अलग। ताकि ये दुनिया भर की किताबें पढ़ सकें। आतिशबाजी पर हजारों रुपए खर्च करने से अच्छा है कि बच्चे ज्ञान अर्जित करें और स्वस्थ मनोरंजन भी करें। तुम्हें यकीन न हो, तो इनके पिता से पूछ लो।'

प्लेटफार्म पर बच्चे गुमसुम खड़े हैं। मैंने उनके पिता से पूछा, 'अब क्या करेंगे? ये तो मान ही नहीं रहे। क्या देंगे बच्चों को इस बार?' मेरे इस सवाल पर वे सहज ही मुस्कुराए। 'सरप्राइज दूँगा इन्हें।' पटाखों की जगह कोई और नई चीज? मैने सवाल किया। उनका जवाब है- हाँ... किंडल रीडर दूँगा इन्हें उपहार में। उनकी बात सुन कर अचरज में हूँ। फिर भी इसमें क्या संदेह कि प्रभु को सब पता है। वे सर्वज्ञ हैं। विघ्न विनायक मुस्कुरा रहे हैं।

समयपुर बादली की मेट्रो आने की उद्घोषणा हो रही है। इस भीड़ में प्रभु को कैसे संभाल पाऊँगा? यूँ ही मासूम सा सवाल उठा है मन में। विघ्न विनायक मुस्कुरा रहे हैं- तुम चिंता न करो। अभी मैं माटी के रूप में जरूर हूँ, पर मुझे तुम्हारे घर तक जाना है। लक्ष्मीजी भी साथ हैं। जब धन और बुद्धि का संतुलित संयोग हो तो मनुष्य को चिंता नहीं करनी

चाहिए।

प्लेटफार्म पर मेट्रो आ गई है। मैं बेहद सावधानी से कोच में सवार में हो रहा हूँ। एक कोने में मुझे जगह मिल गई है। बच्चे भी अपने पिता के साथ पास ही खड़े हैं। वे अब भी खुश नहीं हैं, पर मुझे मालूम है कि जब वे घर पहुँचेंगे, तो उन्हें उनका उपहार मिल जाएगा। उन्हें इस दिवाली पर पटाखे नहीं, पापा का प्यार मिलेगा किंडल के रूप में।

मेट्रो चल रही है। स्टेशन पीछे छूटते जा रहे हैं। माडल टाउन आने वाला है। ये बच्चे अभी वहीं उतर जाएँगे। उधर, विघ्न विनायक ने पढ़ लिया है मेरे मन को। 'तुम ऐसी ही दिवाली चाहते हो न, जब धरती जगमगा उठे और आसमान खिलखिला उठे। देवता धरती पर उतरें, तो स्वर्ग का ऐश्वर्य भूल जाएँ।' उन्होंने कहा। 'हाँ, प्रभु आपने तो दिल की बात जान ली' मैं यह कहता, इससे पहले ही लक्ष्मी मइया ने टोक दिया- 'गणेश, ये सब तो ठीक है, मगर जहाँ खुशियाँ हैं, वहीं दिवाली है। हर पल, हर जगह।'

...मेट्रो की उद्घोषणा हो रही है- अगला स्टेशन माडल टाउन। बच्चे अब जिद छोड़ चुके हैं। मुझे नमस्कार करते हुए उनके पिता कोच से उतर रहे हैं। अब अगले स्टेशन पर मुझे उतरना है। विघ्न विनायक मुझे आगाह कर रहे हैं- जरा संभल कर...माटी की मूरत हूँ। कहीं यहीं न बिखर जाऊँ। '...न...न...मैंने आपको पकड़ रखा है प्रभु। आप मुझे छोड़ देंगे, तो मेरा क्या होगा।' मैंने सजग होते हुए कहा।

....लक्ष्मी मइया ने आश्वस्त करते हुए कहा, 'किसी को कुछ नहीं होगा।' वे स्नेह बरसाते हुए हुए मुझसे कह रही हैं- 'अब हम सब उतरने वाले हैं। बाहर निकलोगे तो एक बच्चा तुम्हें अपनी माँ के साथ खड़ा दिखाई देगा। वह दो दिन से भूखा है। उसके बदन पर फटे कपड़े हैं। उसे तुम ये खील-बताशे और मिट्टी के खिलौने दे देना। तुम्हारी जेब में जितने भी रुपए हैं, सब उसकी माँ को दे देना। बच्चे के लिए वह कपड़े खरीद लेगी। उनकी दिवाली मन जाएगी।'

मुझे असमंजस में देख विघ्न विनायक ने टोका-उधेड़बुन में क्यों हो? मैं तुम्हारा बुद्धि-विवेक हूँ। कुछ नहीं सोचना है। बस उस बच्चे की दिवाली मननी चाहिए। क्या उसके चेहरे पर मुस्कान लाना नहीं चाहोगे?

अगला स्टेशन आजादपुर है-उद्घोषणा हो रही है।...हम बाहर निकल रहे हैं। स्टेशन के बाहर देखा कि अपनी माँ की अंगुली थामे एक कृषकाय बालक आते-जाते यात्रियों को उम्मीद भरी निगाहों से देख रहा है। मैंने उसकी माँ के आंचल में खील-बताशे और मिट्टी व चीनी के खिलौने रख दिए हैं। वह हैरान है। लक्ष्मी मइया इशारा कर रही हैं, लड्डू तो विघ्न विनायक के हैं और तुम इन्हें दोगे नहीं, मगर रुपए तो दो इसे...दिवाली मनाने के लिए। मैंने जेब में रखे सभी रुपए बच्चे की माँ को दे दिए हैं। वह अवाक है। उसकी आँखों में आँसू है। यह उसकी उम्मीद से कहीं ज्यादा है। मगर मैं जानता हूँ। ये सब कुछ मैंने नहीं दिए।

मैं स्टेशन के गेट के बाहर खड़ा हूँ। अब सिर्फ विघ्न विनायक और महालक्ष्मी मेरे साथ हैं। मैं जेब टटोल रहा हूँ। शायद पांच रुपए का सिक्का किसी कोने में पड़ा मिल जाए। माँ लक्ष्मी ने टोका-जेब में क्या ढूँढ रहे हो? देखो तो तुम्हारी जेब में कितनी खुशियाँ हैं। अब विघ्न विनायक भी चुप नहीं रहे- देखी तुमने उस बच्चे की खुशी? दिवाली की जगमग तो इसी मुस्कान में है। जब भी किसी को मुस्कुराने की वजह दोगे, तो समझना हम दोनों वहीं विराजमान हैं। हाँ प्रभु....मैं खुश हूँ आज। विराजिए मेरे पास हमेशा के लिए। माँ लक्ष्मी मुस्कुरा रही हैं। कह रही हैं- गणेश तो हरदम साथ हैं। मैं भी रहूँगी पास। बस हर उदास चेहरे पर यूँ ही मुस्कान लाते रहना।

...मैं पैदल चल पड़ा हूँ। तभी बैटरी रिक्शा मेरे सामने आकर रुका है। मैंने कहा-'अरे तुम?' 'हाँ सर बैठिए न। उधर ही जा रही हूँ।' ये वही है जो मुझे कभी-कभी मेट्रो स्टेशन तक पहुँचा देती है।....वाह प्रभु आप मुझे पैदल भी चलने नहीं देंगे। अपने भक्त की इतनी चिंता। विघ्न विनायक मुस्कुरा रहे हैं। मैं उनसे कहना चाहता हूँ कि आप घर चलिए, भूख लगी होगी आपको। मगर वे कह रहे हैं कि यहीं खिलाओ भक्त।

...मैं डिब्बे से लड्डू निकालता हूँ, तो विघ्नहर्ता इशारा कर रहे हैं, मुझे नहीं, पहले इस बच्ची को खिलाओ जो यह वाहन लेकर आई है, हमें ले जाने के लिए।....मैं उसे लड्डू दे रहा हूँ खाने के लिए। वह कह रही है- 'आप खाइए न।' मेरा जवाब है- 'दिवाली की मिठाई है, खाओ।' उसने जैसे ही मिठाई खाई, लगा खुद विघ्न विनायक लड्डू का भोग लगा रहे

हैं। महालक्ष्मी मुस्कुरा रही हैं युवती के चेहरे पर। खुशियों की मिठास छलक रही है। दिवाली यूँ मनती है...सच में। जहाँ खुशियाँ, वहीं दिवाली है।

(धनतेरस की दोपहर, 2017)

27. बंद कमरे से आतीं चीखें

उस शहर में किराए के दो कमरे वाला हमारा घर था। तब छठी कक्षा का विद्यार्थी था। बस होश संभाल ही रहा था मैं। मकान मालिक की बेटी सुनीता मेरी अच्छी दोस्त बन गई थी। वह आठवीं में पढ़ती थी। बात बरसों पुरानी है। उस समय गुड्डे-गुड़ियों का खेल लोकप्रिय था बच्चों में। गैजेट की दुनिया का आज जैसा बनावटीपन नहीं था। सुनीता स्कूल से लौट कर गुड्डे-गुड़ियों का खेल खेलती। जिसमें वो पत्नी बन जाती और और मैं पति। हालांकि इन सब बातों की समझ नहीं थी मुझमें।

दरअसल, रात में बंद दरवाजे से आती माँ की चीखें सुन-सुन कर सुनीता एक ऐसे दौर से गुजर रही थी, जिसे समझ पाना मेरे बस की बात नहीं थी। आज सोचता हूँ, तो लगता है कि वह उस उम्र में मेरे साथ एक काल्पनिक दुनिया जी रही थी। जिसमें पति कोमल हो और जिससे वह बेहद प्यार करती हो।

...तो गुड्डे-गुड़ियों के खेल में वह खिलौने जैसे बर्तनों में खाना बनाती। फिर हम हम झूठ-मूठ खाना खाते। फिर सुनीता कहती, 'देखो रात हो गई है। हमें सो जाना चाहिए।' इसके बाद एक चादर लेकर मेरे साथ सो जाती। चादर के अंदर हम दोनों। वह मेरे गालों को सहलाती। बालों में उंगुलियाँ फेरते हुए कहती, 'तुम कितने अच्छे हो।' मेरी पलकों को चूम कर वह अपनी आँखें बंद कर लेती। तब उस तपती लू वाली दोपहर में शीतलता छा जाती। फिर वह एक मीठा गीत गुगुनाने लगती।

किशोरावस्था की ओर कदम बढ़ा चुकी वह लड़की सचमुच संवेदनशील थी।

पिछले दिनों मैरिटल रेप यानी वैवाहिक जीवन में बलात्कार विषय पर भारतीय समाज और कानून के संदर्भ में जब खुली बहस हो रही थी, तो सुनीता की बेहद याद आई। एक लड़की जो अपने माँ-बाप के रोज के झगड़े और बंद दरवाजों से आती चीखें सुन-सुन कर सहम गई थी। उसे इतना पता था कि पिता उसकी माँ पर जुल्म करता है। दहशत में गुम वह लड़की गुड्डे-गुड़ियों के खेल में अपना भावी जीवन तलाश रही थी। वैवाहिक सुख क्या हो, उसकी उसने अपनी दुनिया बना ली थी, जिसमें वह मुझे भी शामिल कर लेती थी।

...गर्मियों के वो दिन थे। उस रात छत पर चला गया था सोने के लिए। दरी बिछा कर लेटा ही था कि सुनीता चली आई। 'तू अकेला सोएगा यहाँ? डर नहीं लगता तुझे?' उसने मेरे सिर को सहलाते हुए पूछा। 'लगता है...पर तुम आ गई हो न। अब नहीं लगेगा। अच्छा, तुम राजकुमारी की कहानी सुनाओ न।' मैंने उससे इसरार किया। वह कहानी सुनाने लगी- 'एक दैत्य था। उसने एक दिन राजा की बेटी से जबर्दस्ती शादी कर ली। सारा धन लूट कर उसने राजा और रानी को भी मार डाला। फूल-सी राजकुमारी रोती-बिलखती रही। दैत्य का जोर-जुलम शुरू हो गया। जब चाहे उसे नोंचता-खसोटता। रात में...दिन में। जब चाहे।' कहानी सुनाते हुए सुनीता की आँखों से टप-टप आँसू गिरते। मैं उसके आँसू पोंछता तो वह गले लगा लेती और कहती, 'तुम सो जाओ। मैं बैठी हूँ तुम्हारे पास।'

....मैंने जैसे ही आँखें बंद की। पड़ोस से महिला की चीख सुनाई दी। 'क्या हुआ उसे?' मैंने पूछा, तो सुनीता ने कहा- 'कुछ नहीं। एक दैत्य के चंगुल में है राजकुमारी। तुम सो जाओ। अभी छोटे हो। नहीं समझ पाओगे। जब बड़े हो जाओगे न, तब तुम्हें सुंदर सी राजकुमारी मिलेगी। तुम उसका हमेशा खयाल रखना। रखोगे न?'...हाँ, जरूर रखूंगा। यह कह कर मैं उसकी गोद में सिर रख कर सो गया। और सुनीता चाँदनी रात की दूधिया रोशनी अपने भावी जीवन के लिए अंतस में भरती रही।

उस दिन न्यूजरूम में खबरों पर नजर गड़ाए था। तभी एक समाचार पर निगाह रुक गई। आदिवासी क्षेत्र से आई खबर में बताया गया था कि शारीरिक संबंध बनाने से इनकार करने पर पति ने उसके कोमल अंग में

तेजाब डाल दिया था। खबर पढ़ कर हतप्रभ था। ऐसे भी पति होते हैं? घटना की तस्वीर आ चुकी थी। उसे देख कर मैं विचलित हो गया। याद आई दैत्य और राजकुमारी की कहानी, जो सुनीता ने कभी सुनाई थी। यौन लालसा में आकंठ डूबा पुरुष दैत्य ही हो जाता है। यह आदिवासी महिला एक उदाहरण भर है।

स्त्रियों पर दैहिक अत्याचार की न जाने की घटनाएँ हैं, जो कभी सामने आई ही नहीं। ऐसी लाखों महिलाएँ हैं इस देश में, जो अपने विवाहित जीवन में कभी न कभी यौन हिंसा की शिकार जरूर होती हैं। कई तो अनेक बार होती हैं। मुझे अभी उस अभिनेता की याद आ रही है, जो अपनी पत्नी के जिस्म को जलती हुई सिगरेट से दागा करता था। पत्नी की चीखें सुन कर लोग कैसे खुश होते हैं? यह समझ नहीं आता। ये सुनीता की कहानी वाला दैत्य ही होगा। हालांकि बाद में उस अभिनेता की समर्थ पत्नी ने उसका त्याग कर दिया और नए सिरे से जीवन की शुरुआत की। फिर भी उस अभिनेता की आदत नहीं बदली। बाद में रातें रंगीन करने के लिए लाई गई औरतों के साथ भी वह वही सलूक करता रहा। बताते हैं कि बंद कमरे से आती चीखें सुन कर अभिनेता के सेक्रेटरी की नींद उड़ जाती।

आज सुखिया घर में काम करने आई, तो बता रही थी कि दामाद उसकी बेटी से ठीक से पेश नहीं आ रहा। उसकी आँखें सूजी रहती हैं और पेट में अक्सर दर्द रहता है। कुरेदने पर उसने यही कहा- वहीं पति-पत्नी का रात का झगड़ा।...आप समझते हैं न बाबू। क्या बताऊँ? सुखिया ने कहा। तुम चिंता मत कर करो। बेटी को घर बुला लो। सोचता हूँ पुरुषों का व्यवहार पशुवत क्यों हो जाता है। क्यों नहीं वह अपनी आदिम प्रवृत्ति से अभी तक ऊपर उठ पाया है? अप्राकृतिक, अमर्यादित और असंयमित आचरण करने वाले पुरुषों में मुझे आज भी सुनीता की कहानी वाला दैत्य ही नजर आता है।

अगर आपको याद हो। भारतीय सुंदरी का खिताब जीतने वाली युवती ने कुछ साल पहले अपने पति पर अप्राकृतिक यौन संबंध के लिए बाध्य करने का आरोप लगाया था। लेकिन आज ऐसी कितनी विवाहिताएँ हैं जो खुल कर अपनी पीड़ा बता पाती हैं। यौन आधारित हिंसा का एक निष्कर्ष

बताता है कि उत्तर भारत में करीब चालीस फीसद पुरुष अपनी पत्नियों की सहमति के बिना यौन संबंध बनाते हैं। यूनाइटेड पापुलेशन फंड के एक अन्य अध्ययन में भारत की सत्रह फीसद महिलाओं ने अपने साथ यौन हिंसा की बात कबूली है। ये तो रही अध्ययन और सर्वे की बात। मगर सच्चाई यही है कि यौन उत्पीड़न की शिकार ज्यादातर स्त्रियाँ मुँह नहीं खोलतीं।

मेरी मित्र डॉ. उज्ज्वला उस दिन बता रही थी। हाँ, ये सब बंद दरवाजों के पीछे होता है। लोक-लाज और संकोच की वजह से महिलाएँ खामोश रहती हैं। उसने एक शोध के हवाले से बताया कि भारत का ऐसा कोई राज्य नहीं जहाँ पुरुष यौनिक हिंसा में लिप्त न हों।...उसे बताया कि मैं भी इस विषय पर पढ़ रहा हूँ। मैंने इसे आसपास महसूस किया है। एक ऐसा विषय, जिस पर किसी से विमर्श नहीं कर सकता। 'नहीं आप मेरे साथ बात कर सकते हैं।' उज्ज्वला ने बातचीत के दौरान मुझे सहज किया।

वैवाहिक बलात्कार पर पति को सजा के विरोध में जहाँ सारा समाज खड़ा नजर आता है, वहीं इसके समर्थन में डटे लेखकों-समाजसेवकों और कानून के जानकारों की आवाज दब गई है। आज जब दफ्तर के लिए निकला, तो सामने के फ्लैट में रहने वाली महिला को असहजता से जाते हुए देखा। टी शर्ट और जींस में वह बेशक को खुद को आत्मविश्वास से भरी जता रही हो, मगर सूख होंठ और पलकों के नीचे स्याह घेरे निर्मम रातों की कहानी बयाँ कर रहे हैं। यह मेरा अनुमान नहीं हैं। पड़ोसी ही बताते हैं कि देर रात बंद फ्लैट से उसकी चीखें गूँजती हैं।...उसने मुझे देख कर नजरें फेर ली हैं।

...मेट्रो स्टेशन के प्लेटफार्म नंबर एक पर खड़ा हूँ। डॉ. उज्ज्वला का कॉल है। मैं जेब से मोबाइल निकाल रहा हूँ। 'यस डॉक्टर कैसी हो तुम?' मेरी भारी आवाज सुन कर उसने कहा, 'अरे, आपका तो गला खराब हो गया है। आपने दवा नहीं ली? लगता है आप रात को ठीक से सोए नहीं।' उज्ज्वला ने एक साथ कई सवाल किए। 'हाँ तुम्हें पता तो है। उस विषय पर पढ़ रहा था। फिर तबीयत भी ठीक नहीं थी।' मैंने जवाब दिया। 'अच्छा तो आप किस नतीजे पर पहुँचे' उसने पूछा।...इस बीच मेट्रो के

आने की उद्घोषणा हो रही है।

आखिरी कोच में बैठते ही मैंने डॉ. उज्ज्वला से कहा, 'बताता हूँ... .सीट मिल गई है। अब आराम से बात कर सकते हैं। तुम कुछ कह रही थी?' मैंने उससे पूछा। 'हाँ...मैंने भी इस मुद्दे की गहराई में जाने की कोशिश की है। और स्टडी करते हुए वैदिक काल तक चली गई। जब स्त्रियों का बहुत सम्मान था। उसे समान अधिकार हासिल था। तब नारियाँ विद्वानों के साथ सभाओं में उन विषयों पर भी शास्त्रार्थ कर लेती थी, जिसकी आज कल्पना भी नहीं की जा सकती। मंडन मिश्र की पत्नी भारती ही तो थीं, जिन्होंने आदि शंकराचार्य को वैवाहिक संबंध और उसकी जिम्मेदारियों पर शास्त्रार्थ करने की चुनौती दी थी। मेरे कहने का मतलब है कि उस काल में नारियों को बहुत सम्मान हासिल था। उस वक्त पर्दा प्रथा भी नहीं थी। पुरुष अपनी पत्नियों से मर्यादित व्यवहार करते थे। यहाँ तक कि पुत्र न होने पर बेटी को पिता की संपत्ति पर पूरा अधिकार हासिल था। बताइए उस दौर में स्त्रियों के दमन का कोई उदाहरण मिलता है क्या?' उज्ज्वला एक सांस में बोल गई।

'नहीं उज्ज्वला। मुझे ऐसा उदाहरण नहीं मिला। मगर ये समझ में नहीं आता कि वैदिक काल का वो सम्मान कहाँ खो गया।' मैंने कहा। '... देखिए भारतीय नारियों की दुर्दशा उत्तर वैदिक काल से शुरू हुई। जब पुरुषों को उनके अधिकारों, उनकी विद्वता और उनके फैसले लेने की क्षमता से डर लगने लगा। जिस दिन पति को भगवान का दर्जा दे दिया गया, उस दिन से स्त्रियाँ पुरुषों से कई पायदान नीचे चली गई। बाल विवाह का चलन, विधवा विवाह पर रोक और शिक्षा के अधिकार के हनन के बाद, इन सब ने महिलाओं को अंधेरी दुनिया में धकेल दिया। मुगलों के आक्रमण और उनके शासन काल में और दुर्दशा हुई।' उज्ज्वला बोले जा रही है। मैं उसकी बात ध्यान से सुन रहा हूँ।

मुझे लग रहा है कि मैरिटल रेप का मुद्दा कोई आज का नहीं। इसे समझने के लिए हमें हजारों वर्ष पीछे जाना जाना होगा। यह मेट्रो मुझे अंधेरी सुरंग से निकाल कर आगे ले जा रही है। सोच रहा हूँ कि हम कब मन की अंधेरी सुरंगों से बाहर निकलेंगे। डॉ. उज्ज्वला सही कह रही है।

...वह अभी रुकी नहीं है। वह कह रही है, 'आप जानते हैं मैरिटल

रेप की वजह पुरुषों का अहंकार है। स्त्रियों के तर्क और विद्वता के आगे जब पुरुष खुद को कमजोर पाते हैं, तो शारीरिक बल से उनका दमन करने की कोशिश करते हैं। छल-कपट कर उनके चरित्र पर लांछन लगाते हैं। सरेराह छेड़छाड़ और अकेली व बेबस पाकर बलात्कार करने की कोशिश, ये सब क्या है?' उज्ज्वला से चर्चा करते हुए न जाने कितने स्टेशन निकल गए। उद्घोषणा हो रही है, अगला स्टेशन कश्मीरी गेट है।

डॉ. उज्ज्वला बता रही है, '...नववधू के कौमार्य का पता लगाने के लिए खुद सास ही सेज पर सफेद चादर बिछाती है। एक तरह से वह अपने बेटे को बहू से बलात्कार करने के लिए प्रेरित करती है। फिर मैरिटल रेप की शुरुआत तो सुहागरात से ही शुरू हो जाती है। जबरन संबंध बनाने का अधिकार उसी रात मिल जाता है मर्द को। सफेद चादर का खून से रंग जाना क्या संकेत देता है? हमारे यहाँ एक समुदाय में तो आज भी यह परंपरा है। कितनी भी पढ़ी-लिखी लड़की क्यों न हो, उसे यह साबित करना होता है कि उसका कौमार्य अक्षत है। मगर सोचिए कि उस कोमलता पर मर्दानगी दिखाते हुए पहली ही रात उसे रक्तरंजित करने को आप क्या कहेंगे?' उसकी सांसों में उतार-चढ़ान से जाहिर है कि इस मसले पर कितनी आवेश में है।

मैं उसे शांत करने के लिए कह रहा हूँ,...तुमसे सहमत हूँ उज्ज्वला। हम इस सोसायटी को अकेले और एकदम से नहीं बदल सकते, लेकिन इसे संवेदनशील और जागरूक बनाने के लिए अपने स्तर काम कर सकते हैं।...जी, आप सही कह रहे हैं। उज्ज्वला ने सहज होते हुए कहा। अब वह चुप हो गई है।

उद्घोषणा हो रही है, अगला स्टेशन राजीव चौक है। मैं सीट से उठ रहा हूँ। उज्ज्वला अभी कॉल पर है। मैं उसे कह रहा हूँ, इस समाज को बदलने में अभी कई बरस लगेंगे। तब हम नहीं होंगे इस दुनिया में, पर इसे जागरूक करने के लिए फिलहाल पहल करते रहेंगे।

...राजीव चौक उतर रहा हूँ। सोच रहा हूँ कि समाज के बंद दरवाजे के पीछे जो चीखें गूँजती हैं, उसे कोई क्यों नहीं सुनता। हम खिड़कियाँ तो खोल रहे हैं, मगर कानों में रुई क्यों डाल लेते हैं? सुनीता की कहानी वाला दैत्य आज भी अट्टहास लगाता है। राजकुमारी आज भी रोती है।

सफेद चादर आज भी लाल होती है। स्याह अंधेरे में सलवटें क्रूरता का बयान करती हैं, जहाँ जिस्म को जख्म दिया जाता है उस दैत्य की इच्छा पूरी होने तक। मगर उस जख्म को कौन देखता है।...उज्ज्वला देख रही है। मैं देख रहा हूँ। क्या आप देख रहे हैं?

(12 नवंबर 2017 की धुंधली होती शाम)

28. फिर आना वैलेंटाइन बाबा

यह वैलेंटाइन वीक की सुनहरी दोपहर है। मैं आज भी हमेशा की तरह मेट्रो के आखिरी डिब्बे में सवार हूँ। छुट्टी के दिन यूँ ही खुद को तलाशने निकल गया हूँ। सोच रहा हूँ कि वैलेंटाइन बाबा कैसे दिखते होंगे? उनकी झोली में चाकलेट और फूल तो होंगे ही। शायद कुछ प्रेम कविताएँ भी हों।

...दिल्ली विश्वविद्यालय स्टेशन पर ट्रेन रुकते ही युवाओं का समूह कोच में सवार हो गया है। कुछ को सीट मिल गई है, लेकिन कई नौजवान अपनी महिला मित्रों के साथ खाली जगह के हिसाब से इधर-उधर खड़े हो गए हैं। इनकी चुहलबाजियाँ अन्य यात्रियों का ध्यान खींच रही हैं।

लड़कियाँ इतनी जोर से बात कर रही हैं कि सबको मालूम हो गया है कि ये लोग आज कहाँ जाने के लिए निकले हैं। इतनी पारदर्शिता तो घरों में भी नहीं दिखाई देती। पति कहाँ गया मालूम नहीं, और माँ किस काम से निकली है, बच्चों को नहीं पता...। मध्यवर्गीय परिवारों में प्रेम दाल-रोटी की चिंता में कहीं खो गया है। पैसा कमाने की होड़ में पति अपनी पत्नी को भूल गया है, तो अपनी महत्त्वकांक्षाओं में उलझी पत्नी अब पति पर पहले जैसा प्रेम नहीं लुटाती। अब इसके जवाब में हरेक के पास अपनी वजह और तर्क हैं।

मैं दरवाजे के एकदम पास वाली सीट पर बैठा हूँ। मित्र से वाट्सऐप पर चैट कर रहा हूँ। गेट के पास खड़े एक युगल ने मेरा ध्यान खींच लिया है। गोरी-चिट्टी छरहरी युवती अपने मित्र के कंधे पर सिर झुकाए

खड़ी है। वह सुबक रही है और ब्वॉयफ्रेंड उसकी पीठ पर थपकी लगा कर दिलासा दे रहा है। युवती ने टी-जींस पहन रखी है। उसके लंबे चमकते बालों में उस समय जुंबिश पैदा हो जाती है, जब उसका दोस्त उसके सिर को हौले से सहला देता है।

तभी मित्र का संदेश आया- कहाँ पहुँचे? मैंने जवाब दिया- 'सिविल लाइंस।'...मेट्रो अपनी गति से चल रही है। स्टेशन आता, दरवाजा खुलता। यात्री सवार होते, लेकिन इस युगल पर कोई फर्क नहीं पड़ रहा। भीड़ में बेपरवाह। अपने में मगन। जैसे एकात्म हो गए हों। उफ्फ...! दंपति भी घर-परिवार में इतने 'क्लोज' नहीं होते। क्यों? क्या दंपतियों में प्यार कम हो गया है? या मतभेद इतने गहरे हो गए हैं कि जीवनसाथी भी अजनबी सा लगने लगा है। और एक ये हैं। कोई झिझक ही नहीं। भीड़ में भी भावनाओं का उन्मुक्त प्रदर्शन। मलिनता इनमें नहीं, मेरे मन में है, जो अभी ऐसा सोच रहा हूँ।

सच में, कितनी बदल गई है युवा पीढ़ी। इन दिनों युवाओं का जोश देखना हो, तो मेट्रो में देखिए। उस दिन एक युवती जिस तरह से अपने मित्र से गले लगी, उसे सभी यात्री देखते रह गए थे। पश्चिम की आधुनिक सभ्यता ने इस खास दिन को दिल से अंगीकार किया है। संट वैलेंटाइन की कहानी का मर्म समझते हुए उसकी पावनता को भी महत्त्व दिया है। और जब हमारी बारी आती है, तो हमारे विचार क्यों संकुचित हो जाते हैं? जैसे अभी मैं इस युगल को देखते हुए हो गया हूँ।

पिछले दो दशक में वैलेंटाइन डे को भुनाते हुए हम सबने एक भरे-पूरे बाजार को देखा है। अगर इस दिन का बाजारीकरण किया गया, तो इसमें युवाओं का क्या दोष? एक बाजार तो इसे भुना कर निकल गया, मगर अब इसकी जगह नई टेक्नालॉजी ने ले ली है। सभी युवा अपने दोस्तों से सीधे रूबरू हैं, स्मार्टफोन के माध्यम से। अब प्रेम की अपनी दुनिया है, जहाँ किसी का दखल नहीं। जहाँ उनके सपने और लक्ष्य एक हैं। यहाँ दोस्ती स्त्री-पुरुष संबंध से ऊपर की चीज है। जैसे युवाओं का यह समूह जो दुनियादारी से बेपरवाह है। वैंलेंटाइन बाबा हर साल इन्हीं के लिए आते हैं। निसंदेह वे हर बार आएँगे। क्योंकि प्रेम से ही दुनिया बचेगी।

प्रेम सिर्फ स्त्री से नहीं किया जाता। या उससे भी नहीं किया जाता, जो साथ पढ़ती है। यह कभी भी हो सकता है, और किसी से भी। किसी रोते हुए बच्चे को हंसा दें, तो एक बार के लिए प्यार उससे भी हो जाएगा। भीख माँगने के लिए ठिठुरती सर्दी में फर्श पर बैठी बुजुर्ग महिला की मदद कीजिए। वो जब आशीष देती है, उस मंगलकामना को महसूस कीजिए। आपके दिल में एक स्नेहिल धारा बहती हुई मिलेगी। उसके आशीष में भी प्यार छुपा है, जैसे माँ के आंचल में होता है।

आज के युवा भी यही संदेश देते हैं- चलो-सब साथ चलो। कोई जीवन में अकेला न रह जाए। उन दोस्तों से प्रेम करो जो गुमसुम अपने में खोए हैं। इस देश से प्रेम करो, जिसने तुम्हें इतने अवसर दिए हैं। इस प्रकृति से प्रेम करो, जिसने हमारे जीवन में कई रंग भरे हैं। प्रेम की सात्विकता को नए अर्थ में समझने की कोशिश करो।

...मैं दोस्त को मैसेज किए जा रहा हूँ। वह बोर हो रही होगी, मगर वो मेरा मैसेज ध्यान से पढ़ रही है। कोई आपकी बात ध्यान से सुनता है, तो लगता है कि वह आपकी भावनाओं को समझता है। आपका सच्चा दोस्त है। कोई तो है जो आपकी सुन रहा है। यूँ भी आज कौन किसकी सुनता है? मैं अकसर उससे पूछता हूँ कि तुमने खाना खा लिया। वह जवाब में दाल-रोटी और सब्जी से सजी थाली की तस्वीर भेज देती है।

तभी कारपोरेट के एक बड़े अधिकारी का फोन आ गया। उनसे थोड़ी चर्चा करता हूँ इस मुद्दे पर। और फिर बेसाख्ता मेरे मुँह से निकल जाता है- 'सर, आप मेरे वैलेंटाइन हैं। आप से जो स्नेह-सम्मान मिलता है, वह कोई अपना ही देगा।'...सर भावुक हो जाते हैं। कहते हैं, 'कल जल्दी आओ, साथ चाय पीते हैं।'

इस बीच फिर मित्र का मैसेज- 'कहाँ खो गए। किससे बात करने लगे। क्या सोच रहे हैं?' मेट्रो में कविता लिखने बैठ गए हैं क्या। एक साथ उसने कई सवाल कर दिए हैं। सोचता हूँ ये स्त्रियाँ इतने सवाल क्यों करती हैं? मैं उसे तुरंत कॉल कर मेट्रो का दृश्य बताता हूँ और कहता हूँ कि एक कविता भी लिख रहा हूँ, तो उसने कहा- 'आप ना, सच में क्रेजी हो गए हैं।' इस पर मेरा जवाब है- 'नहीं....दिल्ली क्रेजी हो गई है। देखो ना आज युवाओं में कितना उमंग है। उनका मन कितना निर्मल है।

दिल तो लोगों का मलिन है, उन्हें अच्छी बातें कभी सूझती नहीं। हमेशा नकारात्मक सोचते हैं। क्यों करते हैं लोग ऐसा? मगर यह दौर भी बदलेगा।

...आप अंधेरे में भी उम्मीदों का उजाला तलाश लेते हैं। इसीलिए मैं आपको जीवन की रणभूमि का कृष्ण मानती हूँ, उसने कहा। नहीं तुम सक्षम हो। मेरी अर्जुन हो, मैंने जवाब दिया। इस पर उसने पलट कर कहा, कृष्ण के बिना अर्जुन कुछ नहीं।...अच्छा, ये सब रहने दो दोस्त। राजीव चौक आ गया है। फिर बात करते हैं। तुम्हें अपनी आधी-अधूरी कविता भेज रहा हूँ...बाय।'...यह कह कर मैं सीट से उठ गया हूँ। मेरा स्टेशन आ गया है। वह मेरी कविता पढ़ रही है-

तुम्हारी खामोशियों में
ढूँढता हूँ खुद को,
कोई पुल भी तो नहीं
सिवाय शब्दों के
जो हम दोनों को जोड़ते हैं।
तुम कहती हो -
ये बेजुबां इश्क है,
इसे खामोशी से
ढूँढना है तुम्हें...।
मुट्ठी से उछाल कर
देता हूँ तुम्हें दुआएँ
और ढूँढता हूँ
इस बेजुबां इश्क में
खुद को
अपनी शुभकामनाएँ लिए।
जानता हूँ-
तुम्हारे शब्दों में
कोई और नहीं
वह मीरा है
जो सदियों से

प्रतीक्षारत है,
उस कृष्ण के लिए
जो कभी उसे
मिले ही नहीं,
जिन्हें याद कर वह
गाती रही प्रेम गीत।

(16 फरवरी, 2020)

29. हम होंगे कामयाब...

आज दफ्तर जाने के लिए घर से निकला तो देखा कि चुनाव जीत चुके नेताजी होर्डिंग पर टंग गए हैं। अब वे तस्वीरों में ही नजर आएँगे, उन सरमाएदारों के साथ जो चुनाव के दौरान उनके साथ लगे रहे। जमीन-ज्यादाद का कारोबार करने वालों और व्यापारी बंधुओं के बीच करबद्ध नेताजी अब होर्डिंग से उतर कर कभी सड़कों पर नहीं आएँगे। वे लोकतंत्र की बात करेंगे, पर 'लोक' से दूर रहेंगे।

राजनीति से आप कितना भी परहेज कर लें। यह आपका पीछा नहीं छोड़ती। आप इससे बच ही नहीं सकते। राजनीति तो आपको घर में भी घेर लेती है। आस-पड़ोस से लेकर दफ्तर तक आप अछूते नहीं हैं। अपने यहाँ राजनीति में भाई-बहन तक एक दूसरे के खिलाफ हो जाते हैं। मैंने राजनीति पढ़ी है। स्कूल में नंबर भी खूब मिले, मगर राजनीति करनी कभी नहीं आई। यों भी यह अनाड़ी आदमी के बूते की बात नहीं। इसके लिए आपको चिकना घड़ा बनना पड़ता है। कोई कितना कुछ कहे। कितनी भी निंदा करे, आप मुस्कुराते रहिए। आप पता तक चलने नहीं दीजिए। फिर एक दिन अपने दांव से उसे पटक दीजिए। यही राजनीति है।

दरअसल, राजनीति में एक चेहरा आगे होता है, तो दूसरा पीछे। अब तक जिन नेताओं से मिला, सबके दो चेहरे दिखे। हाथी के दांत वाला मुहावरा इन पर खूब चरितार्थ होता है। तो कुल जमा नतीजा यह रहा कि राजनीति से मुझे सदैव अरुचि रही।

दिल्ली में जब भी चुनाव का मौसम आता है, पूरा मीडिया इसकी

लहर में डूब जाता है। हालांकि मीडिया अब जिस तरह दो ध्रुव में बंट गया है, वह अब हैरान नहीं करता। यह होना ही था। दुखद यह है कि निष्पक्ष पत्रकारिता का दौर लुप्त हो गया है। या तो आप इधर रहिए या फिर उधर। हालांकि राजनीति और मीडिया की गलबहियाँ पहले जैसी है। मगर अब यह बेशर्मी से सामने आई है। एक समय था कि असहमति जता देने पर भी मिठास रहती थी। अब जरा सा तीखा सवाल पूछा नहीं कि सामने वाले की नजरें टेढ़ी हो जाती हैं। सुर में सुर मिलाने वाले पत्रकार सफल हैं। और नेताजी उनके कायल हैं। मुस्कुरा कर उनके सवालों के जवाब देते हैं। यह एक नई जुगलबंदी है। देश में अब नया लोकतंत्र बन रहा है।

चुनाव कोई भी हो, उम्मीदवारों से ज्यादा उत्साह कार्यकर्ताओं में दिखता है। उससे भी ज्यादा आजकल के पत्रकारों में। ऐसा क्यों होता है? यह आप-हम अच्छी तरह जानते हैं। दिल्ली नगर निकायों के चुनाव के दिनों की बात है। उस दिन मैं दफ्तर के लिए घर से निकला, तो न जाने कहाँ से पता लगाते हुए एक उम्मीदवार के कार्यकर्ता लोग प्रेस विज्ञप्ति लेकर मेट्रो स्टेशन पर पहुँच गए। मैंने उनसे पूछा- यह भी कोई जगह है मिलने की? दफ्तर चले आते। कार्यकर्ता बोले- सर क्या करते। नेताजी ने आपके पीछे दौड़ा दिया। कहा है कि चार लाइन ही छप जाए, तो बड़ी कृपा होगी।

...हैरत की बात है कि सोशल मीडिया और खबरिया तथा वेब चैनलों के दौर में भी लोग अखबार में छपना चाहते हैं। सच में प्रिंट का अपना सुख-संतोष है। प्रचार का दौर जैसे-जैसे बढ़ता जाता है, नेताओं में जनता के करीब जाने के साथ मीडिया में दिखने की लालसा भी बढ़ती जाती है। रक्तचाप अलग से बढ़ता जाता है। इसके बाद आरोप-प्रत्यारोप और दावे-प्रतिदावे का जो दौर चलता है, उससे समझ में नहीं आता कि कौन सच्चा है और कौन झूठा। मगर जनता ऐसे नेताओं को परखना सीख गई है।

...तो उस दिन नेताजी के चंपुओं से पिंड छुड़ा कर प्लेटफार्म पर पहुँचा। गनीमत है कि मेट्रो में राजनीतिक दलों को प्रचार करने की इजाजत नहीं। नहीं तो परचे-पोस्टर चिपका कर इसकी सूरत भी बिगाड़

देते। चुनावी सीजन में कोई इलाका नहीं बचता, जहाँ प्रचार के दौरान शोरगुल न होता हो। सड़कें-गलियाँ वहीं रह जाती हैं और नेता आगे बढ़ जाते हैं। फिर वे पीछे मुड़ कर नहीं देखते। पीछे जनता खाली हाथ खड़ी रह जाती है। ऊबड़-खाबड़ गलियों और सड़कों की किस्मत नहीं बदलती और न ही इन पर चलने वाले लोगों का भाग्य। इस देश की कई सड़कों पर गड्ढे हैं। उन्हें भरने की जरूरत है। हर पांच साल में नेताओं के अनगिनत वादे भी इन्हें नहीं भर पाते। नागरिकों की उम्मीदें इन्हीं गड्ढों में दम तोड़ देती हैं।

मेट्रो के आखिरी डिब्बे में बैठने के बाद सोचने लगा कि राजनीति कितनी बदल गई है। मिशन के नाम पर यहाँ आने वाले लोगों ने तो इसे प्रोफेशन ही बना डाला है। बेतुकी और बेशर्म बयानबाजियाँ देश को कई साल पीछे ले जाती हैं। दुनिया में जगहंसाई होती है सो अलग। एक समय था जब दिल्ली के पूर्व मुख्य कार्यकारी पार्षद जगप्रवेश जी विज्ञप्ति लेकर खुद ही अखबार के दफ्तरों में पहुँच जाते। यही नहीं कई दिग्गज नेता भी ऐसा ही करते थे। लगातार विज्ञप्ति लेकर अखबार के दफ्तर के चक्कर काटने वाले दो युवा नेता तो दिल्ली में मंत्री भी बने।...और एक यह नेता है जो चंपुओं के सहारे प्रचार में जुटा है।

चुनावी शोर में मुद्दे तो बहुत उठते हैं। मगर वक्त के साथ वे बिला जाते हैं। जीते हुए उम्मीदवार की राजनीति वातानुकूलित कमरों में बैठ कर और महंगी गाड़ियों में घूमते हुए बीतती है। इसके बाद जनता की खैर-खबर लेने कोई नहीं आता। भीषण गर्मी में यह देखने कोई नहीं आता कि स्टाप पर खड़ी जनता बसों का किस तरह इंतजार करती है। बारिश के दिनों में सड़कों पर यातायात जाम होने की खबरें आती हैं, तब भी ये नेता लोगों की सुध लेने अपनी कोठियों से नहीं निकलते। अलबत्ता बयानबाजी खूब होती है। वहीं सर्दियों में मजदूरों-रिक्शेवालों और फुटपाथ पर सोने वाले बेघर लोगों की भी कौन चिंता करता है। जिंदगी तो सब की कट जाती है। कई लोग कष्ट में काटते हैं, तो कुछ लोग मजे में। राजनीति का समाज से सरोकार होता, तो आज सभी खुशनसीब होते, मगर दुख ये कि हम अपनी बदनसीबी पर रोते हैं।

...तो उस दिन भी मेट्रो अपनी रफ्तार से चल रही थी। इसी के साथ

चिंतन यात्रा भी। जैसा कि मैंने कहा कि राजनीति मेरा विषय नहीं है। क्योंकि मैं दिल से सोचता हूँ। इसलिए यहाँ दांवपेच देख कर उस वक्त हैरान हो जाता हूँ जब पत्नी ही पति के खिलाफ चुनाव मैदान में उतर जाती है। या फिर चाचा और भतीजा आमने-सामने आ जाते हैं। पता नहीं यह कौन सी तिकड़म है कि आपके इलाके का या बाहर कोई भी गुमनाम शख्स आपका नुमाइंदा बन कर चुनाव मैदान में ताल ठोकने लगता है। और आप बस मुँह देखते रह जाते हैं, यह सोचते हुए कि इससे काबिल तो हम खुद थे। काश कोई पार्टी हमें ही टिकट दे देती।

राजीव चौक उतरा तो मेरा मोबाइल फोन घनघना उठा। भीड़ से बचते-बचाते जेब से फोन निकाल कर कॉल सुनता हूँ। उधर से नेताजी का स्वर था- 'नमस्कार श्रीमन। एक विज्ञप्ति भिजवाई है। खबर लग जाए, तो बड़ी मेहरबानी।' इस पर मेरा जवाब था- 'खबर छोड़िए। आपने कोई काम किया हो तो बताइए?' इस सवाल से मेरा नुमांइदा बनने को बेताब नेताजी अकबका गए। मैंने दूसरा सवाल दागा- 'आप कभी मिले नहीं। मुझे कैसे ढूँढ़ लिया?' नेताजी का जवाब था- 'जीत कर एक साल में आपके इलाके को चमका दूँगा। आप से नहीं मिले तो क्या हुआ साहेब। हमारे लोग तो आपको जानते हैं। मैं तो आपके घर आ रहा था, मगर आप मिले ही नहीं।'

नेताजी की झूठी बातों से मुझे गुस्सा आ गया। मैंने तल्खी से जवाब दिया- अच्छा हुआ हम नहीं मिले। क्योंकि आप चुनाव जीतने के बाद भी मेरे लिए अजनबी ही रहेंगे। उस जनता लिए भी जो आपको वोट देगी। वे गलियाँ और सड़कें भी अजनबी हो जाएँगी, जहाँ से प्रचार करते हुए आप गुजरेंगे। उन लोगों के चेहरे भी भूल जाएँगे जो आपके स्वागत में अपनी चौखट पर खड़े थे। वे चौराहे भी भूल जाएँगे जहाँ से आपका काफिला गुजरा और जहाँ सालों तक गुहार करने के बाद भी ट्रैफिक सिग्नल न लगने से हर साल कई नौजवान सड़क हादसे में मर गए।

...नेता जी दलील दे रहे थे, मगर मैंने मोबाइल का स्विच ऑफ कर दिया। स्टेशन की सीढ़ियाँ चढ़ता रहा इस तसल्ली के साथ कि आज मैंने कम से कम एक नेता को तो खरी-खोटी सुना दी है। ऐसे नेताओं से क्या बात करना? जो चुनाव जीतने के बाद सिर्फ होर्डिंग पर नजर आएं या

फिर महंगी कारों में बैठ कर जनता के सामने से निकल जाए। आमतौर पर मैं किसी भी नेता से आत्मीय नहीं हो पाता। पिछले दिनों एक नेता से हाथ मिलाते हुए ऐसा लगा कि मेरा हाथ गंदगी से बजबाती नाली में सन गया है।

काश कि होर्डिंग पर टंगे ये नेता बरसों से फुटपाथ पर सो रहे बेघर लोगों के लिए एक बार सोचते। या फिर उन नौनिहालों के लिए कुछ करते जो स्कूल जाने के बजाय गलियों में कचरा बीनते नजर आते हैं। और कुछ नहीं तो चौराहों पर भीख माँगते लोगों को स्वरोजगार के लिए ही मदद कर देते। क्या आप ऐसे नेताओं से नया हिंदुस्तान बनने की उम्मीद करेंगे जो पांच साल आरोप-प्रत्यारोप में काट देते हैं? या फिर किसी न किसी बहाने खुद भी होर्डिंग पर टंगे रहते हैं।

पुरानी स्मृतियाँ कौंध रही हैं। आज फिर निकला हूँ दफ्तर के लिए। मेट्रो में भीड़भाड़ आज कम है।

दिल्ली की फिजां बदली हुई है। एक अजीब सी उदासी पसरी हुई है। हमारे भीतर इंसानियत मर रही है। दरअसल, इंसानियत तो उसी दिन मर गई थी, जब सड़क पर किसी वाहन से टकरा कर गिरे शख्स को अकेला छोड़ हम आगे बढ़ गए थे। इंसानियत उस दिन भी मरी थी, जब सर्द रात में निर्भया मदद की गुहार लगाती रही और लोग अपने-अपने घरों की ओर बढ़ गए थे। इंसानियत ने उस दिन भी दम तोड़ दिया था, जब भाई-भाई सड़कों पर लड़ रहे थे और उनसे कुछ समय पहले वोट माँग कर सत्ता का स्वाद चख रहे नेता अपनी कोठियों में बैठे टीवी देख रहे थे।

...मेरे मोबाइल की घंटी बज उठी है। यह मेरे साथी का फोन है। वह तीन दिन से दफ्तर नहीं आया है। एक साथी को उसके घर से दूर हॉस्टल में छोड़ना पड़ा है। जहाँ उसे दो रातों से नींद नहीं आई है। उसने ठीक से खाना नहीं खाया है। यह चौरासी के तीन दशक बाद की दिल्ली है। कुछ भी तो नहीं बदला। और हम दावे कर रहे हैं आसमान छूने के। विकास के न जाने कितने सोपान पार करने के।

मैं इस समय दुनिया की सर्वश्रेष्ठ दिल्ली मेट्रो में सफर कर रहा हूँ। सुरंग के ऊपर शानदार सड़कें हैं। जो हमें दूर तक तो ले जाती हैं, मगर

दिलों की दूरी पाट नहीं पाती। ये सड़कें आपस में कई इलाकों को जोड़ती हैं, मगर भाई को भाई से नहीं जोड़ती। यहाँ फ्लाईओवर भी खूब हैं, तो गगनचुंबी इमारतें और फ्लैट भी, मगर यहाँ रहने वाले आपस में उतने ही अजनबी हैं, जितने मेट्रो, बसों और ट्रेनों में सफर करने वाले हम लोग। घरों से लेकर दफ्तर तक, आस-पड़ोस से लेकर सड़कों तक परायापन कितना बढ़ गया है। किसी को किसी की परवाह नहीं। बगल के घर में कोई मर जाता है और हम खा-पीकर अपने काम पर निकल जाते हैं। इसकी वजह यह है कि समाज और परिवार में संवाद खत्म हो गया है। हम अपने-अपने स्वार्थ में सिमट कर रह गए हैं। कोई घटना होती है, तो हम लोग अपने खोल में घुस जाते हैं। हम जरूरत से ज्यादा कायर हो गए हैं। हमारी मनुष्यता को अहंकार और इसी कायरता ने मार दिया है। हम पशुओं से भी बदतर हो गए हैं।

मेट्रो कोच में उद्घोषणा हो रही है-अगला स्टेशन न्यू अशोक नगर है। मैं सीट से उठ गया हूँ। सीढ़ियों से उतरते हुए बाहर आ रहा हूँ। सामने सड़क पर रिक्शों की कतार है। वहीं पास में कुत्तों का झुंड आपस में लड़ रहा है। एक दूसरे को काटने और नोंचने पर आमादा। वे जोर-जोर से भौंक रहे हैं। आते-जाते यात्री डर कर किनारे हो गए हैं। कोई इन्हें शांत कराने के लिए आगे नहीं आ रहा। कमोबेश यही हालत आज मनुष्यों की हो गई है।...बाबू रिक्शे में बैठिए। पहचान के रिक्शे वाले ने कहा।

मैं रिक्शे पर बैठ गया हूँ। रास्ते में उसने पूछा, बाबू ये कुत्ते एक दूसरे के खून के प्यासे क्यों हो जाते हैं। जबकि ये दिन भर साथ-साथ घूमते हैं। इस पर मैंने उससे पूछा कि लोग एक दूसरे की जान की दुश्मन क्यों बन जाते हैं। इस पर उसने कहा- हमें क्या पता बाबू। उसने रिक्शे की रफ्तार बढ़ा दी है। मैं सोच रहा हूँ कि इंसानियत का नया पाठ लिखने का समय आ गया है। मगर लिखेगा कौन। हमें वह पाठ लिखना ही नहीं है, उसे दुनिया के हर मनुष्य के जीवन में भी उतारना होगा।

मेरे कानों में वह गीत गूँज रहा है- हम होंगे कामयाब, हम होंगे कामयाब एक दिन।...भाईचारे और इंसानियत का आप ही कोई नया अध्याय शुरू कीजिए न।

(26 मई, 2020)

30. नैंसी, ये दुनिया तुम्हारी नहीं

निर्भया को अभी भूल भी न पाया था कि नैंसी के साथ हुई हैवानियत ने मुझे झकझोर कर रख दिया है। पिछले दो हफ्ते से सोशल मीडिया पर उसके लिए इंसाफ माँगा जा रहा है, लेकिन किसी का दिल नहीं पसीज रहा। न उस पुलिस तंत्र का, जिस पर समाज की सुरक्षा की जिम्मेदारी है और न उन नीति निर्धारकों का जो सुशासन के दावे कर सत्ता में आए। इस मासूम बच्ची का चेहरा सुबह-शाम आँखों के आगे तैरता है और नम हो जातीं आँखों में गुम हो जाता है।

दिल उदास है यह सोच कर कि प्रकृति की सबसे कोमल रचना को सहेजने और उसकी रक्षा करने की जो नैतिक जिम्मेदारी समाज की है, उसका निर्वहन क्यों नहीं हो पाता। कब किसके भीतर बैठा जानवर स्त्री देह को नोंच डालेगा, कोई नहीं जानता। महानगरों और शहरों में बलात्कार के मामले जिस तरह बढ़ रहे हैं, उससे हृदय विदीर्ण हो उठा है। अब यह समस्या किसी खास उम्र या काल तक सीमित नहीं रही।

दिल को तार-तार कर देने वाली उस घटना के बाद से मधुबनी के एक गाँव की नैंसी जब-तब खयालों में आ जाती है। आँखें बंद कर सोचता हूँ, तो बर्बर हिंसा का शिकार उस बच्ची की चीत्कार गूँजती रहती है-छोड़ दो मुझे। जाने दो मुझे...माँ बचाओ।...पापा बचाओ...। कोई भी तो नहीं सुन पाया उसकी चीख। काश कि कोई उसकी गुहार सुन लेता तो शायद उसे बचा लिया जाता। पिछले कई दिनों से दिन भर खबरों से लेकर रात में भी सोशल मीडिया पर नजर गड़ाए रहता हूँ। शायद नैंसी के हत्यारे पकड़े गए हों। मगर नहीं। ऐसा कुछ भी नहीं हुआ है।

आज जब दफ्तर के लिए चला, तो ऐसा लगा कि वह मेरी अंगुली पकड़ कर चल रही है।...और कौन? वही प्यारी सी नैंसी। सहसा एक मीठा मगर कातर स्वर सुनाई पड़ा- अंकल मेरे साथ बुरा सुलूक करने वाले कब पकड़े जाएँगे? आप लोग छोड़िएगा नहीं उन्हें। वे बहुत बुरे लोग हैं अंकल...। नैंसी की यह करुण पुकार मुझे विचलित कर रही है। मैंने अपना हाथ झटक दिया है। उससे कह रहा हूँ- नैंसी तुम चली जाओ। यह दुनिया तुम्हारे लायक नहीं। हम शर्मिंदा हैं। क्योंकि तुम्हारी हिफाजत नहीं कर सके हम। ओ प्यारी बच्ची, तुम चली जाओ यहाँ से।

मैं आजादपुर स्टेशन की सीढ़ियाँ तेजी से चढ़ रहा हूँ। और मुड़-मुड़ कर देख रहा हूँ कि कहीं नैंसी मेरे पीछे तो नहीं आ रही? सुरक्षा जांच के बाद जब ऊपर आया, तो देखा वह प्लेटफार्म पर सिर झुकाए टहल रही है। दुबली-पतली सलोनी सी बच्ची मेरे खयालों से क्यों नहीं जा रही?

...मेट्रो में सवार हो गया हूँ। ऐसा लग रहा कि नैंसी भी मेरे साथ ही सफर कर रही है। उस जैसी तमाम बच्चियों को याद करते हुए आँखों से आँसू छलक उठे हैं। लाखों-करोड़ों लोग हैं जो ऐसी किसी घटना पर मेरी तरह आँखें बंद कर लेते हैं। इंसाफ की गुहार लगाते-लगाते पीड़ित परिवार का गला सूख जाता है। मैंने इसी दिल्ली में चार महीने की मासूम को दम तोड़ते हुए पाया है। उसकी पथराई आँखों को देखा है। सच कहूँ, तो इस हैवानियत की कोई सीमा नहीं। नैंसी की अंतिम तस्वीर में जब मैंने उसके खुले होठों को देखा तो यही लगा कि वह अपनी सांसों के टूटने तक गुहार लगाती रही होगी।

अब तक घटित ऐसी घटनाओं में आपने भी यही पाया होगा कि पड़ोसी या परिचित ही हैवान निकलते हैं। नैंसी से दरिंदगी करने वाले भी अनजान लोग नहीं रहे होंगे। वरना उसकी किसी से भला क्या दुश्मनी थी? अभी सफर करते हुए मुझे कई घटनाएँ याद आ रही हैं। उन मासूमों के चेहरे भी याद आ रहे हैं। जिनके परिवार को मैंने बिलखते देखा। जिनकी खबरें एक पत्रकार की हैसियत से छापी।

उम्रकैद की सजा पाए जमीर अहमद की हैवानियत अभी याद आ रही है। तीस साल से भी ज्यादा पुरानी घटना है। राजधानी के सराय

खलील में पांच साल की बच्ची घर के बाहर खेल रही थी। उस समय शाम के सात बजे थे। जमीर इस मासूम को बहला-फुसला कर पास ही बन रहे क्वार्टरों में ले गया। इस हादसे के बाद बच्ची को कोई दस दिन राममनोहर लोहिया अस्पताल में रहना पड़ा।....मगर एक दिन ईदगाह रोड पर जब जमीर घूम रहा था, तो बच्ची ने पहचान लिया और चिल्लाना शुरू कर दिया- वही है...वही है...।

...उफ नैंसी, एक बार तुम मौत से लड़ लेती। तुम भी हत्यारों के नाम बता पाती कि यही है....यही है। हम सब जानना चाहते हैं कि कौन थे दरिंदे। तुम अंतिम बार नदी के जिस मुहाने पर मिली, वहाँ का दृश्य देख कर कोई भी बता सकता है कि तुम्हारे साथ क्या हुआ होगा मेरी बच्ची। तुम रोई-गिड़गड़ाई होगी। बर्बरता के दौरान तुम्हारी चीख दूर तक गई होगी, लेकिन यह बहरा समाज क्या सुन पाया। तुम्हारे होठों पर आज भी हत्यारों के नाम हैं। अफसोस हम उन्हें पढ़ नहीं पा रहे।

मेरी पलकें नम हैं। आँसू संभाले नहीं संभल रहे। नैंसी को अपने आसपास ही महसूस कर रहा हूँ। हाँ...मैंने कहा न कि वो मेरे साथ ही सफर कर रही है-दिल में।...यह सब सोचते हुए पता ही नहीं चला कि कब राजीव चौक आ गया। मैं सीट से उठ गया हूँ। भीड़ में रास्ता बनाते हुए गेट पर जा पहुँचा हूँ। तभी पीछे से एक बच्ची ने मेरा हाथ पकड़ कर झकझोरा। उसका चेहरा नहीं देख पा रहा। क्या नैंसी फिर गुहार लगाने लगी है मुझसे? मेट्रो कोच में शीतलता के बावजूद पसीने से नहा उठा हूँ।...मैं झुक कर उसका चेहरा देखने की कोशिश कर रहा हूँ। नहीं. ..यह नैंसी नहीं है। यह सुबह की पाली में पढ़ने वाली बच्ची है, जो स्कूल से घर लौट रही है। उसने मेरा बाजू पकड़ते हुए कहा- अंकल आप राजीव चौक उतरेंगे? हाँ...मैं भी उतरूंगा, मैंने उसे आश्वस्त किया।

स्टेशन पर गेट खुला तो भीड़ का दबाव न सह पाने पर बच्ची गिरते-गिरते बची। उसने एक बार फिर मेरा हाथ पकड़ लिया है। ऐसा लग रहा कि नैंसी कहीं गई नहीं है। वह कई रूपों में है। वह अब भी मेरे साथ चल रही है। भीड़ में गिरते-संभलते बाहर आया तो मैंने उससे पूछा- कहाँ पढ़ती हो? उसका जवाब था- सिविल लाइंस के स्कूल में पढ़ती हूँ। मैंने स्कूल का नाम नहीं पूछा। वह उसकी कमीज पर नीले

धागे से लिखा था। मैंने फिर सवाल किया- किस क्लास में पढ़ती हो बच्ची। उसका जवाब था- छठी में अंकल। फिर एक दो सवालों के बाद पता चला कि उसे सेक्टर पंद्रह गोल चक्कर जाना है और स्कूल से घर लौट रही है।

...राजीव चौक मेट्रो का ऐसा स्टेशन है जहाँ आप जनसमुद्र में खो जाते हैं। भीड़ में आत्मा गुम हो जाती है। रह जाती है देह। दिखते हैं, तो सिर्फ चेहरे। जिन पर लिखा होता है हड़बड़ी और दूसरे से आगे निकल जाने का भाव। कौन किस पीड़ा की गठरी लेकर जा रहा है, इससे किसी को कोई सरोकार नहीं होता। यही है आज की दिल्ली का चरित्र।

मैं तो कुछ दिन पहले यलो और वायलेट लाइन पर मेट्रो में अपनी मृत बच्ची को लेकर सफर कर रही उस माँ को याद कर सिहर उठता हूँ, जिसके साथ अकल्पनीय बर्बरता हुई। उसने वह सब सहा जिसकी आप कल्पना नहीं कर सकते। बेइंतहा यह कि माँ से बलात्कार के दौरान चीख रही बच्ची का मुँह दबाने के बाद भी दरिंदों को तसल्ली नहीं हुई, तो उसे बीच सड़क पर उठा कर फेंक दिया। उसकी मौत से अनजान माँ उसे एक डॉक्टर से दूसरे डॉक्टर को दिखाने के लिए मृत बच्ची को गोद में लिए मेट्रो में सफर करती रही। मगर किस यात्री ने नोटिस किया? इस घटना को लेकर न तो दिल्ली में मोमबत्तियाँ पिघलीं और न गुरुग्राम का कलेजा टूटा।

इन्हीं दिनों के लिए शायद कवि सोम ठाकुर ने यह पंक्ति लिखी होगी- आ गए किस द्वीप में हम, देह पत्थर हो गई।

...यह सब सोचते हुए मेरी नसों में खून जमने लगा है। लग रहा कि देह का विसर्जन यहीं हो जाएगा। फिर भी मैं रेलिंग पकड़े सीढ़ियाँ चढ़ रहा हूँ। नोएडा सिटी सेंटर जाने के लिए मेट्रो के आखिरी डिब्बे में बैठने वास्ते प्लेटफार्म के आखिरी छोड़ की ओर कदम बढ़ रहा हूँ। यहाँ यात्री कम होते हैं।...वह बच्ची भी मुझे वहीं मिल गई। चहलकदमी करती हुई। ठीक वैसे ही जैसे इस यात्रा की शुरुआत में नैंसी दिखी थी। आँखों के आगे फिर उसका चेहरा घूमने लगा है। मुझे हर बच्ची में नैंसी नजर आने लगी है। घात लगाए दानवों से खुद को बचाती हुई...।

घर से डबलरोटी लेने बाजार निकली बच्ची जब तक लौट कर नहीं

आती, माँ की सांसें अटकी रहती हैं। स्कूल या कॉलेज गई बेटी जब तक घर नहीं आती, माँ की नजरें दूर सड़क तक टंगी रहती है। नोएडा जा रही मेट्रो में सफर करती इस लड़की कीं माँ भी इसके स्कूल से लौटने का इंतजार कर रही होगी। बच्चियों को घर से हिदायत होती है- अजनबियों से बात मत करना। पास ही खड़ी इस बच्ची से पढ़ाई-लिखाई पर बात करना चाहता हूँ। पूछना चाहता हूँ कि उसके हिंदी पाठ्यक्रम में क्या पढ़ाया जा रहा है। मगर वह अनमनी सी और गंभीर दिख रही है। सुबह से निकली इस बच्ची के माथे पर दोपहर की थकन उतर आई है। माँ के हाथों गूँथी गई उसकी दोनों चोटियाँ ढीली हो गई हैं। बस्ते के बोझ से उसके कंधे झुके जा रहे हैं। उसके सूखे होठों पर गुदी हिदायत यह बयान करती है- अजबनियों से बात नहीं करना। हाँ सही तो हैं... अजनबियों से दूर ही रहा करो बच्ची। नैंसी भी यह बात समझ जाती तो शायद बच जाती।

...सेक्टर पंद्रह स्टेशन आ गया है। गेट खुलते ही बच्ची फुर्ती से कोच से बाहर निकली है। वह तेज कदमों से सीढ़ियाँ उतर रही है। स्टेशन के बाहर भीड़ में खड़ी माँ ने उसे देख हाथ हिला कर इशारा किया है। वह दौड़ कर माँ से जा लिपटी है। कुछ देर पहले थकी-थकी सी लग रही बच्ची में गजब की ऊर्जा आ गई है। सच में माँ-बेटी का रिश्ता कितना गहरा होता है। माँ की निगहबानी में हर बच्ची महफूज होती है। वह बच्ची भी जो मृत होकर भी माँ की गोद में मेट्रो दर मेट्रो भटकती रही। और वह नैंसी भी जो दरिंदों के हत्थे चढ़ने से पहले माँ की गोद में ही सुरक्षित रही होगी।...और यह स्कूली बच्ची भी, जो माँ की अंगुली थामे उछलती-कूदती...शरारतें करतीं घर लौट रही है।

देश की बेटियों के लिए एक सुरक्षित समाज की परिकल्पना के साथ मैं ऑफिस जा रहा हूँ। एक सजग-जागरूक समाज बनाने के लिए आप भी आगे आइए ताकि हमारी ये नन्हीं परियाँ सुरिक्षत रहें, मुस्कराती रहें। हम और आप कहीं भी रहें, उनके लिए सचेत रहें क्योंकि वही आपकी दुनिया को बचाए रखेंगी।

(12 जून, 2017)

31. इश्क की आधी सदी

'क्या आप एक ऐसी सुबह की कल्पना करेंगे जिसमें अखबार नाम की कोई चीज न हो? मेरा इरादा आपको डराने या दुखी करने का नहीं, लेकिन अमेरिका में जिस तरह अखबारों का सर्कुलेशन गिर रहा है और नई पीढ़ी जिस तरह इंटरनेट जैसे सूचना और संवाद के नए माध्यमों से तेजी से जुड़ती जा रही है, उसमें वह दिन दूर नहीं, जब अखबार संग्रहालयों की बस्ती बन जाएँगे...।'

कोई दस-ग्यारह साल पहले हिंदी के एक वरिष्ठ पत्रकार की लिखी ये पंक्तियाँ आज भी मेरे जेहन में पैबस्त हैं। उन्होंने लिखा था कि अमेरिका और यूरोप के देशों में अखबार को मरता हुआ मान लिया गया है। कुछ विशेषज्ञों ने तो यहाँ तक कह दिया है कि 2040 के आसपास अमेरिका का अंतिम अखबार भी बंद हो जाएगा...। लेकिन क्या हुआ? कुछ भी तो नहीं। यह तब की बात है, जब अमेरिका मंदी के दौर से गुजर रहा था। उन दिनों तमाम बड़े अखबारों की हालत पतली हो गई थी।

आज अमेरिका के अखबार चट्टान की तरह खड़े हैं। कमाई का गुणा-भाग मुझे ज्यादा नहीं आता, पर इतना मालूम है कि भारतीय अखबार उद्योग ने भी मंदी के दौर से जिस तरह खुद को उबारा, उसकी मिसाल दुनिया भर में दी जा सकती है।

....आज अखबार नहीं आया है। हॉकर अकसर मेरा प्रिय अखबार गोल कर जाता है। न मैं चाय का कप लिए बालकनी में टहल रहा हूँ। वरिष्ठ पत्रकार की पंक्तियाँ याद आ रही हैं। अखबार न पढ़ पाने से जहाँ चाय फीकी लग रही है, वहीं सर्द सुबह की शुरुआत भी एक अधूरेपन

का अहसास करा रही है। हॉकर का बेसब्री से इंतजार करते सामने बालकनी में खड़े पड़ोसी से पूछा कि अगर अखबार आना हमेशा के लिए बंद हो जाए, तो आप क्या करेंगे? उनका जवाब था- ऐसा कभी नहीं होगा। अगले पचास साल तक अखबार छपते रहेंगे या उससे भी ज्यादा समय तक। लोग रोज सुबह उसका इंतजार करते रहेंगे।...यानी अखबार से इश्क की आधी सदी अभी बाकी है।

उनकी बात में दम उस समय लगा, जब एक दिन खबरों का चयन कर रहा था। सहसा एक समाचार पर मेरी निगाह ठहर गई। खबर थी- नेत्रहीनों को अखबार पढ़ कर सुनाएगा दिव्य नयन। यानी अखबार तो नेत्रहीन भी पढ़ना चाहते है। फिर बाकी लोग क्यों नहीं? खबर यह थी कि वैज्ञानिक और औद्योगिक अनुसंधान परिषद ने एक ऐसा यंत्र विकसित किया है, जो चिट्ठी-पत्री ही नहीं अखबार भी पढ़ कर सुनाएगा। अद्भुत! तब तो निरक्षर लोग भी अखबार पढ़ सकेंगे। बुजुर्गों को भी राहत मिलेगी, जिनकी नजर कमजोर हो गई है। यानी अखबार पढ़ने की चाहत फिलहाल खत्म नहीं होने वाली।

आजकल के दसवीं और बारहवीं के विद्यार्थियों से पूछता हूँ, तो वे निसंकोच कहते हैं कि वे अखबार नहीं पढ़ते। मगर क्यों। इस सवाल पर उनका दो टूक जवाब होता है- हम कल की खबर आज ही पढ़ लेते हैं। जाहिर है कि स्मार्टफोन पर पर नेट अखबारों के न्यूज फ्लैश के कारण वे सुबह अखबार पढ़ने वालों से कहीं ज्यादा अपडेट रहते हैं। अपने यहाँ सूचना की यह नई संस्कृति विकसित हो रही है। अमेरिका में यह आदत एक दशक से भी पहले शुरू हो गई थी, जब मंदी से उबरने और मोबाइल से लैस नई पीढ़ी को अपने से जोड़ने के लिए अखबारों ने इंटरनेट संस्करण शुरू गए किए थे।

...तो आज मेरा प्रिय अखबार नहीं आया है। और मैं दूसरे अखबारों की हैडिंग पर उचटती नजर डाल कर दफ्तर जा रहा हूँ। क्योंकि बाकी अखबारों ने खुद को पचरंगा अचार बना लिया है। वे इतने रंगीन हो गए हैं कि कुछ भी संगीन नहीं लगता इनमें। मुझे तो सीधा-साधा और पाठकों से मुहब्बत करता अखबार चाहिए। ऐसे अखबार अब कहाँ बचे हैं जो श्रृंगार नहीं, विषय सामग्री पर जोर देते हों।

...अभी मेट्रो के उसी आखिरी डिब्बे में बैठा हूँ हमेशा की तरह। मेरे सामने की सीट पर एक बुजुर्ग बड़ी तन्मयता से हिंदी अखबार पढ़ रहे हैं। मेट्रो यात्रा के दौरान जब कोई अखबार पढ़ता हुआ दिखता है, तो लगता है कि अपने यहाँ पढ़ने-लिखने की संस्कृति अब भी बची हुई है। यह सोच कर ही तसल्ली मिलती है। अखबारों से यह इश्क ढाई आखर वाले प्रेम से कम नहीं। और आज के दौर में पढ़ाई-लिखाई से प्रेम किए बिना गुजारा भी तो नहीं।

...अगला स्टेशन दिल्ली विश्वविद्यालय है, उद्घोषणा हो रही है। स्टेशन आते ही कॉलेज के युवाओं का उमंग हवा के झोंके के साथ कोच में खिल उठा है। फूलों की खुशबू बिखर गई है आसपास। भविष्य के सपने बुनते ये युवा। कई के हाथों में किताबें, तो कुछ के हाथ में अखबार। एक खास अखबार, जिसे सिविल सेवा परीक्षा की तैयारी करने वाले विद्यार्थी अक्सर पढ़ते हैं। यानी अखबार पढ़ना अब भी जरूरी है। इंटरनेट पर कितना पढ़ेगा कोई। लगातार स्क्रीन पर आँखें गड़ाए रखने से डॉक्टर भी मना करते हैं। हाथ में अखबार लेकर पढ़ना कितना सुखद लगता है। साथ में चाय हो, तो फिर क्या कहना! चलिए मेट्रो में तो चाय नहीं मिलती, लेकिन अपनी पसंद के अखबार में झाँकते सहयात्री जरूर मिल जाएँगे।

निसंदेह आज इंटरनेट पर सूचना की विराट दुनिया है। लेखकों के अनगिनत ब्लॉग हैं। शोध-सूचना और विचार आधारित लाखों वेबसाइट हैं। न जाने कितनी विचारधाराएँ तरंगों पर दौड़ रही हैं। ये सभी सामग्री इतनी विस्तृत हैं कि अखबार इसे अपने में समेट नहीं सकता। फिर भी रोज सुबह वह राजहंस की तरह आपके लिए मोती चुन-चुन कर लाता है। शायद इसीलिए हमारी युवा पीढ़ी का बड़ा हिस्सा अखबार का प्रिंट संस्करण भी पढ़ना चाहता है। यह सभी अखबारों के लिए उम्मीदों भरा दौर है।

...मैं देख रहा हूँ कि कोच में एक कॉलेज छात्रा अंग्रेजी अखबार पढ़ रही है। वह पास बैठी सहेली से किसी खबर पर चर्चा कर रही है। आज जब ज्यादातर युवा इंटरनेट की भूलभुलैया में खोए रहते हैं, ऐसे में अखबार पढ़ते युवा और बुजुर्ग समाज को एक संदेशा देते हुए दिखते हैं

कि पढ़ने-लिखने का यह भी अच्छा माध्यम है। और एक संदेश यह भी कि अखबार की जरूरत अब भी है। हिंदी और क्षेत्रीय अखबारों की प्रसार संख्या जिस हिसाब से बढ़ रही है, उससे साबित होता है कि लोग आज भी अखबार पढ़ना चाहते हैं।

अगला स्टेशन कश्मीरी गेट है, उद्घोषणा हो रही है। मेट्रो के रुकते ही एक बुजुर्ग कोच में सवार हुए हैं। शरीर से मजबूत और मन में आत्मविश्वास। हाथ में झोला। जिसमें कुछ अखबारों के बंडल हैं। मुझे आश्चर्य हुआ। सुबह का अखबार अब कहाँ लेकर जा रहे हैं ये महोदय? आखिर पूछ ही लिया मैंने। उनका जवाब था कि बचे हुए अखबार को पुरानी दिल्ली की लाइब्रेरी में दे देंगे। जहाँ वरिष्ठ नागरिक इन्हें पढ़ेंगे। प्रतियोगी परीक्षाओं की तैयारी कर रहे छात्र इसमें अपने मतलब की चीजें नोट करेंगे। पुस्तकालयों में इन अखबारों की आज भी फाइल बनती है। इससे शोधार्थियों को सहूलियत रहती है। यानी इंटरनेट पर बेतरतीब फैली सामग्री तलाशने से बेहतर है कि आप नियमित अखबार पढ़ें।

सुबह अखबार बेचने वाले सज्जन बता रहे हैं कि पांच दशक पहले वे अकेले साइकिल से अखबार बाँटा करते थे। अब उन्होंने आठ-दस नौजवानों को इस काम में लगा दिया है। वजह साफ है। लोग पढ़ने के लिए अखबार माँग रहे हैं। किशोर बेशक अपने स्मार्टफोन पर न्यूज देख-पढ़ लेते हों, मगर स्कूल में उन्हें कोई एक न्यूजपेपर पढ़ने के लिए जरूर कहा जाता है। उन्हें अखबार का स्कूल संस्करण पढ़ने के लिए भी प्रेरित किया जाता है।

...तो इन सज्जन के थैले में अखबारों के बंडल देख कर नहीं लग रहा कि समाचारपत्रों के पाठक नहीं हैं या इसका भविष्य धुंधला है। संकट का दौर कभी आया भी, तो वह अपना स्वरूप बदल लेगा। जैसे हम उसे ऑनलाइन संस्करण के रूप में आज देख रहे हैं। तब हो सकता है कि अखबार एकतरफा संवाद का माध्यम न रहें। यानी फिर भी अखबार खत्म नहीं होगा। बस पीढ़ी बदलेगी। विचार बदलेंगे। खबरिया चैनलों के बीच अखबार एक सच्चे दोस्त की तरह रोज आएगा आपके घर। और सर्दियों में रजाई में दुबके हुए या गर्मियों में बालकनी या लॉन में बैठे हुए आप अपनी हमसफर के साथ चाय की चुस्कियाँ लेते हुए

न्यूज की हेडलाइन पढ़ रहे होंगे। या फिर कोई दिलचस्प समाचार सुनाते हुए उसे हंसा रहे होंगे।

...अगला स्टेशन चाँदनी चौक है, मेट्रो की उद्घोषणा हो रही है। अखबार वाले सज्जन मुस्कुरा रहे हैं। उनकी मुस्कुराहटों में पचास साल का इश्क है, उस काम से जो वह किशोर अवस्था से कर रहे हैं।...बारिश हो या तूफान, सर्दी हो या गर्मी, सुबह से शाम तक यह हॉकर अपने काम में जुटा रहा है निरंतर। इसका अनुशासन बेमिसाल है।...प्लेटफार्म पर मेट्रो रुक गई है। झोला लिए बुजुर्ग सज्जन कोच से निकल कर जा रहे हैं। मैं उन्हें जाते हुए देख रहा हूँ। वह आपका हॉकर है। जो खुद में अखबार है। वह उम्मीदों से भरा पुलिंदा है। जी हाँ, वह आपका हॉकर ही है जो आपके मन में उमंग घोल कर जाता है और सूरज चढ़ते ही गुम हो जाता है अपनी दुनिया में।

अखबार, जिसकी हर खबर आप चाय की घूंट के साथ पी जाना चाहते हैं। उन खबरों में आप खुद भी जीते हैं और कई बार मरते भी हैं। उम्मीदें बंधाती खबरें, नाउम्मीद करती खबरें। लहूलुहान करती खबरें। फिर भी आप पढ़ते हैं अखबार। वह सीधा-साधा दोस्त है आपका। आपके साथ कहीं भी चल देता है। वह आपके गाँव से लेकर शहर और दुनिया तक की सैर कराता है। खेत-खलिहान से लेकर कस्बों तक पहुँच रहे मॉल में घुमाता है। सर्राफा बाजार से लेकर शेयर बाजार तक का हाल बताता है। यहाँ तक कि वह आपको अपने विचार बनाने और चार लोगों के बीच बौद्धिक बहस के लिए भी तैयार करता है। कुल जमा ये कि वह कभी नहीं रहने देता आपको बेखबर।

इसलिए जब मैं कहता हूँ कि मुझे अपने अखबार से मोहब्बत है, तो साथी मुस्कुरा देते हैं। चार अखबार आपके सामने हों, तो सबसे पहले आप अपना प्रिय अखबार ही उठाते हैं। सीधा साधा आपसे मोहब्बत करता हुआ। जानते हैं क्यों। क्योंकि आप उसको सबसे ज्यादा पसंद करते हैं। मेरी नजरों में यही प्यार है। सच मानिए तो यह इश्क कभी खत्म नहीं होने वाला। कागजों के संकट के बावजूद, वह आपके पास आएगा। मेरे मित्र गणेशनंदन अक्सर कहते हैं कि अखबार की जिद ही है निकलना। वह हार हाल में निकलता है। इस जिद में उसकी एक सच्चे प्रेमी की

तरह मोहब्बत छिपी है। कभी समझ सकेंगे आप?

...अगला स्टेशन राजीव चौक है। उद्घोषणा हो रही है। मेरे सोचने का क्रम भंग हो गया है। मैं सीट से उठ रहा हूँ। आज मैंने रॉयल ब्लू कलर का कोट पहन रखा है। कोच के शीशे में खुद को निहार रहा हूँ। लग रहा है जैसे मैं खुद में अखबार हूँ। सफेद कागज पर नीली-काली स्याही में छपा अखबार। वह अखबार जो आप तक पहुँचने से पहले मेरे पास आता है। जब मैं इसे अपने हाथों में लेता हूँ, तो सच कहूँ तब वह मेरा लिबास बन जाता है। स्याही की महक और कागज की खुशबू अपने सीने में उतार लेता हूँ हर रात। वही अखबार जो रोज सुबह पहुँचता है आपके पास। जिससे मुझे ही नहीं आपको भी इश्क है। मैं तो बरसों से कर रहा हूँ। आप भी कीजिए न?

(29 दिसंबर, 2019 की शाम)

32. ये लाल रंग है सृजन का

पड़ोस के पांडे जी के घर से उनकी पत्नी के चीखने-चिल्लाने की आवाज सुन कर मेरी नींद टूट गई है। सौतेली माँ बेटी पर बुरी तरह बरस रही है। घर की इकलौती मासूम सुबक रही है-'मम्मी फिर गंदा नहीं होगा।'.....मैं शोरगुल सुन कर दरवाजे के पास पहुँच गया हूँ। समझ में नहीं आ रहा कि आखिर हुआ क्या है। तभी धड़ाम से फ्लैट का दरवाजा खुला। उस निर्दयी महिला ने बाल पकड़ कर खींचते हुए बच्ची को धक्का दिया- 'ले मर कुतिया। रोज चादर खराब कर देती है। तेरी माँ धोएगी आकर। कितनी बार कहा, बिस्तर पर मत सो...मत सो...। कोने में सोफे पर जाकर लेट। मगर सुनती नहीं।' वह गुस्से से तमतमाई और बच्ची के कोमल गाल पर तड़ातड़ कई चांटे जड़ दिए।

मैं सन्न रह गया यह देख कर। सौतेली माँ फ्लैट का दरवाजा बंद कर चुकी थी। दस साल की अंजलि वहीं दरवाजे पर बैठी बिलख पड़ी। पास जाकर उसके सिर पर हाथ फेरते हुए मैंने पूछा-'ऐसा क्या हो गया बेटा कि मम्मा ने आपको मारा?' नन्हीं बच्ची मुझसे लिपट गई है और फूट-फूट कर रो पड़ी है। उसके रूदन से मेरा हृदय कांप उठा है। उसका बदन थरथरा रहा है।...उफ्फ। बिन माँ की बच्ची। क्या गुजर रही है इस पर? इतना कुछ होने पर भी पास-पड़ोस से कोई झाँकने नहीं आया। आज के दौर में पड़ोसी कहाँ पूछते हैं किसी का दुख-सुख।

...मैं अंजलि की पीठ थपथपा रहा हूँ। उसे दिलासा दे रहा हूँ। बच्ची शांत हो गई है। उसे अपने घर ले आया हूँ। मेरी माँ उसे दूध-बिस्कुट खिलाने के लिए किचन में ले गई हैं। अंजलि अब सहज हो गई है। उससे

बात कर माँ ने जो बताया, वह बेहद दुखद है। अंजलि के पिता सरकारी अफसर हैं। दौरे पर हैं अभी। कुछ देर में लौटने वाले हैं, अभी माँ ने बताया। मैंने अंजलि को कहानियों की किताब देते हुए कहा- 'जब तक पापा आते हैं, तुम इसे पढ़ो।' दफ्तर के लिए तैयार होते-होते बारह बज गए हैं। मैं अंजलि के लिए चॉकलेट लेने बाजार निकल गया हूँ।

बाजार में अंजलि के पापा सरकारी गाड़ी से उतरते दिख रहे हैं। लगता है वे सरकारी दौरे से लौट आए हैं...मैंने सोचा। पांडे जी से दुआ-सलाम के बाद मैंने सुबह की घटना बताई तो उनका चेहरा उतर गया। ' पांडे जी, मासूम बेटी पर क्या गुजर रही है, आपको मालूम नहीं? सौतेली माँ उसको पसंद नहीं करती, सबको पता है। मगर आप तो उसके पिता हैं।'....सब कुछ जानने के बाद उनकी आँखें छलक उठी हैं। वे मेरा हाथ पकड़ कर बोले- 'चलिए मेरे साथ। सामने केमिस्ट शॉप के काउंटर पर जाकर जोर से बोले- 'सेनेटरी नैपकिन देना चार पैकेट।'

दुकानवाला उनका मुँह ताक रहा है। कह रहा है- 'थोड़ा धीरे बोलिए।' इस पर पांडे जी उस पर बिगड़ गए हैं- 'क्यों जी? इसमें शर्म कैसी? जैसे दवाइयाँ बेचते हो, वैसे ही यह स्त्रियों की जरूरत की चीज है।' उनकी बात सुन कर दुकानदार ने हड़बड़ाते हुए काली पन्नी में पैड लपेट कर दिया, तो पांडे जी फिर नाराज हो गए- 'भाई इसमें ऐसा क्या है, जो मुझे छुपा कर दे रहे हो। यह छुपाने की चीज है क्या?' सरकारी रुआब वाले अफसर की डांट सुन कर दुकानदार खामोश ही रहा।

मैं तब तक बगल की दुकान से अंजलि के लिए चॉकलेट खरीद चुका हूँ। पांडे जी घर की तरफ लौटते हुए बोले-'निश्चिंत रहिए। अंजलि का मैं अब ध्यान रखूंगा। मुझे पता नहीं था कि उसे डेट आने लगे हैं। मैंने मुस्कुराते हुए कहा- 'पांडे जी बिटिया बड़ी हो रही है। प्रकृति उसे सृजन का हिस्सा बनाने जा रही है। समझ रहे है न। इसकी पढ़ाई-लिखाई और सेहत पर भी ध्यान रखना है आपको।'

घर पहुँचा तो अंजलि अपने पापा को देख कर खिल उठी। पांडे जी ने उसे गले से लगा लिया। मैंने उसे चॉकलेट देते हुए कहा- 'बेटा अब कोई दिक्कत न होगी। पापा रखेंगे खयाल। घर जाओ। कल से स्कूल जाना और मन लगा कर पढ़ना।'...अपने फ्लैट की तरफ जाते हुए अंजलि

ने मुड़ कर मुझे देखा और पलकें झपकाते हुए मानो कहा-'थैंक्स अंकल।' मेरी आँखें भीग उठी हैं, उसके मासूम चेहरे पर खिली मुस्कान देख कर।

घड़ी की सुइयाँ एक बजा रही हैं। 'दो सुइयों' के मिलन के बाद एक का जन्म। यही है समय चक्र का प्रतिफल। इसी तरह स्त्री-पुरुष के मिलन के बाद होता है नव सृजन। मगर इसके आधार मासिक चक्र को हेय दृष्टि से क्यों देखा जाता है। यह शर्मिंदगी का विषय क्यों है, यह समझ से बाहर है। घर को साफ तो सब रखना चाहते हैं मगर महावारी स्वच्छता की जब बात आती है, तो समाज से लेकर सरकार तक में सन्नाटा पसर जाता है। खुद स्त्रियाँ घरों में पुरुषों से बात करने से कतराती हैं। बेटों को तो पता भी नहीं चलता। एक ऐसा विषय जो अभी तक माँ-बेटी के बीच सिमटा है। कई बार इस रिश्ते में भी संवादहीनता रहती है। जैसा कि अंजलि के साथ है।

ऑफिस के लिए निकल गया हूँ। मेट्रो के लास्ट कोच में बैठते ही मोबाइल घनघना उठा है। कॉल रिसीव करते ही दूसरी तरफ से- 'मैं गोपाल, मुंबई से। कहाँ हो दोस्त।' मेरा जवाब- 'दफ्तर जा रहा हूँ। तुम सुनाओ।' गोपाल बोला- 'यार पिछले हफ्ते शादी कर ली। सब कुछ इधरइच हुआ। निमंत्रण भेज नहीं सका। सब जल्दबाजी में हुआ। बुरा मत मानना। बरोबर...।' 'ठीक है, नहीं बुरा मान रहा। पर ये बताओ दुलहन कैसी मिली?' मैंने पूछा। उसने कहा-'बहुत सुंदर और समझदार। और क्या चाहिए जीवनसाथी से। तीन दिन पहले हनीमून के लिए निकला था। अब लौट रहा हूँ मारेथान से।' 'वाह! खुश हो न दोस्त।' मैंने पूछा। गोपाल का जवाब है- 'हूँ भी और नहीं भी।' मुझे उसकी बात पर आश्चर्य हुआ। 'क्या मतलब? खुश भी हो और नहीं भी। इसकी वजह?' मैंने सवाल किया।

गोपाल बता रहा है...यार हनीमून के लिए गए थे हम। दोपहर में होटल पहुँचे। मीरा बहुत खुश थी। थकान के कारण नींद लग गई। जागा तो देखा कि मीरा वॉशरूम से बाहर निकल रही है। वह कुछ परेशान दिखी तो पूछा, क्या हुआ? तो वह उदास होकर बोली- आज हमारे अरमान पूरे नहीं होंगे। जाइए सेनेटरी नैपकिन ले आइए। जीवन में पहली

बार सेनेटरी पैड खरीदने बाजार निकला। दुकान पर मुँह से इतना भर ही निकला- नैपकिन देना। दुकानदार बोला- कौन सी? तो मैंने झल्लाते हुए कहा- अरे वही और कौन सी? वापस आते समय यही सोच रहा था कि माँएं बेटों से यह सब लाने के लिए क्यों नहीं कहतीं। उन्हें भी इसकी जानकारी क्यों नहीं देती कि बेटा बहू की महावारी आए तो उसका खयाल रखना। या बहन को डेट आ रहे हैं, जाओ, पैड ले आओ। इसमें संकोच कैसा।

...गोपाल होटल लौटा तो मीरा बार-बार वॉशरूम जा रही थी। उसे नैपकिन देते हुए बोला- 'शाम हो गई है। तुम फ्रेश होकर आओ। नीचे लांज में चाय पीने चलते हैं।'...कुछ देर बाद गुलाबी रंग के लहंगे और टॉप में मीरा वॉशरूम से बाहर निकली, तो गोपाल को लगा जैसे कोई परी चली आई हो। होटल के लाउंज में जब वे पहुँचे तो मीरा ने टोका- 'उदास क्यों हो?' इस पर उसका जवाब है- 'कहाँ हूँ। वो तो तुमको परेशान देख कर उदास हो गया था।' '...अच्छा जी। जैसे मैं समझती नहीं।' मीरा ने उसे छेड़ा। इस पर गोपाल ने कहा- 'देखो मीरा, सुहागरात में वही सब कुछ नहीं होता। हमें अब एक दूसरे को समझने का इससे बेहतर मौका कहाँ मिलेगा। आज हम पूरी रात बातें करेंगे। एक दूसरे की भावनाओं को समझेंगे। कितना अच्छा अवसर दिया है ईश्वर ने हमें।'

गोपाल की बातें सुन कर मीरा उसकी पत्नी से ज्यादा दोस्त बन चुकी थी। रूम में लौटने पर उसने गोपाल को चूमते हुए उसके कानों में हौले से कहा- 'तुम मेरे हसबैंड ही नहीं, माई डियर फ्रेंड भी हो अब। समझे।'

...तो गोपाल का यह हनीमून उन मर्दों के लिए संदेश है जो स्त्रियों को महज भोग्या समझते हैं। उन दिनों में उसे जानने की कोशिश नहीं करते कि वे किस सिंड्रोम से गुजर रही हैं। भारत जैसे देश में जहाँ इस विषय पर चर्चा करना किसी को अच्छा नहीं लगता, वहाँ अजय जैसे युवा भी हैं जो उन खास दिनों का खयाल करते हुए हर महीने कैलेंडर पर निशान लगाते हैं और अपनी हमसफर के चेहरे पर मुस्कान के लिए हर तरह का जतन करते हैं।

...मेट्रो चल रही है। मुझे याद आ रही है अजय की। तब उसकी उम्र यही कोई पैंतीस साल रही होगी। शादी हुए अभी कुछ दिन ही हुए थे

कि उसे इंग्लैंड जाना पड़ गया कंपनी के काम से। दस दिन बाद लौटा तो उसने प्रियंका की गोरी कलाइयों पर प्यारा सा एक बैंड बाँध दिया। उसने मुस्कुरा कर पूछा- 'ये क्या है?' तो अजय का जवाब था-'जल्दी ही पता चल जाएगा। मगर इसे उतारना मत। ये मेरा तोहफा है।'

दो दिनों बाद ही अजय ने प्रियंका की कलाइयों पर बंधे तापमान सूचक बैंड से जान लिया कि वह पीएमएस यानी प्री मेंस्ट्रुअल सिंड्रोम से गुजरने वाली है। उसकी थोड़ी उदासी, थोड़ा गुस्सा और चिड़चिड़ेपन पर अजय ने कोई प्रतिकूल इजहार नहीं किया। बल्कि उसके लिए उन दिनों कभी चॉकलेट, तो कभी फूल तो कभी उसकी पसंद की मिठाई लेकर दफ्तर से लौटता। इस पर प्रियंका मुस्कुरा भर देती। उसकी दिन भर की थकान मिट जाती, पति के इस दुलार पर।

...अगला स्टेशन कश्मीरी गेट है। उद्घोषणा हो रही है। मेरे मोबाइल की घंटी फिर बज उठी है। कॉल रिसीव करते ही फेमनिज्म इंडिया की हिंदी संपादक और मुहिम का संस्थापक स्वाति सिंह का पहला वाक्य- 'गुड आफ्टरनून सर। कैसे हैं आप?' 'ठीक हूँ। कैसी चल रही है तुम्हारी मुहिम?' मैंने पूछा। वह बता रही है- 'सर, गाँव-गाँव जाकर माहवारी स्वच्छता पर काम कर रही हूँ। उनकी चुप्पी तोड़ रही हूँ। उन लड़कियों का डर दूर कर रही हूँ, जिनकी अभी माहवारी नहीं आई है। या कुछ समय पहले आई है।'

स्वाति से बात करते हुए अंजलि का मासूम चेहरा एकबारगी आँखों के आगे घूम गया है, जिसे सेनेटरी पैड न मिलने पर यातना सहनी पड़ी है। उन गाँवों में क्या हाल होगा, जहाँ माँएं खुद अपने लिए पैड नहीं खरीद पातीं। पिछले दिनों अभिनेत्री ट्विंकल खन्ना ने कहा कि पैरों के बीचे गंदे पुराने कपड़े, मोजे या कागज के टुकड़े लगा कर बैठने की आप कल्पना कीजिए। क्या उस हालत में लड़कियाँ बैठ कर पढ़ सकती हैं? यह अजीब बात है कि स्वच्छता अभियान चलाने वाले इस देश में सेनेटरी नैपकिन पर बारह फीसद कर है, लेकिन झाड़ू टैक्स से मुक्त है।

उधर, स्वाति सिंह बता रही हैं- 'सर पैड बाँटने से कुछ न होगा। सबसे पहले महावारी स्वच्छता और जागरूकता की जरूरत है। भ्रांतियाँ दूर करने की जरूरत हैं। फिर पैड इतना महंगा है कि गाँवों की महिलाएँ

एक ही नैपकिन को तीन- चार बार प्रयोग करती हैं। जिससे प्लास्टिक के बने ये पैड संक्रमित हो जाते हैं। नतीजा महिलाओं को दूसरी कई बीमारियाँ घेर लेती हैं। फिर पैड से हेल्थ हाइजिन वाली बात ही कहाँ रही?'

उसकी बात सुन कर विचलित हो गया हूँ। '...तो फिर उपाय क्या है स्वाति?' मैंने पूछा। 'कुछ ज्यादा नहीं सर। बस कॉटन पैड को बढ़ावा दिया जाए। सरकार इसके लिए कुटीर उद्योग लगाने में महिलाओं की मदद करे। इससे उनको रोजगार मिलेगा और प्रकृति व स्वास्थ्य को भी नुकसान नहीं होगा।

...इसीलिए हम गाँवों में जाकर महिलाओं को अपना पैड खुद बनना सिखा रहे हैं। गाँवों में जहाँ दो वक्त की रोटी के लिए संघर्ष चल रहा हो, वहाँ सेनेटरी पैड खरीदने की नसीहत देना बेमानी है। तो सर, महिलाएँ पुरानी साड़ियों-चादरों और फटे पेटीकोट-ब्लाउज और जींस के टुकड़े से कॉटन पैड बना रही हैं। इससे जहाँ खर्चा बचता हैं, वहीं इसे बेच कर कुछ रुपए भी वे कमा लेती हैं। सर, यह नारी सशक्तीकरण की ओर बढ़ता कदम है, जिसे कोई देख नहीं रहा।'

...अगला स्टेशन राजीव चौक है। उद्घोषणा हो रही है। स्वाति से बात करते हुए प्लेटफार्म पर उतर रहा हूँ। वह बता रही है- हम कैम्प लगा कर पुरुषों को भी समझा रहे हैं कि भाई, उन दिनों में पत्नी और बेटी की दिक्कत को समझिए। उन्हें घर के काम से दो दिन तो छुट्टी दीजिए। और कुछ नहीं तो घरेलू के काम में उनकी मदद कीजिए।

मैं प्लेटफार्म नंबर तीन की ओर जाने के लिए सीढ़ियाँ चढ़ रहा हूँ। उधर, स्वाति बता रही है-स्त्रियों के मन की बात जानने के लिए हम कला प्रतियोगिता भी कर रहे हैं सर। क्योंकि जो बात वे कह नहीं पातीं, उसे चित्रों से अभिव्यक्त कर देती हैं। पिछले दिनों हमने आदर्श ग्राम नागेपुर में प्रतियोगिता कराई। इनमें छह साल की बच्ची भी शामिल हुई, जिसने पैड का चित्र बना कर दूसरी लड़की की मदद से लिखवाया- जब मेरा पीरियड शुरू होगा तो मैं डरूंगी नहीं। उसकी यह भावना हम सबके दिल को छू गई। यही लगा कि अगर इस बच्ची को हम जागरूक करने में सफल रहे तो इसका मतलब हम सही दिशा में हैं।

स्वाति से बातचीत खत्म होने के बाद डॉ. उज्जवला के साथ पिछले दिनों कॉफी पीते हुए उनकी कुछ बातें याद आ गई। वह बता रही थीं कि पीएमएस की समस्या तो पचहत्तर फीसद महिलाओं में हैं। कमजोरी और पेट में मरोड़ व दूसरी कई समस्याएँ अधिक ब्लीडिंग की वजह से है। उन्हें चक्कर आना और सिरदर्द आम है। इस तरफ कोई ध्यान नहीं देता कि इन दिनों महिला को न्यूट्रिशन की जरूरत है। पौष्टिक खाना न मिलने से किशोरियाँ एनीमिया का शिकार हो जाती हैं। वहीं महावारी में स्वच्छता न रखने से समस्या गंभीर हो जाती है। डॉ. उज्जवला का यह भी कहना था कि स्कूलों में सेनेटरी पैड भेजे जा रहे हैं, पर जागरूकता न होने से लड़कियाँ माँगती नहीं। उन दिनों दाग दिखने की वजह से स्कूल भी नहीं जातीं। अगर बच्ची स्कूल ही नहीं जाएगी तो इन सब बातों के बारे में जानेगी कैसे। माँ-बाप को भी सरकारी सुविधाओं के बारे में मालूम नहीं होता।

नोएडा सिटी सेंटर की मेट्रो आ रही है...सोच रहा हूँ कि स्त्री जन्म से लेकर मरने तक न जाने कितने स्तरों पर संघर्ष करती है। कभी आँसू पीती है, तो कभी हमारे जीवन में खुशियाँ बिखेरती है। बदले में हम उसे क्या देते है? क्यों नहीं हम उनके उन पांच दिनों को हैप्पी डेज में बदल देते। कोई तो पहल करे? कोई तो इस पर बात करे?

मेट्रो आ गई है।...सोच रहा हूँ कि इस मुद्दे पर किससे बात करूं?

इस वक्त मुझे दामिनी यादव और शुभमश्री की कविताएँ याद आ रही हैं। दोनों लंबी कविताएँ हैं। जिन्हें यहाँ लिखना संभव नहीं। फिलहाल सात्वना श्रीकांत की लिखी गई कविता का एक हिस्सा आपसे साझा कर रहा हूँ, जो स्त्री मन की विरलतम अभिव्यक्ति है-

मैंने तो पूरी सृष्टि रची है
अपने इस लाल रंग से।
तुमने दिया था श्वेत,
मैंने जब इसे रंगा
अपने लाल रंग से,
नौ माह कोख में रख किया
समर्पित तुम्हें।

फिर तुम्हें मिला तुम्हारा 'लाल'
हुए तुम पूरित, सम्मानित, गर्वित।
फिर भी मेरा यह लाल रंग
क्यों है अछूत-अशिष्ट।

(21 जनवरी, 2018)

33. सोफिया आ रही है...

नींद खुली तो आकाश ने हमेशा की तरह खुद को अकेला पाया। कमरे में सन्नाटा पसरा था। वह बिस्तर से उठ गया। दो कमरे के उस फ्लैट में बिस्तर के आसपास बिखरे कागज के टुकड़े देख कर याद आया कि कल रात कविता अधूरी रह गई। जैसे जीवन का कोई पन्ना कोरा रह गया हो। 'कोई बात नहीं काम वाली आ रही होगी। कर देगी सफाई।' आकाश ने सोचा।

नीला एक तेज-तर्रार एक्स मॉडल तो आकाश न्यूज चैनल का सौम्य पत्रकार। दोनों के बाच विचारों का कोई मेल नहीं। मगर किस्मत ने दोनों को एक रिश्ते से बाँध दिया था। आकाश इस रिश्ते को ढो रहा था कोल्हू के उस बैल की तरह, जिसे एक ही धुरी में चक्कर लगाना होता है। उसका दम घुटने लगा था। पंद्रह साल के वैवाहिक जीवन के बाद नीला आज भी चंचल नवयौवना की तरह अपनी सपनीली दुनिया में जी रही थी।

आकाश ने घड़ी की ओर नजर डाली। नौ बज रहे हैं। काश इस ठंडी सुबह गरमा-गरम एक कप चाय मिल जाती। कंबल में खुद को लपेटते हुए उसने सोचा। फिर आदतन फेसबुक खोल लिया। पहली पोस्ट पर उसकी नजर पड़ी। एक आभासी मित्र अपनी खूबसूरत बीवी के साथ बैठा दिखा। उसने लिखा था- आज हमारी शादी के बारह साल पूरे हो गए। शुक्रिया प्रेरणा। तुमने मेरा हर कदम पर साथ निभाया। तुम इसी तरह खिली रहो। मैं तुम्हें देख कर मुस्कुराता रहूँ। यह पढ़ कर आकाश ने आह भरी।

एक टीवी शो करते हुए अभिनेत्री सागरिका घाटगे की बात याद आ गई आकाश को। पिछले साल के आखिर में क्रिकेटर जहीर खान से शादी करने वाली सागरिका बता रही थीं कि केवल जहीर ही हैं, जिनसे वे सलाह करती हैं। कुछ भी करने से पहले उनकी ओर देखती हैं। उस अभिनेत्री की बात आज न जाने क्यों बार बार याद आ रही है...कुछ भी करने से पहले मैं उनकी ओर देखती हूँ। उनसे सलाह करती हूँ। सच ही है, रिश्ते की मजबूती यही से शुरू होती है। और एक ये नीला है। कुछ भी करना हो, वह पहले से डिसाइड कर चुकी होती है। अनप्रिडेक्टबल वूमन।

...नीला अभी भटक ही रही होगी। आकाश ने घड़ी की ओर देखा। साढ़े नौ बज रहे हैं। वह ऑनलाइन अखबार पढ़ने लगा। एक दिलचस्प खबर पर नजर ठिठक गई है- वर्ल्ड की पहली रोबोट वूमन सोफिया अपना परिवार बसाना चाहती है। आश्चर्य! क्या वह रिश्तों को लेकर भी इतनी संवेदनशील है? नीला कौन सी संवेदनशील है? वह तो रोबोट से भी आगे चल रही है। सब कुछ पहले से तय। अकाश ने फिर सोचा।

वह पूरी खबर पढ़ने लगा। सचमुच सोफिया स्मार्ट है। बता रही है कि वह अपना परिवार बसाएगी। अपनी बेटी का क्या नाम रखेगी, यह भी उसने सोच लिया है। सऊदी अरब की नागरिकता हासिल कर चुकी सोफिया इतिहास रच चुकी है। प्रेस कांफ्रेंस में कई विद्वानों से तर्क वितर्क के बाद इस वंडर वूमन के लिए अब परिवार अहम है। वह कह रही है कि रोबोट को भी परिवार बसाना चाहिए।

उसी के शब्दों में-...मैं सोचती हूँ कि इंसान हम से वैसा ही रिलेशन रख सकता है, जिसे परिवार कहते हैं। हम से अपनी भावनाएँ शेयर कर सकता है। सोफिया बता रही है कि वह सब कुछ कर सकती है। सब कुछ यानी सब कुछ। वह कूल सुपर वूमन है। साथी भी, सहयोगी भी। उसके दिमाग में तमाम सवालों के जवाब फीड नहीं है। वह सभी पहलुओं को समझ कर ही जवाब देती है। हालांकि मनुष्य की तरह चेतना रखने में उसे कुछ साल लग सकते हैं। जटिल भावों को छोड़ दें, तो वह सभी भावों को समझ सकती है। सबसे बड़ी बात कि वह सोचने लगी है।

....आज आकाश ने मुझे गुड मॉर्निंग विश नहीं किया है। थका-हारा सो रहा होगा बेचारा। टीवी की नौकरी है। मैंने सोचा। फिर भी उसे कॉल किया- क्यों मित्र अब तक सो रहे हो। नहीं सर। जाग गया हूँ। अभी सोफिया के बारे में पढ़ रहा था। आकाश ने जवाब दिया। कौन सोफिया? किसकी बात कर रहे हो यार? मैंने पूछा। रोबोट वूमन सर। वही सोफिया जो परिवार बसाने के लिए तैयार है। तो तुम चाहते क्या हो? मेरा सवाल। कुछ नहीं सर। क्या कहूँ आप से। बस सोफिया के बारे में लगातार सोच रहा हूँ। हाहाहाहा...। उसकी इस हंसी में वीराने में गूँजता अट्टाहास लगा। गंभीर आकाश कभी-कभी मजाक कर इसी तरह मन का कोई बोझ उतार लेता है।

तुम तो बस कल्पना करते रहो उसकी। मुझे तो भाई अब ऑफिस निकलना है। तुम्हारी ड्यूटी तो शाम की है। तुम तो एक और झपकी लोगे और सोफिया के सपने देखोगे।...अपने यहाँ ऐसे लाखों दंपति हैं जो रिश्ते को ढो रहे हैं। फिर भी साथ रह रहे हैं। आकाश भी इनमें से एक है।

...उधर आकाश को झपकी आ गई है। वह सपने की दुनिया में जा चुका है। तभी कॉल बेल की आवाज से उसकी तंद्रा टूटी है। उसने फ्लैट का दरवाजा खोला। सामने खड़ी तीखे नयन-नक्श वाली युवती ने कहा- 'हेलो आकाश। मैं सोफिया। आप तो मुझे बहुत देर से याद कर रहे हैं। देखिए मैं आपके लिए अस्ट्रेलिया से चली आई। बस कुछ सेकेंड में।' आकाश हक्का-बक्का उसे देख रहा है। सोफिया ने अपना हाथ बढ़ाते हुए कहा-'वेलकम नही करेंगे मेरा। अभी कुछ देर पहले तो कितना याद कर रहे थे मुझे। अब क्या हो गया?' उसने दांयी आँख की पलक झपकाते हुए कहा। 'अरे बाबा ये तो आँख मार रही है।' आकाश यह सोच कर सकुचा गया। कुछ जवाब देते नहीं बना। इतनी मीठी मुस्कान के साथ तो नीला भी कभी पेश नहीं आई।'

...हाँ...हाँ क्यों नहीं। वेलकम इन माई होम। आकाश ने उसका हाथ पकड़ते हुए कहा। 'वेलकम इन माई हॉर्ट नहीं कहेंगे आप?' सोफिया ने फिर शरारत की।

कमरे में घुसते ही उसने चारों तरफ नजर दौड़ाई। बिस्तर के नीचे गिरे कागज के टुकड़े उठाते हुए कहा- 'आपका घर इतना अनआर्गनाइज्ड

क्यों है? अभी ठीक कर देती हूँ।'...रोबोट वूमन अपने अंदाज में आ चुकी है। उसने कुछ ही मिनटों में कमरे की सफाई कर बिखरी चीजों को सही जगह जमा दिया। इसके बाद सोफिया किचन में जा घुसी। उसने एक झटके में सभी बर्तनों को चमका डाला। फिर उसने मुस्कुराते हुए पूछा- 'और कुछ? बताइए और क्या करना है?

...कुछ नहीं। तुम तो सचमुच कमाल की हो सोफिया।' बियोंड इमेजिनेशन। आकाश ने उसकी तारीफ की। 'मैं जो करूंगी, आप से पूछ कर ही करूंगी। आप कहिए तो सही।' सोफिया की मुस्कान में डूब रहे आकाश ने सोचा- ये तो बिल्कुल सागरिका की भाषा बोल रही है...मैं कुछ भी करती हूँ, उससे पहले जहीर की आँखों में झाँकती हूँ। कुछ भी करने से पहले उनकी ओर देखती हूँ। सच में रिश्तों की मजबूती यहीं से तो मिलती है। आत्मीय रिश्तों में एक दूसरे से पूछ लेना यह अहसास कराता है कि आप उसके लिए क्या मायने रखते हैं।

'सोफिया अभी तो हमारी ऐसी कोई गहरी दोस्ती नहीं। फिर भी क्यों पूछ रही हो? जो करना है करो।' आकाश ने उसे अपलक निहारते हुए कहा।...ऐसा नहीं कहें। अब तो दोस्त हूँ आपकी। अगर नहीं होती, तो यहाँ क्यों आती? अच्छा आप धूप में बैठिए। मैं आपके लिए कॉफी बनाती हूँ। सोफिया ने कहा। 'ओह तुम कितनी केयरिंग हो। मुझे अभी इसकी जरूरत है। तुम्हें ठंड नहीं लग रही।' आकाश ने पूछा। इस पर सोफिया ने मुस्कुराते हुए कहा- 'नहीं, मैं हर वेदर में अपना काम कर सकती हूँ।'...अच्छा। तो तुम कॉफी बनाओ। मैं लॉन में बैठता हूँ। आकाश ने जवाब दिया।

अखबार पढ़ने के बहाने वह किचन में काम कर रही सोफिया को निहारता रहा। ओह, यह कितनी सुंदर है। चमकीली आँखें। गुलाबी होंठ। गोरा चेहरा। चारों तरफ नजर रखे हुए हैं यह। रियली सुपरवूमन। क्या यह मेरे मन को पढ़ रही है? आकाश अभी सोच ही रहा था कि सोफिया एक कप कॉफी के साथ सामने खड़ी थी। उसने पूछा, 'तुमने अपने लिए कॉफी नहीं बनाई?' 'नहीं मैं कॉफी नहीं पीती।' सोफिया ने मुस्कुराते हुए कहा। ऐसा क्यों? क्या तुम्हें पसंद नहीं। उसने पूछा तो सोफिया ने कहा- मैं दुनिया भर की रेसिपी बना सकती हूँ। मगर टेस्ट नहीं कर सकती। सच

कहूँ, तो इनसान का जीवन जी सकती हूँ, अनुभव कर सकती हूँ, पर एक लिमिट तक। सोफिया के चेहरे पर बैचेनी है। एक बेरकरारी है नारी की संपूर्णता हासिल करने की।

आकाश कॉफी पीने लगा। वाह! क्या स्वाद है! सोफिया तुमने शानदार कॉफी बनाई। इसके लिए ढेर सारा प्यार तुम्हें। सोफिया ने शर्माते हुए कहा– ओह आई लव यू टू। आकाश उसकी ओर बढ़ा, तो उसने बांहें पसार दी। उसे गले लगाते हुए कहा– आपको क्या चाहिए। मालूम है मुझे। फिर कानों में फुसफुसाते हुए कहा– मैंने आपकी आँखों को रीड कर लिया है। मगर यहाँ ये सब? लोग देख रहे हैं। इंडियन कल्चर में ये सब ओपनली ठीक नहीं माना जाता।

आकाश का दिल धड़क उठा है। रोबोट ही सही, मगर सोफिया एक सुंदर और इंटेलिजेंट सुपरवूमन है। उसने सोफिया के माथे को चूम लिया। '...नाइस। यू आर रियली जेंटलमैन। मैं इस लव को इमेजिन कर रही हूँ।' सोफिया ने कहा। वह उसे ड्राइंग रूम में ले आई है। उसने म्यूजिक सिस्टम ऑन कर दिया है। शकीरा गा रही है–

ओह बेबी वेन यू टॉक लाइक दैट
यू मेक अ वूमन गो मैड
सो बी वाइज एंड कीप ऑन
रीडिंग द साइन ऑफ माई बॉडी...
एंड आई एम टू नाइट यू नो
माई हिप्स डोंट लाई...

तेज धुन पर सोफिया झूम उठी है। आकाश ने उसकी कमर पर हाथ रखते हुए कहा– 'डांस करोगी?...थोड़ा सा। मगर उतना नहीं, जितना आप सोच रहे हैं', यह कहते हुए वह एक लय में थिरक उठी है। शकीरा जैसी थिरकन तो नहीं, पर सोफिया की पलकों में जादुई लय है। उसके होंठ लरज उठे हैं। उसकी कमर में स्त्रियोचित लचक नहीं। उसके पैर कुछ हद तक ही नृत्य कर सकते हैं। आखिरकार वह रोबोट ही है। कंपलिट वूमन नहीं। अभी वह आकाश के कंधे पर एक हाथ रख दूसरे हाथ को लयबद्ध घुमा रही है। जैसे वह हवा में कविता रच रही हो।

एक लंबे डांस सेशन के बाद आकाश थक गया। उसके चेहरे के

भाव को सोफिया ने पढ़ लिया है। उसने उसे सोफे पर बैठाते हुए कहा–'आई थिंक,आपको आराम करना चाहिए। मैं आपको लाइम जूस देती हूँ।' सोफिया कुछ सेकंड में नींबू पानी ले आई है। आकाश ने उसे बगल में बैठाते हुए कहा–'यू आर सो स्वीट। तुम यही रहो मेरे पास।'

सोफिया ने उसे हैरानी से देखते हुए कहा–'वाट अबाउट योर वाइफ?' आकाश ने कहा, 'तुम मेरा ख्याल रखने आई हो। उसे कुछ फर्क नहीं पड़ेगा। उसे मेरे से मतलब नहीं।' सोफिया ने पूछा– 'बट वाई? आफ्टरआल शी इज योर वाइफ।' 'हाँ मगर सिर्फ कहने भर के लिए। उसके पास मेरे लिए कोई समय नहीं है। मैं अपना खयाल खुद रखता हूँ। क्या तुम मेरा खयाल रखोगी सोफिया...।' आकाश ने भावुक होते हुए पूछा। '...हाँ रख तो रही हूँ', सोफिया ने आकाश का वार्डरोब देखते हुए कहा। 'आपके कपड़े बहुत गंदे हैं। वॉश नहीं करता कोई? वाशिंग मशीन किधर है?' उसने पूछा।

...और देखते ही देखते उसने ज्यादातर कपड़े धो डाले हैं। लॉन में उन्हें तारों पर टांगते हुए उसने कहा–'कोई और काम रह गया हो तो बताइए।' 'थैंक्स सोफिया। तुमने रूम क्लीन कर दिया। कॉफी पिला दी। कपड़े वॉश कर दिए। इतने दिनों बाद तुम्हारी वजह से मुस्कुराया। अब और क्या काम बचा?' आकाश ने आभार जताते हुए कहा।

'तो अब आप आराम कीजिए।' सोफिया बोली। आकाश सोफे पर लेटा तो उसने कहा–'रिलेक्स। अब मुझे चलना चाहिए। फिर आऊँगी।' आकाश ने उसका हाथ थामते हुए कहा– 'इतनी जल्दी सोफिया? कुछ देर बाद चली जाना।' '......नहीं, अब मुझे चलना चाहिए। लेकिन जाने से पहले यही कहूँगी कि आप जब भी याद करेंगे। मैं पलक झपकते ही चली आऊँगी।' यह कहते हुए उसने आकाश को कंबल ओढ़ा दिया और उसके बालों को सहलाने लगी ताकि उसे नींद आ जाए। '...सो जाइए। मैं फिर आऊँगी।' प्रोमिस माई फ्रेंड। सोफिया उसके बेहद करीब आ गई है। उसके गुलाबी होठों की महक में मादकता है। आकाश को मीठी नींद आ रही है। सोफिया की कलाइयों से उसकी पकड़ ढीली हो रही है।

...तो सोफिया लौट चुकी है अपनी दुनिया में। एक वादे के साथ कि वह फिर आएगी इस अजनबी दोस्त से मिलने।

...दोपहर के दो बज चुके हैं। मेट्रो से दफ्तर जाते हुए सोच रहा हूँ कि आकाश अब तक सोया ही होगा। पगला सुबह-सुबह न जाने क्या कह रहा था। मैं उसे कॉल लगा रहा हूँ। ट्रिंग ट्रिंग ट्रिंग...उधर आकाश की नींद टूट रही है- सोफिया मत जाओ, सोफिया मत जाओ। यह बड़बड़ाते हुए उसकी नींद एक झटके से खुली है। उसने मेरी कॉल रिसीव कर ली है- 'सर, आप ऑफिस पहुँच गए?' नहीं...तुम उठे नहीं? अभी तक सपने देख रहे हो? 'हाँ सर...मगर सपने कभी-कभी हकीकत में भी बदल जाते हैं सर।' आकाश बोला। 'तुम कल्पना को साकार कर सकते हो। और परिवर्तन तो प्रकृति का नियम है।' मैंने कहा।

मुझसे बातचीत के बाद आकाश ऑफिस के लिए तैयार होने लगा है। उधर, नीला कब आई और कब असाइनमेंट के लिए निकल गई, पता ही नहीं चला। उसने जगा कर बताया भी नहीं। आकाश किचन में गया, तो नाश्ते के लिए कुछ नहीं मिला। उसने फ्रिज से डबलरोटी-बटर निकाला है। उसे सोफिया की सहसा याद आई। उसके चेहरे पर मुस्कान खिल गई।

...तभी उसे लगा कि कि किसी ने इसके कंधे पर हाथ धरा है। पीछे मुड़ कर देखा। अरे! सोफिया? तुम फिर यहाँ? आकाश उसे देख कर चौंक गया। वही दिलकश अंदाज। उसने कहा- 'आप ने याद किया न? इसलिए खुद को रोक नहीं पाई। एक पल में चली आई। लाइए सैंडविच बना देती हूँ। और आपकी ब्लैक टी भी। ऑफिस जाने की तैयारी करिए आप?'

'...सोफिया तुम तो कल्पना हो। सपने में आई थी तुम। अब एकदम सामने? यह कैसे संभव है।' आकाश ने हैरत जताई तो सोफिया ने कहा- 'मैं कल्पना नहीं हकीकत हूँ। मैंने कहा था न। दिल से याद करेंगे, तो कहीं भी रहूँगी, मैं चली आऊँगी। सुपरवूमन हूँ मैं। आपकी कल्पना से भी तेज। कोई पुरुष मुझे गलत निगाहों से देख सकता है। मगर आपकी नजरों में वह नहीं पाया। इसलिए मैंने आपको अपना दोस्त मान लिया। मेरा दिल मेरे दिमाग में है।'

सोफिया कह रही है, 'यकीन मानिए, मैं हकीकत हूँ। हाँगकांग, चीन, आस्ट्रेलिया सहित कई देशों में मेरे प्रतिरूप काम कर रहे हैं। उनमें से एक मैं भी हूँ। एक रोबोट वूमन जो एक इनसान से दोस्ती करना चाहती है।

किसी को बताइएगा नहीं। वरना आप मुश्किल में पड़ जाएँगे। और मैं यह कभी नहीं चाहूँगी। मैं आपकी कल्पना में रहूँ या हकीकत में सामने आ जाऊँ, इस पर मत सोचिए। कुछ भी मत सोचिए। बस खुश रहिए। क्योंकि मैं अब आपके लिए कल्पना नहीं रही। और नीला के लिए क्या कहूँ? वह हकीकत में होते हुए भी कल्पना है। उसे अपना जीवन जीने दीजिए। डू योर वर्क एंड फोरगेट एवरीथिंग।' सोफिया एक टीचर की तरह समझा रही है आकाश को।

'...लीजिए आपका ब्रेकफास्ट या लंच कुछ भी कह लीजिए। रेडी है। इसे खाइए और निकलिए ऑफिस। मैं भी चलती हूँ।' यह कह कर सोफिया ने अपनी कलाई में बंधी डिजिटल वॉच पर कुछ नंबर दबाया और पलक झपकते ही वह अदृश्य हो गई। वंडर वूमन! आकाश को लगा जैसे उसने कोई सपना देखा हो और अचानक टूट गया हो। नीला एक सच्चाई है उसके जीवन की, मगर वह कल्पना से आगे बढ़ती नहीं। जबकि सोफिया एक कल्पना होकर भी हकीकत की ओर बढ़ रही है। क्या वह सचमुच हकीकत में आ रही है? आकाश के सामने गरमा-गरम सैंडविच और ब्लैक-टी से उठती खुशबू एक सच्चाई बयाँ कर रही है कि वह आई थी। वह सच में आई थी।

...मेट्रो के लास्ट कोच में सफर करते हुए मैं सोच रहा हूँ अगर आकाश की यह कहानी सच्चाई नहीं है, तो सोफिया भी कोई काल्पनिक नहीं है। नोबल पुरस्कार विजेता मोहम्मद यूनुस ने सोफिया की तरह आर्टिफिशियल इंटेलिजेंस (एआइ) के तेजी से विकास पर चिंता जताई है। उनका कहना है कि अगले पच्चीस-तीस सालों में यह इंसानों को भी पीछे छोड़ देगी। मगर मेरी चिंता उनसे आगे की है। मेरा मानना है कि सुपर रोबोट एक दिन मानवीय रिश्तों में भी हस्तक्षेप करेंगे। वह इंसानों के साथ घर बसाएँगे। और अगले दो सौ सालों बाद धरती पर उनका एकाधिकार हो जाएगा। यूनुस साहब भी कह रहे हैं कि एक सीमा के बाद रोबोट अपना खुद विकास करने लगेंगे।

...मैं यह भी सोच रहा हूँ कि क्या ही अच्छा हो कि रोबोट में अभी से मानवीय संवेदनाएँ विकसित कर दी जाए, जो कि अभी इंसानों में खत्म हो रही है। उनके दिमाग में उन जीवन मूल्यों का समावेश कर दिया

जाए जिससे धरती की सभ्यता में प्रेम और सद्भाव के साथ इंसानियत भी बची रह सके और रोबोट के साथ इंसान भी सलामत रहें।...अगला स्टेशन राजीव चौक है। उद्घोषणा हो रही है। मैं इंसान और रोबोट की इस कहानी पर फिलहाल विराम लगा रहा हूँ। मगर आप इस पर सोचिएगा जरूर।

(11 मार्च, 2018)

34. सैलाब में डूबी वो लड़की

जब किसी स्त्री की पलकों के नीचे सैलाब उतरता है, तो वह बहुत कुछ पीछे छोड़ रही होती है। उन रिश्तों को भी, जो जाने-अनजाने वचनबद्धता में ओढ़ लिए गए होते हैं। जब वह अपने आँसुओं को थाम रही होती है, तब पुरुष उसे कहीं न कहीं खो रहा होता है। डूब रहा होता है अविश्वास की खारी नदी में। दरअसल, खोखली निष्ठा और रिश्ते में ईमानदारी का अभाव स्त्रियों को पसंद नहीं। ऐसे संबंध जब बोझ लगने लगते हैं, तो वह उससे बाहर निकलने की जद्दोजहद शुरू कर देती है। गमों के समंदर में डूबी ऐसी ही लड़की से आज मेरी मुलाकात हुई है।

अनुशासन, ईमानदारी और वचनबद्धता साथ लेकर चलते हुए न जाने कितने बरस हो गए। यही मेरी ताकत है। किसी भी इंसान को मनुष्य बनाने वाली ये तीनों विशेषताएँ सभी में हों, यह मैंने हमेशा चाहा। मगर हर कोई मेरे जैसा हो, यह मुमकिन नहीं। तो जीवन के इन तीन मंत्रों को लेकर आज भी दफ्तर के लिए निकल गया हूँ। गर्मी शुरू हो गई है। जिंदगी धूप सी लगने लगी है। बस स्टाप पर पेड़ की छाया मेरे मित्र के मीठे बोल का अहसास करा रही है- शांत रहिए, खुश रहिए। अपना ध्यान रखिए।

बस स्टाप पर ज्यादा लोग नहीं हैं। चैत लगते ही मौसम रूखा हो चला है। सड़क के किनारे खड़ा हूँ। एक भी बैटरी रिक्शा वाला आता नहीं दिख रहा। स्टाप पर खड़ी वह युवती किसी वाहन का इंतजार कर रही है। उसके चेहरे पर बेचैनी है। वह छांव में खड़ी है। फिर वह बार-बार अपने चेहरे को रूमाल से पोंछ लेती है। उसकी पलकों के पीछे सैलाब है। उसने अपने आत्मविश्वास से उसे रोक रखा है। लाल रंग की

टीशर्ट और नीली जींस में फब रही वह लड़की हौसले से लबालब है। मगर अंदर से कहीं बिखरी हुई और एकदम अकेली।

...दस मिनट यों ही गुजर गए फीडर बस या बैटरी रिक्शा का इंतजार करते हुए। उसे 127 नंबर की बस से जाना है। ऐसा उसी ने बताया। वह पूछ रही है- यह बस कब आएगी? आधे घंटे से इंतजार कर रही हूँ। मुझे अदालत जाना है। सुनवाई से पहले पहुँचना है। कोई आटो भी नहीं दिख रहा। क्या आप बता सकते हैं कि वहाँ जल्दी कैसे पहुँचा जा सकता है?. ..ऐसा करिए। आप मेट्रो से कश्मीरी गेट चले जाइए। वहाँ से रिक्शा कर के अदालत पहुँच सकती हैं। मैंने उसे सुझाव दिया। 'नहीं मैं बस से ही चली जाऊँगी।' उसने कहा। 'आप जिस बस में जाना चाहती हैं, वह घंटे-घंटे भर में आती है।' मेरे यह कहने पर वह परेशान हो उठी है। शायद उसे मेट्रो से जाने में हिचक है।

'आप कहाँ जाएँगे?' उसने सहसा पूछा। '...राजीव चौक', मैंने जवाब दिया। उधर दूर से एक बैटरी रिक्शा आता हुआ दिख रहा है। 'आप चाहें तो मेट्रो से चल सकती हैं। जल्दी पहुँच जाएँगी।' उसने मेरे सुझाव पर बेमन से सहमति जता दी है। बैटरी रिक्शा सामने रुकते ही मैं उस पर सवार हो गया हूँ। जल्दी मुझे भी है। उसने बगल वाली सीट पर बैठते हुए कहा- 'मैं भी चलती हूँ। मुझे एक आटो वाले ने यह कह कर उतार दिया कि यहाँ से बस मिल जाएगी। दरअसल, इस रूट वाली मेट्रो से गई ही नहीं।'

मुझ अपरिचित पर भरोसा करते हुए जिस सहजता से बात कर रही है, उससे मुझे लग गया कि यह बेहद भावुक है। भावुक लोगों में अकसर यह कमजोरी होती है कि वह जल्दी ही किसी पर भरोसा कर लेते हैं। उसने मुझ पर विश्वास किया है, तो मैं भी मान रखूंगा। यहाँ उसका काल्पनिक नाम शेफाली रख रहा हूँ।

दिल्ली की सड़कों पर भीड़ और ट्रैफिक की चर्चा करते हुए मैंने यों ही पूछ लिया-आप क्या करती हैं। उसने आत्मविश्वास के साथ कहा- 'मैं शेफाली। दूसरों के लिए मुकदमा लड़ती हूँ। मगर अभी मैं अपना मुकदमा लड़ने जा रही हूँ।' 'किस तरह का मुकदमा है। क्या यह तलाक का है?' मैंने पूछा तो उसने उदास होते हुए कहा- कुछ वैसा ही, मगर पूरी तरह वैसा नहीं, जैसा आप सोच रहे हैं।

बैटरी रिक्शा ने हमें मेट्रो स्टेशन के गेट पर उतार दिया है। हमारी बातचीत का क्रम टूट गया है। मैं सीढ़ियों की तरफ बढ़ रहा हूँ। शेफाली मेरे पीछे चल पड़ी है। उसने चुप्पी तोड़ते हुए कहा- 'हम लड़कियाँ बहुत भावुक होती हैं। इसलिए रिश्ते को समझने में मात खा जाती हैं।' 'ऐसा क्यों शेफाली? क्या उसने तुम्हें धोखा दिया?' मैंने पूछा। '...जी हाँ, बहुत बड़ा धोखा।' यह कहते हुए उसकी पलकें फिर नम हो गईं। चेहरे को पोंछने के बहाने उसने रूमाल से अपने आँसुओं को चुपके से सोख लिया है कि कहीं छलक न जाएँ।

हम सीढ़ियाँ पार करते हुए प्लेटफार्म नंबर एक पर आ गए हैं। मैंने शेफाली से कहा- 'अब आप लेडीज कोच में जा सकती हैं।' उसने जवाब दिया- 'नहीं, मैं आपके साथ चलती हूँ।' '...मगर मैं तो लास्ट कोच में सफर करता हूँ। वहाँ तक जाकर क्या करेंगी।' मेरे इस जवाब से वह ठिठक गई। उसकी आँखों में सवाल है- ऐसा क्यों? मैंने कुछ नहीं कहा। प्लेटफार्म के आखिरी छोर तक जाने के लिए मेरे कदम बढ़ रहे हैं। मैंने पीछे मुड़ कर देखा। वह साथ चल रही है। आखिरी छोर पर पहुँच कर मैं किनारे खड़ा हो गया हूँ।

शेफाली मेरे सामने है। मैं उससे पूछता हूँ- 'तो बहुत बड़ा धोखा हुआ तुम्हारे साथ। वैसे हुआ क्या था।' एक पल की खामोशी के बाद उसने कहा- '...जी, दरअसल वैवाहिक विज्ञापनों की वेबसाइट पर अपना प्रोफाइल डाला था। मैंने। उसी क्रम में एक लड़के से परिचय हुआ। फिर डेटिंग शुरू हुई? जो तीन-चार महीने चली। भावुकता में आकर मैंने उसे अपना सब कुछ सौंप दिया। शेष कुछ बचा ही नहीं।' यह कहते हुए उसकी पलकें नीची हो गईं।...मेट्रो के आने में अभी समय है। वह बता रही है- सर लड़कियाँ बहुत इमोशनल होती हैं। थोड़ा सा कोई प्यार देता है, तो उसे अपना मान लेती हैं। उसे परखती नहीं हैं। बस दिल दे बैठती हैं। वह हैंडसम है। अच्छा कमाता है। मैं उसकी मीठी बातों में आ गई। सोचा शादी इसी से करनी है, तो डेटिंग में क्या हर्ज। यह सिलसिला तीन-चार महीने चलता रहा।

हुडा सिटी सेंटर की मेट्रो आने की उद्घोषणा हो रही है। हमारी बातचीत का सिलसिला फिर टूट गया है। आखिरी डिब्बे की आखिरी

सीट मुझे मिल गई है। वह मेरे बगल में बैठ गई है। अभी उसकी कहानी पूरी नहीं हुई है। वह मुझसे अपना दुख बाँटना चाहती है। लेकिन आप जानते हैं कि ऐसी हजारों लड़कियाँ हैं जिनकी कहानी अनकही रह गई हैं। न तो वह किसी को बता पाई और न ही अन्याय के खिलाफ खड़ी हो पाई। मगर शेफाली उनमें से नहीं है।

वह अभी अपने अतीत में डूब गई है। अपने खयालों में गुमसुम है। उसकी खामोशी मैंने ही तोड़ी- फिर क्या हुआ शेफाली? उसने कहा-. ..होना क्या था। उन तीन महीने के दौरान वह छल करता रहा। मैं उसके बहकावे में आ चुकी थी। और एक दिन उसने कह दिया कि वह शादी नहीं करेगा। उसने मुझसे मिलना और बात करना बंद कर दिया। मैं उसके फैसले से सन्न रह गई। क्या करती? उसके खिलाफ बलात्कार की कोशिश का मामला दर्ज करा दिया।

शेफाली से मुझे डर लगने लगा है। सीट से सरक कर उससे थोड़ी दूरी बना ली है। उसकी ये बातें मुझे असहज कर रही है। जाहिर है आपसी सहमति से ही वो सब हुआ होगा। सह-जीवन यानी लिव-इन रिलेशन में भी इन दिनों बलात्कार के मामले दर्ज हो रहे हैं। अचरज तब होता है, जब लड़के-लड़कियाँ साल भर साथ रहने के बाद भी एक दूसरे पर भरोसा कायम महीं कर पाते। जब लड़के रिश्ता तोड़ते हैं, तो उन पर गंभीर आरोप जड़ दिया जाता है। यह स्वाभाविक भी है। स्वार्थ साध कर रिश्ते से बाहर निकलना विश्वासघात ही है। मगर मामला दर्ज कराने के बाद रिश्ता बचता भी कहाँ है?

तो क्या शेफाली ने सही किया? फिर भी मैंने डरते हुए पूछा- क्या उसने ऐसा कभी किया जो इतना गंभीर आरोप लगा रही हो। क्योंकि तुमने अभी कहा कि उसे तुम खुद तन-मन सौंप चुकी थी...फिर बलात्कार की कोशिश वाली बात कहाँ रह जाती है? मेरी इस बात से शेफाली नाराज हो गई है।

कुछ देर बाद उसकी खामोशी टूटी- मैं आपके इस सवाल का जवाब नहीं दूँगी। कोई अपने स्वार्थ को पूरा करने के लिए किसी लड़की की भावनाओं से खेले। इसका सर्वस्व लूट ले, तो उसे सजा नहीं देनी चाहिए? मैं मुकदमा लड़ने निकली हूँ। आज सुनवाई है। वह मेरे सामने खड़ा होगा। क्या वह मुझसे नजर मिला सकेगा? उसे जो भी सजा हो या

न हो। मगर मैंने उसे सवालों के कठघरे में खींच ही लिया है। उसे जवाब देना होगा कि उसने ऐसा क्यों किया?

शेफाली से बातचीत के दौरान कई स्टेशन निकल चुके हैं। अगला स्टेशन स्टेशन सिविल लाइंस है। उद्घोषणा हो रही है। एक स्टेशन बाद यानी कश्मीरी गेट उसे उतर जाना है। उसने अब चुप्पी की चादर ओढ़ ली है। उसके होठों पर उदासी की कई परतें हैं। जिनमें कुछ परतें तो वह अभी उधेड़ चुकी है। इन परतों के पीछे शिकायतें और आरोपों के सिवा कुछ भी नहीं। ज्यादा कुरेदने पर वह दुखी ही होगी। इसलिए मैंने भी चुप्पी की चादर ओढ़ ली है।

सामने की सीट वाले शीशे पर उदास-गुमसुम आँखों से बहती हुई एक स्त्री दिख रही है। उसका संघर्ष कितने दिनों तक चलेगा। कोई नहीं जानता। क्या वह दबाव बना कर उसे अपनी जिंदगी में वापस ला पाएगी? अगर ऐसा हुआ भी तो यह रिश्ता कितने दिनों तक चलेगा? अब वह कुछ कहना नहीं चाहती। यों भी किसी अजनबी से इतना कुछ कह देना सहज नहीं रहा होगा। कहते हैं दुख बाँटने से मन का बोझ कम हो जाता है। मगर शेफाली को देख कर नहीं लग रहा।

...अगला स्टेशन कश्मीरी गेट है। उद्घोषणा हो रही है। शेफाली कुछ पलों में सीट से उठ जाएगी। वह फिर कभी नहीं मिलेगी। मैं उसे शुभकामना देना चाहता हूँ। पर कुछ भी कहते हुए मुझे संकोच हो रहा है। मैं जानता हूँ कि उसके आरोपों की बुनियाद कमजोर है। इस लड़ाई से उसे कुछ हासिल नहीं होगा। फिर मैं उसके लिए मंगकामना करना चाहता हूँ। मगर शब्द गले तक आकर अटक रहे हैं।

...शेफाली सीट से उठ गई है। उसने मुझे देखा तक नहीं। मैं उसके लिए फिर से अजनबी हो गया हूँ। इस छोटी सी मुलाकात के बाद भी अजनबी ही रहूँगा। न मैं उसका वास्तविक नाम जानता हूँ और न वह मेरा जानती है। किसी दिन वह इसी मेट्रो में मिलेगी, तो वह मुझे पहचानेगी भी नहीं। मगर मैं उसे पहचान लूँगा।...स्टेशन आ चुका है। उसे जाते हुए देख रहा हूँ। भरोसे के बाँध से टूट कर बिखर चुकी लड़की को सैलाब में बहते हुए देख रहा हूँ। कहीं तो उसे मंजिल मिलेगी!

(31 मार्च, 2018)

35. महलों का राजा मिला...

दफ्तर जाने के लिए लास्ट कोच में सवार हो गया हूँ। मोबाइल की घंटी सहसा बज उठी है। एक अनजाना नंबर चमक रहा है स्क्रीन पर। कॉल रिसीव करते ही उधर से आवाज आई–सर कैसे हैं। मैं उसे पहचान नहीं पा रहा। इतना भर ही कहा– ठीक हूँ। एक पल की मेरी खामोशी को वह भांप गई है। फिर उसी ने कहा–सर, मैं अनुष्का। आपने पहचाना नहीं मुझे? ओह तुम। याद आया। कहाँ थी तुम इतने दिनों...?

हमारे देश में कई लड़कियाँ महलों के राजा का इंतजार करती हैं, तो कुछ अपना महल खुद तैयार करती है और अपने दिल का राजकुमार चुनती हैं? ये आधुनिक युग की राजकुमारियाँ हैं जिनके पिता गरीब हैं या हैं ही नहीं। अनुष्का इनमें से एक है। लंबे इंतजार के बाद उसे अपने दिल के महल का राजा मिल गया है। यह बताने के लिए ही उसने फोन किया है।

देश के सुदूर कस्बे में तीस पार कर चुकी इस लड़की का विवाह इसलिए नहीं हो रहा था कि वह सुंदर नहीं या फिर अंगूठा छाप है। माता–पिता के कहने पर उसने ग्रेजुएट तक पढ़ाई पूरी कर ली थी। उम्मीद यही कि शायद महलों का राजा मिल जाए। और यह अगर न मिले, तो भी अपने पिता की रानी बेटी और माँ की राजदुलारी है। भाइयों का यही अरमान कि बहना को डोली में बैठा कर विदा करें। मगर कब आएँगे दूल्हे राजा। उन्हीं का तो इंतजार है।

माँ ने गहने संभाल कर रखे हैं, तो पिता ने ग्रेच्युटी की रकम। मगर अच्छे लड़के की तलाश में कितने बरस बीत गए। जाने कौन आएगा

इसके जीवन में। कहते हैं न हर स्त्री के जीवन में एक पुरुष निश्चित होता है। चाहे वह पति के रूप में आए या एक सच्चा मित्र बन कर। आता जरूर है। मगर बाबुल जी तो महलों का राजा ही ढूँढते हैं ताकि रानी बेटी राज करे जीवन भर। यह दिल की बात है। यह पिता ही जानता है। किसी को वह बताता नहीं। भटकता रहता है लड़के वालों की इस चौखट से उस चौखट तक।

...अनुष्का के पिता भी भटक रहे थे, लेकिन महलों के ये राजा भिखारी ही निकले। कोई कार माँगता, कोई लाखों के जेवरात, तो कोई जमीन-जायदाद या नकद में लाखों रुपए। जिस महल जाते वहाँ पहले यही लगता कि लड़की का पिता कितना गरीब और लाचार है। मगर बात जब लेन-देन की आती, तो उन्हें यही महसूस होता कि लड़के वाले तो कन्या पक्ष से कहीं ज्यादा गरीब हैं!

कस्बे की इस लड़की ने कहा था कि 'सर ऐसे भिखारियों के यहाँ शादी करने से बेहतर है कुंआरी रह जाऊँ। मैं ऐसे लड़के को जीवन साथी बनाऊँगी जो दिल का अमीर हो। बेशक गरीब हो, मगर लड़की के पिता से कुछ माँगे नहीं। स्वाभिमानी हो।'...तो ऐसा लड़का मिल गया है अनुष्का को। उसने यही बताने के लिए मुझे फोन किया है। वह कह रही है- 'सर आपका लिखा पढ़ती हूँ, तो भावुक हो जाती हूँ। मगर अब पढ़ने के लिए फुर्सत न मिलेगी।' उसकी इस बात से लगा कि वह कुछ ज्यादा ही भावुक हो गई है। या फिर कोई और बात है। वह बता रही है- 'सर कोई भी डिमांड न करने वाला लड़का मुझे मिल गया है। और मैंने हामी भी भर दी है। शादी की तारीख भी पक्की हो गई है। आप आइएगा न सर?'

अनुष्का के इस स्नेहिल निमंत्रण पर इतना ही कह पा रहा हूँ- 'तुम्हें खूब आशीष। बेशक वह महलों का राजा नहीं, लेकिन उसका दिल ही महल है। तुम उसके सपनों की रानी बनोगी।' मेरी इस बात से वह भावुक हो उठी है- 'हाँ सर। उसने मेरा स्वाभिमान कायम रखा है, तो मैं भी उसे पूरा मान-सम्मान दूँगी। उसका घर संभालूँगी। उसके बूढ़े माँ-बाप का खयाल रखूंगी। शाम को ऑफिस से थका-मांदा आएगा तो उसे चाय या शर्बत पिलाऊँगी। उसका सिर सहला दूँगी। उसे अपने हाथों से खाना

खिलाऊँगी। मुझे अपने कुल और उसके कुल की मर्यादा का ध्यान भी रखना है।...नई जगह, नया परिवार। समय कहाँ मिलेगा सर? मगर मैं लौट कर आऊँगी। फिर आपका लिखा पढ़ूँगी।'

अनुष्का से बातचीत के क्रम में कई स्टेशन निकल गए हैं। उसे मैं बार-बार शुभकामनाएँ दे रहा हूँ। उधर उद्घोषणा हो रही है, अगला स्टेशन नई दिल्ली है। उससे मैंने कहा- 'अब मैं मेट्रो से उतरने वाला हूँ। तुम भावी जीवन की तैयारी करो।'

'अनुष्का से बातचीत खत्म होने के बाद मुझे दीप्ति की फेसबुक पोस्ट याद आ रही है। जिसमें उसने लिखा था- 'लड़का डीएम हो तो उससे अच्छा लड़का हो ही नहीं सकता। उसके लिए लड़की के घर वाले जमीन तो छोड़ो खुद को भी गिरवी रख दें।'...इन दो पंक्तियों में उसने इतनी गहरी बात लिख दी कि जेहन में पैबस्त हो गई। महलों के इन राजाओं को और कितनी भीख चाहिए? यानी लड़कियाँ उन्हें देह भी सौंपे और घर से सब कुछ ले जाकर पिता को भी कंगाल कर दें। और उनका क्या होता होगा जो बिन बाप की बेटियाँ हैं।

अगला स्टेशन राजीव चौक है। उद्घोषणा हो रही है। मेट्रो के दरवाजे खुल गए हैं। प्लेटफार्म पर युवाओं की भीड़ दिखाई दे रही है। इन्हीं से देश को उम्मीदें हैं। मगर क्या ये जातियों और कुरीतियों से मुक्त नए भारत का निर्माण कर पाएँगे? यह एक बड़ा सवाल है, जिसे मैं उनकी ओर उछाल कर आगे बढ़ रहा हूँ प्लेटफार्म नंबर तीन की ओर...।

अनुष्का को तो सचमुच उसके दिल का राजकुमार मिल गया है। मगर मुझे अभी महलों की राजकुमारी का कहानी याद आ रही है। आजादी के बाद साठ और सत्तर के दशक तक बचे रह गए जमींदारों में से एक जमींदार की दूसरी पत्नी की वह राजदुलारी थी। नाजों में पली एक एकदम राजकुमारी की ही तरह तो थी। पढ़ाई पूरी हुई, तो बेटी उच्च शिक्षा हासिल करने पर जोर देने लगी। जागीरदार साहब की नजरों में वह शादी लायक हो चुकी थी। उनकी नींद उसी तरह उड़ गई जैसे किसी गरीब बाप की उड़ी रहती है।

बचे-खुचे रजवाड़ों-जागीरदारों और जमींदारों के पास जर्जर महल-कोठी, चंद हीरे जवाहरात के अलावा थोड़ा बहुत रूतबा ही बचा था। जमींदार

साहब की हालत भी ऐसी ही थी। मगर इलाके में इज्जत थी। उन्हें पता था कि आज के दौर में उन्हें असली राजकुमार तो मिलने से रहा। इसलिए सिविल सर्विस पास कर चुके ऐसे लड़के की तलाश कर रहे थे जो सजातीय भी हो।...तो उन्होंने अपने कारिंदे दौड़ा दिए। रसूख वाले अफसरों से भी आग्रह किया किया कि कोई योग्य वर हो तो बताएँ।

काफी दौड़-भाग के बाद खबर मिली कि पास के गाँव में सजातीय लड़का सिविल सर्विस पास कर गया है। मध्यवर्गीय परिवार का बेटा है। जमींदार साहब ने अपने रिश्तेदारों से खबर भिजवाई कि वे अमुक दिन उन लोगों से मिलने आने वाले हैं। सभी अचरज में थे। न जाने क्या बात है। जमींदार साहब की सवारी चौखट पर पहुँची तो उन्हें देख कर आसपास के लोग उमड़ पड़े। दरवाजे पर लड़के के पिता ने स्वागत करते हुए कहा- 'जमींदार साहब, आप मुझे अपनी कोठी पर बुला लेते। यहाँ आने का कष्ट क्यों किया?' इस पर उनका जवाब था- 'बेटी का पिता हूँ। आपके पास याचक बन कर आया हूँ। क्या मेरी विनती स्वीकार करेंगे? हाँ कहें तो कुछ कहूँ...।'

अपने सामने जमींदार साहब को हाथ जोड़े देख कलक्टर बनने जा रहे बेटे के पिता एक पल के लिए असमंजस में पड़ गए। फिर उन्होंने जमींदार साहब के आग्रह को स्वीकार करते हुए कहा-'मेरा बेटा आपकी फूल सी राजकुमारी के लायक तो नहीं, मगर वचन देता हूँ कि उसकी शादी आपकी बेटी से ही होगी।'...किसी बाप के लिए इससे तसल्ली वाली बात और क्या होती। आँखों में ढेर सारे सपने लिए जमींदार साहब लौट गए अपनी कोठी पर पत्नी को बताने।

...उधर पिता ने अपनी खराब सेहत का वास्ता देकर बेटे को घर बुलाया। उसके आने पर वे बोले- तुम्हें अब शादी कर लेनी चाहिए। बेटा तुमसे पूछे बिना तुम्हारा रिश्ता तय कर दिया है। वह एक राजकुमारी जैसी ही है। बहुत सुंदर। मैंने जमींदार साहब को वचन दे दिया है। मेरे वचन की लाज तुम्हारे हाथ में है। ना मत कहना बेटा।

पिता की मनुहार से आज्ञाकारी बेटे की आँखों से आँसू छलक पड़े। उसके दिल में आंधी चल पड़ी। दरअसल, वह एक युवती से प्रेम करता था। उसके साथ वह पढ़ चुकी थी। उसे शादी का वचन दे चुका था।

पिता की बात मानने पर उसके प्यार की बगिया उजड़ती। दिल की बात सुनता, तो पिता का वचन टूट जाता। अजीब धर्मसंकट था। गुमसुम रह गए बेटे की बात पिता समझ नहीं पाए। वे वचन की लकीरों में कैद रहे। आखिरकार आज्ञाकारी बेटे ने उन्हें उबार लिया और उसने अपने प्रेम का बलिदान कर दिया।

जमींदार साहब ने धूमधाम से बेटी की शादी की। राजकुमारी की तरह पली बेटी को आखिरकार विदा किया। आइएएस दामाद की बड़े शहर में तैनाती हुई। महल की वह राजकुमारी अपनी दो सहचरियों के साथ कलक्टर साहब के क्वार्टर में पहुँची। उधर, जमींदार साहब के कारिंदों ने उपहारों से घर भर दिया। यहाँ तक कि रसोई में अनाज से लेकर घी-तेल और मसाले भी पहुँचाने आ गए। यह बात बड़े साहब को अखर गई। आखिर वह भी जिले के राजा थे।

स्वाभिमानी अफसर को ठेस लगी, तो नई-नवेली पत्नी से साफ कह दिया कि या तो वह उनके बंगले पर रहेगी या उसके पिता का भिजवाया सामान रखेगी। अब यह बात नाजों में पली बेटी को चुभ गई। दोनों में अनबन रहने लगी। जमींदार साहब के कारिंदे जब-तब फल-सब्जियाँ और उपहार लेकर आते रहे। मगर कलक्टर साहब उसे सड़क पर फिंकवा देते। यह सिलसिला यों ही चलता रहा।

इस तरह तीन दिल टूटे। एक अमीर बाप की बेटी का, एक आज्ञाकारी बेटे का और एक प्रेमिका का। बताते हैं कि कलक्टर को दिल में बसा चुकी उस युवती ने आजीवन शादी नहीं की। तीनों सूनी जिंदगी जीते रहे। एक दिन बड़े साहब ने सहचरियों को भी वापस भेज दिया जमींदार साहब की कोठी पर।...और महलों की राजकुमारी अकेली रह गई।

...मैं प्लेटफार्म नंबर तीन पर आ गया हूँ। नोएडा सिटी सेंटर की मेट्रो के लास्ट कोच में सवार हो रहा हूँ। सीट मिल गई है। आँखें बंद कर बैठा हूँ। मुझे अनुष्का की फिर याद आ रही है। वह भारतीय समाज की उन लड़कियों में से है, जो लगातार संघर्ष करते हुए अपने सपनों का महल खुद बनाती हैं। अपने दिल का राजकुमार चुनती हैं। ऐसी कितनी लड़कियाँ हैं? ज्यादातर तो महलों के राजा का ही इंतजार करती हैं। और

उनकी दासी बन कर रह जाती हैं। यहाँ तक कि अपने सपने भी उसके आगे गिरवी रख देती हैं। अनुष्का ने तो सपनों का राजकुमार खुद चुना। नहीं तो रिश्ते तो कई आए उसके लिए। मगर उसने लालची परिवारों को ठुकरा दिया। एक तरफ पिता का सम्मान, तो दूसरी तरफ खुद का स्वाभिमान। उसने दोनों को कायम रखा।

मेरे मन में अनुष्का के लिए गौरव का भाव है। आँखें नम हैं क्योंकि एक बेटी अपना घर छोड़ कर हमेशा के लिए विदा हो जाएगी। उसकी आँखों में आँसू तो होंगे मगर कई सपने भी होंगे, उस राजकुमार के लिए जो उसका सच्चा साथी बनने जा रहा है। मुझे मालूम है कि अनुष्का यह गीत जरूर गुनगनाएगी, जिसे वह अकसर गाया करती है–

महलों का राजा मिला
के रानी बेटी राज करेगी,
जिस घर जाए स्वर्ग बना दे
दोनों कुल की लाज निभा दे
यही बाबुल जी देंगे दुआ...
के रानी बेटी राज करेगी...।

मेट्रो के सेक्टर पंद्रह स्टेशन पर उतर रहा हूँ। प्लेटफार्म पर चलते हुए नन्हीं बेटी की अंगुली थाम कर जाते एक पिता को देख रहा हूँ। एक दिन इस पिता के दिल में भी यही तमन्ना होगी कि सयानी हो गई उसकी रानी बेटी किसी महल में जाए और राज करे। क्या ऐसा होगा? ये तो इस बच्ची की किस्मत और उसके करम तय करेंगे। मगर जाना तो इसे भी पड़ेगा।

36. इस दुनिया को सुंदर बनाएँ

'अरे लड़का... तू पढ़ने जाता है या लड़कियों को रिझाने?' पड़ोस के वर्मा जी सुबह-सुबह बेटे पर गरम हो रहे हैं। ग्यारहवीं में पढ़ता है उनका लाडला। रोज की यही झिकझिक। मगर बेटे पर कोई असर नहीं। वर्माजी ने कभी इत्र या कोई क्रीम लगाया हो या न लगाया हो, लेकिन बेटा टिन की बोतलों में बंद इत्र-फुलेल लगाने में कभी पीछे नहीं रहा। इन दिनों लड़कियों की तरह बाल भी बढ़ा लिए थे उसने। जिस दिन स्कूल से शिकायत आती, पिता का क्रोध सातवें आसमान पर पहुँच जाता।

आज तो वर्मा जी आपा खो बैठे हैं। पत्नी बीच में न आती, तो बेटे को पीट ही डालते। उनके घर में हो रहे शोर-शराबे से मेरी नींद खुल गई है। लगता है स्कूल से फिर शिकायत आई है। इस बार नई शिकायत है। बेटा बढ़े हुए बालों के बीच एक कान में बाली पहनने लगा है। वर्मा जी चीख रहे हैं-'आखिर क्या हो गया है तुझे?' बेटा कह रहा है, 'पापा आजकल यह ट्रेंड में है। आपकी जेनरेशन की समझ से बाहर है।' '...सही कह रहा है तू। तभी तो इन दिनों लड़कियों की स्कूटी के पीछे बैठा दिखाई देता है।' वर्मा जी बिफरे। बेटे ने पलट कर कहा-'पापा, लड़के और लड़कियों के बीच फर्क खत्म हो रहा है।' इस पर पिता जवाब था-'हाँ तभी तू लड़कियों की तरह बन जाना चाहता है। तब घर में बैठ। सिंगार-पटार कर।'

बाप-बेटे की नोक-झोंक को समेटते हुए वर्मा जी की पत्नी चिल्लाई- इसे स्कूल जाने भी दोगे या महाभारत मचाते रहोगे? श्रीमतीजी की घुड़की पर पतिदेव शांत हो गए हैं।...बेटा स्कूल चला गया है। वर्माजी

ब्रश करते हुए बालकनी में आ गए हैं। वे इशारों से कह रहे हैं-देख रहे हैं न आप? क्या हो गया है आजकल के लड़कों को। उनकी आँखों में जो सवाल है, उसे मैंने पढ़ लिया है। मगर युवा और सुंदर बने रहने की चाह किसे नहीं है। क्या आपको नहीं है? क्या वर्मा जी को कभी नहीं रहा होगा?

मैं इन दिनों चेहरे पर उतर रही उम्र की लकीरों को गिन रहा हूँ। मैंने अपनी जिजीविषा से फिसलते हुए यौवन को बांहों में भर लिया है। वह मेरे चेहरे पर दमकता है। इसके पीछे एक राज यह भी है कि कितनी भी प्रतिकूल स्थिति हो, मैं सकारात्मक रहता हूँ। रचनात्मक होने की कोशिश करता हूँ। यह खुशी मेरे भीतर रोशनी भर देती है। उसकी चमक आप देख सकते हैं। आप भी ऐसा करके देखिए। इस दुनिया को खूबसूरत बनाने की ओर यह आपका पहला कदम होगा।

सुंदर दिखने की चाह मुझमें भी है। मगर इसके लिए मैं कोई जतन नहीं करता। जैसा कि नई पीढ़ी करती है। मन की खुशी ही आपके चेहरे का सौंदर्य है। मगर जीवन की उलझनें चेहरे पर उतरने लगे तो आप क्या करेंगे? ज्यादातर लोग तो क्रीम लगा कर इसे छुपाने लगते हैं। इत्र लगा कर सामने वाले को भरमाने लगते हैं। उनकी देह से लिपटी खुशबू में आप खो जाते हैं। फिर आप उनके मन की किताब पढ़ नहीं पाते। तो क्या हमेशा फूलों की तरह खिले-खिले रहने और महकने की इसी चाहत में भारत में सौंदर्य प्रसाधनों का अरबों का कारोबार खड़ा कर दिया है?

दस से पांच की ड्यूटी करने वाले करने वाले वर्मा जी दफ्तर चले गए हैं। मेरे दिन की भी शुरुआत हो गई है। अखबारों की सुर्खियों पर नजर डालने के बाद एक खबर पर मेरी निगाह ठिठक गई है- सौंदर्य प्रसाधनों पर खर्च में पुरुषों ने महिलाओं को पीछे छोड़ा। रिपोर्ट में बताया गया है कि सुंदर दिखने की चाह युवाओं में भी कम नहीं। पच्चीस से पैंतालीस साल के पुरुष रूप-सज्जा और प्रसाधनों पर खर्च के मामले में महिलाओं से भी आगे निकल गए हैं।

रिपोर्ट बता रही है कि पुरुष प्रसाधन उद्योग अगले तीन साल में पैंतालीस फीसद से आगे बढ़ कर पैंतीस हजार करोड़ रुपए पहुँच जाने का अनुमान है। पुरुषों में सुंदर दिखने की चाह कितनी बढ़ गई है!

बहरहाल, यह सौंदर्य-पुराण समेट कर मैं भी दफ्तर के लिए निकल गया हूँ। मेट्रो स्टेशन के सामने बैटरी रिक्शा से उतरते ही अभी जो युवती सामने से जाती दिखी है, उसमें सुंदर दिखने की कोई चाह नहीं। साहित्य में वर्णित सद्यस्नाता नायिका की तरह उसके खुले बालों में गीलापन कोई भी देख सकता है। चेहरे पर कोई मेकअप नहीं।

आजकल की लड़कियों में यह बड़ा बदलाव है। वे सजने-संवरने के फेर में नहीं पड़तीं। उनकी नजर अपने लक्ष्य पर है। वे पढ़ रही हैं। सिविल सर्विस की तैयारी कर रही हैं। कॉरपोरेट में काम कर रही हैं। दफ्तर संभाल रही हैं। दरअसल, वह कई मोर्चे पर डटी हैं। उनके पास समय ही नहीं। उन्हें किसी को रिझाना भी नहीं। दुर्भाग्य से यह शौक लड़कों ने पाल लिया है।

मैं प्लेटफार्म नंबर एक की ओर जा रहा हूँ। मेरे आगे जा रही उस युवती के कदमों में आत्मविश्वास है। उसके हाथों में कई फाइलें हैं। काम का कितना बोझ है उस पर। उसे खुद को निहारने की फुर्सत नहीं। हुडा सिटी सेंटर की मेट्रो आने की उद्घोषणा हो रही है। उसने अपनी फाइलें तरतीब से संभाल ली है। मैं लास्ट कोच में सवार हो रहा हूँ। वह सामने वाली सीट पर बैठ गई है। उसके चेहरे पर कितना तेज है। यही सौंदर्य है। इसे प्रसाधनों की क्या जरूरत? जिनका मन सुंदर नहीं, वे करें सिंगार?

जीवन के कई मोर्चे पर डटी युवतियाँ अब सुकोमल नहीं। उनके कंधे मजबूत हैं। जिन पर सिर टिका कर पुरुष उनकी शक्ति का अहसास कर सकता है। तो क्या स्त्री और पुरुष की भूमिकाएँ बदल रही हैं? स्त्रियों की धैर्य शक्ति और उनकी कोमल भावना को अंगीकार करने के बजाय पुरुष सिर्फ सौंदर्य से सरोकार क्यों रखना चाहता है। उसकी बुद्धिमत्ता से कुछ सीखता क्यों नहीं।

मेट्रो चल रही है। सोच रहा हूँ पुरुषों में सुंदर दिखने की चाह क्यों बढ़ी है? मुझे अभी सलमान, शाहरूख और आमिर खान याद आ रहे हैं जो किसी भी कीमत पर बढ़ती उम्र को अपने चेहरे पर फटकने नहीं देना चाहते। जाहिर है इसका असर पैंतीस से पचास साल के पुरुषों पर भी पड़ा है। इसमें मुझ जैसे लोग भी शामिल हैं। जिन्हें बढ़ती उम्र आगे

खींचती है, तो यौवन पीछे खड़ा पुकारता है। ये अधबीच झूलते पुरुष ज्यादा सजग हैं अपनी सुंदरता और जवानी के लिए।

...मेरे सामने बैठी युवती फाइलों में उलझी है। उद्घोषणा हो रही है- अगला स्टेशन किंग्जवे कैम्प है। उसने कलाई में बंधी घड़ी पर नजर डाली फिर किसी को कॉल किया-'हेलो.. कहाँ है तू? मैं किंग्जवे कैम्प पहुँच चुकी हूँ। आखिरी कोच में हूँ। तू सिविल लाइंस मिल। आज ऑफिस में प्रजेंटेशन देना है। याद है न।...क्या कहा? अभी तैयार नहीं हुआ? तो जल्दी निकल। सजने-संवरने की जरूरत नहीं। समझे।' युवती अपने साथी को हिदायत दे रही है।

मुझे उसकी हिदायत अच्छी लगी है। अगर तुरंत किसी काम से निकलना है, तो शालीन परिधान पहनिए। कंघी कीजिए और निकल लीजिए। मगर ऐसा है नहीं। आजकल के युवा दस बार अपने बालों में उंगलियाँ फेरेंगे। चेहरे को बार-बार रगड़ेंगे। पसंद की क्रीम लगाएँगे। यों भी पुरुषों को भी गोरा बनाने की क्रीम बाजार में आ ही चुकी है। फिर डियो लगाने के बाद तसल्ली करेंगे कि जंच रहे हैं कि नहीं। संतुष्टि नहीं हुई, तो फिर से वही कवायद। अभी वर्मा जी की चीख कानों में गूँज रही है- बाबा रे बाबा.. नाक फटा जा रहा है। केतना सेंट छिड़केगा रे। स्कूल का टाइम हो गया। कब तक निहारेगा शीशे में...।

उद्घोषणा हो रही है-अगला स्टेशन विश्वविद्यालय है। दरवाजे खुलते ही युवाओं के कई समूह कोच में इधर-उधर खड़े हो गए हैं। सेल्फी मोड में मोबाइल की स्क्रीन पर अपनी शक्ल बार-बार देख रहे युवक को उसकी सहपाठिन ने टोका- इधर देख। कुछ पढ़ भी ले। वह पाठ्यक्रम के पन्ने को पलट कर उसे दिखा रही है। ऐसा दृश्य अक्सर दिख जाता है मुझे। लड़के अब जहाँ ज्यादा काल्पनिक और रूमानी हो रहे हैं, वहीं लड़कियाँ यथार्थवादी हो रही हैं। जमानी सच्चाइयों से रू-ब-रू होती हुई और हर दिन नई चुनौतियों से लड़ने के लिए खुद को तैयार करती हुई। अलबत्ता उनके पहनावे में जो आधुनिकता और आक्रामकता है, वह इसलिए क्योंकि वे जीवन की रणभूमि में उतर चुकी हैं। युद्ध कर रही हैं खुद से और इस जटिल समाज से।

विधानसभा स्टेशन निकल चुका है। लड़कों का हंसी-ठट्ठा चल रहा

है। मगर लड़कियों में गंभीरता है भविष्य को लेकर, जो अमूमन लड़कों में अब कम दिखाई देती है। साथ पढ़-लिख रहे लड़के-लड़कियों में एक दूसरे के गुणों की जो अदला-बदली दिखाई दे रही है, वह स्त्री-पुरुष सत्ता के बीच बन रहा नया संतुलन है। आने वाले सालों में एक नया सामाजिक परिदृश्य दिखाई देगा। क्या आप अभी से देख पा रहे हैं?

...अगला स्टेशन सिविल लाइंस है। दरवाजे बायीं ओर खुलेंगे। उद्घोषणा हो रही है। दरवाजे खुलते ही एक युवक हड़बड़ाते हुए कोच में घुसा। तभी सामने बैठी युवती ने उसे पुकारा- 'अरे राजीव। इधर आ। यहाँ हूँ मैं।' लंबे बालों वाले इस लड़के ने चोटी बाँध रखी है। सफेद कमीज के दो बटन खुले हुए हैं। तेल चुपड़े उसके बालों को देख युवती ने उसे टोका- 'नहाया नहीं तू? ऐसे ही चला आया। 'क्यों क्या हुआ', लड़के ने हैरान होते हुए कहा- 'शेव बनाई है। चोटी बाँधी है। डियो भी लगाया। देख चेहरा चमक रहा है कि नहीं?'

'हाँ-हाँ...क्यों नहीं।', युवती ने हंसते हुए कहा- 'बाल क्यों नहीं कटाता। आदमी बन जा। क्या चोटी बनाए फिरता है।' इस पर युवक ने नाराज होते हुए कहा-'मतलब क्या है तेरा? यही तो मेरा पर्सनैलिटी स्टेटमेंट है।' '...अच्छा जी।' युवती ने हैरान होते हुए कहा- 'पर्सनैलिटी पर बहुत ध्यान है तुम्हारा। मगर ऑफिस प्रजेंटेशन पर कुछ भी नहीं। कुछ तैयारी भी की या मैं तुम्हारे हिस्से का काम करती रहूँगी हमेशा।'

...इन दोनों की बहस के बीच कई स्टेशन निकल चुके हैं। उद्घोषणा हो रही है- अगला स्टेशन राजीव चौक है। इससे पहले चाँदनी चौक स्टेशन पर कोच में घुसे मजदूर फर्श पर पसर चुके हैं। उनमें स्त्रियाँ भी हैं। युवती सीट से उठ गई है। उनके बीच से रास्ता बनाते हुए वह दरवाजे के पास चली आई है, जहाँ मैं भी खड़ा हूँ। वह युवक भी आ गया है। दोनों में ऑफिस प्रजेंटेशन पर फिर चर्चा शुरू हो गई है। युवक ने उसके लिखे में कुछ गलतियाँ निकाली, तो युवती ने उसकी चोटी खींचते हुए कहा- तू बस गलतियाँ निकाल। तुझे रिपोर्ट बनाने में मदद तो करनी नहीं। बस सजता-संवरता रह। काम करना नहीं, चले हैं गलतियाँ निकालने।

'...अच्छा-अच्छा...ठीक है। मैं गलतियाँ नहीं निकालूँगा। बस! मगर मेरे संवरने पर ज्यादा टोकाटाकी मत किया कर। और सुन मेरी चोटी के

पीछे भी मत पड़.......।' युवक ने रूठते हुए कहा। फिर उसने मजदूरों के बीच फर्श पर पीली साड़ी पहने बैठी युवा महिला को कंघा करते हुए देखा तो कहा- देख-देख, बन-ठन कर कौन नहीं रहना चाहता। युवती ने उसकी ओर देख कर मुँह बिचका दिया।

उधर मजदूर परिवार के बीच बैठी महिला खुद को संवार रही है। उसने बटुए से कोई सस्ती सी लिपिस्टिक निकाल कर अभी होठों पर लगाई है। फिर पति के बिखरे बालों को प्यार से सहेज दिया है। यह देख कर मेरे बगल में खड़ी युवती मुस्कुराने लगी। उसने साथी के कंधे पर हाथ धरते हुए कहा-तू बहुत जल्दी रूठ जाता है। फिर तुझे मनाने में बड़ा मजा आता है।

...कोच के दरवाजे खुल गए हैं। राजीव चौक उतरते हुए मैंने भी एकबारगी अपने बालों को बहुत दिनों बाद संवार लिया है। जी कर रहा है कि सुंदर दिखने वाले तमाम लोगों की नजर उतार लूँ और यही कामना करूं कि हर मनुष्य का चेहरा ही नहीं, मन भी सुंदर और निर्मल हो। ताकि यह दुनिया और खूबसूरत हो जाए। सुकून से जीने लायक बन जाए।

(13 अप्रैल, 2018)

37. सूखती आँखों में डूबते सपने

अपनी ही जैसी एक और मासूम की चीखों से सुदूर एक मैदान में दफ्न बच्ची की नींद खुल गई है। उस गाँव के बाहर खानाबदोश बच्ची की आँखों से बहती करुणा की धारा भी इस समाज में घर कर रही असंवेदनशीलता और अमानवीयता को नहीं धो पाई है। आज वह जिंदा होती, तो इसी घास वाले मैदान पर उन दो पत्थरों से खेल रही होती जो उसकी कब्र की पहचान बन गए हैं। वहशियों की शिकार हुई इस बच्ची को अपने ही गाँव में ठौर न मिली, जहाँ वह मरने के बाद चिरनिद्रा में सो पाती। लोगों का दिल अब कितना छोटा हो गया है।

बदन से धूल झाड़ती हुई वह उठ रही है। आह! यहाँ माँ नहीं, जो उसके बालों को सहलाते हुए कहे–उठ बेटी। कब तक सोएगी। अब्बू काम पर भी चले गए। और तू सो रही है।...अपनी कब्र पर उन दो पत्थरों को हटाती हुई वह बैठ गई है। एक भयावह सन्नाटा है। उस नीम बेहोशी से भी ज्यादा, जो उसे दी गई। माँ को याद करते हुए इस मासूम आँखों से मोती बह चले हैं। उसके सपने धूल में सन रहे हैं।

पत्थरों पर बैठी यह मासूम सोच रही है...नींद की अनगिनत गोलियाँ देकर मेरी चीख दबा दी गई। देह को बार-बार नोचा गया। मगर किसी ने मेरी पुकार सुनी? सुनी होती, तो एक और चीख नहीं गूँजती, जिसे सुन कर मैं महीनों बाद जाग उठी हूँ। लोग आगे भी ऐसी ही चीखों को सुन कर अनसुना कर देंगे। क्योंकि वह उनकी बेटियों की चीख नहीं है। और हर बार होने वाली ऐसी घटना मान कर चुप रहेंगे। दुबली-पतली यह बच्ची पत्थरों पर बैठी है-जख्मी और उत्पीड़ित देह के साथ। बदन से

चिपकी मिट्टी झाड़ कर वह चल पड़ी है। नन्हें कदमों से लड़खड़ाती हुई...।

उस भयावह हादसे के बाद समाज की चेतना एक पल के लिए बेशक जागृत होकर सो गई हो, लेकिन मेरी दृष्टि से यह मासूम कभी ओझल नहीं हुई। इससे अकसर मेरा मौन संवाद होता रहा। मैंने इसे उन बच्चियों के उदास चेहरे पर पाया, जिन्होंने कभी स्कूल नहीं देखा या जो अपनी माँओं के संग खेत-खलिहानों में काम कर रही थीं। जंगलों में बकरियाँ चरा रही थीं। ऐसी बच्चियों की आँखों में भी देखा, जिनके अम्मी-अब्बू काम पर चले गए थे और जो भाई-बहनों के साथ झोपड़ियों के बाहर खेल रहीं थीं।...

अस्पताल के उस खास वार्ड के शीशे पर मेरी आँखें टंगी हैं। मासूम को देख कर सिहर उठा हूँ। पथराई आँखों से एक टक निहार रही माँ की आँखों से आँसू थम नहीं रहे। कुछ डॉक्टर अभी-अभी वार्ड में दाखिल हुए हैं। वे कह रहे हैं कि बच्ची अब खतरे से बाहर है। घाव भर रहे हैं। सघन चिकित्सा कक्ष के बाहर फूट-फूट कर रोना चाहता हूँ। तभी धूल से सने नन्हे हाथों ने मुझे झकझोरा। देखा सुदूर पहाड़ियों से चल कर आई वह बच्ची मेरे सामने खड़ी है। उसकी आँखों में उम्मीदों के दो दीप जल रहे हैं।

वह कह रही है, आप रोइए मत। देखिए न डॉक्टर उसे उठा रहे हैं। उसने शीशे पर दोनों हाथ सटा कर ध्यान लगाए कहा- देखिए वह उठ गई है। उसकी माँ उसके लिए खिलौने लेकर आई है। वह बात कर रही है अपनी अम्मी से। अब यह फिर से स्कूल जाएगी। मैदान में खेलेगी।...वादियों से लड़खड़ाते कदमों से चल कर आई इस बच्ची को मैं छूने की कोशिश कर रहा हूँ। उसके कंधे पर हाथ रखते ही सैकड़ों सपने जमीन पर बिखर रहे हैं। बस महसूस कर रहा हूँ उसे। वह यहीं है, मगर कहीं नहीं है। जैसे मैं यहाँ नहीं हूँ, फिर भी दोनों बच्चियों को देख रहा हूँ। एक, जो मौत को मात देकर उठ बैठी है और दूसरी, जो मौत से हार कर भी सपनों को जीना चाहती है। हम सबको संदेश देना चाहती है। आप इन दोनों को पहचान गए होंगे।

सुदूर पहाड़ियों से चल कर आई यह बच्ची वार्ड के शीशे पर दोनों

हाथों को आगे किए उस मासूम को कौतुहल से देख रही है जो मौत को हरा कर बिस्तर से उठ बैठी है। यह बच्ची मुझसे कह रही है-मेरे जख्म कभी नहीं भरेंगे। मैं कभी खिलौनों से नहीं खेल पाऊँगी। इस मासूम के सवाल का कोई जवाब नहीं। क्या कहूँ? शब्द नहीं सूझ रहे। हम दोनों वार्ड के बाहर खड़े हैं। हमें कोई नहीं देख रहा।

यहाँ डॉक्टर आते हैं और जाते हैं। डॉक्टरों का एक समूह चर्चा में लीन है। हम उनकी बातें ध्यान से सुन रहे हैं। एक कह रहा है- इस बच्ची से जो हुआ वह भयावह था। इसके सिर,चेहरे और गर्दन पर भी धारदार हथियार से वार किया गया। इसकी हालत देख कर कलेजा मुँह को आ गया। ऐसी चोट जिसे चिकित्सा की जुबान में फोर्थ डिग्री पेरिनियल टार्चर कहते हैं। दूसरा डॉक्टर कह रहा है- इस बच्ची की जान बचाने के लिए उसकी आंतों की सर्जरी करनी पड़ी है। कॉलोस्टोमी के जरिए मल विर्सजन के लिए अलग रास्ता बनाया गया। दूसरे नाजुक अंगों की भी सर्जरी करनी पड़ी।

धूल से सने पैरों से खड़ी यह बच्ची डॉक्टरों की बात सुन कर फफक पड़ी है। मगर उसकी रुलाई कोई नहीं सुन रहा। सुनेगा भी कौन? यह समाज तो बहरा हो गया है। बस इसकी जबान तेज चलती है। वार्ड के शीशे पर हाथ धरे इस बच्ची की आँखों से अश्रुधारा बह चली है। नींद की गोलियों से दबा दी गई चीखें आज फूट रही हैं। चीत्कार कर रही हैं- छोड़ दो मुझे। जाने दो अम्मी के पास। मुझे खेलना है। जाने दो मुझे...। महीनों से सूखे और मिट्टी से सने बालों पर हाथ फेरते हुए मैं उसे दिलासा दे रहा हूँ- ना बच्ची ना...रोते नहीं। तुम्हें तकलीफ देने वाले एक दिन रोएंगे। यह समाज रोएगा, जो तुम जैसी बच्चियों की हिफाजत नहीं कर पाता। तुम जिस दिन मरी, उसी दिन हम सब मर गए। यह समाज भी मर गया। वे नैतिक मूल्य भी मर गए जिसे हम झूठ-मूठ में ढोते हैं। मत रो बच्ची मत रो...।

मैं नींद में बड़बड़ा रहा हूँ- मत रो बच्ची...जाओ उन पहाड़ियों के बीच मैदान में फिर से जाकर सो जाओ। उन दो पत्थरों के बीच तुम इंसानियत और मानवीयता के सफेद फूल उगाना। जाओ सो जाओ, यह दुनिया तुम्हारे लिए नहीं। हैवानों की घूरती आँखों से दूर उस जमीन में

समा जाओ। जाओ चली जाओ...।

तभी दस साल की भतीजी ने झकझोरा- चाचा..चाचा, क्या बोल रहे हैं। किस से बात कर रहे हैं। उठिए सुबह हो गई। स्कूल जाने के लिए तैयार हो रही भतीजी ने जगाया, तो मैंने उस अस्पताल के वार्ड के बाहर खड़े होने के बजाय खुद को अपने बिस्तर पर पाया। मैं कहाँ से कहाँ चला गया था? यह सोच कर पसीने से तरबतर हूँ। याद आया, हाल में सात साल की मासूम से हुए हादसे के बारे में सोच कर रात भर सो नहीं पाया था।

नींद अब भी पूरी नहीं हुई है। फिर किसी नए हादसे की आशंका से सहमा हूँ। अपने घर में छोटी सी बच्ची को देखता हूँ, तो उसकी चिंता में दहल जाता हूँ। भतीजी ने स्कूल जाते हुए कहा-चाचा जी कल मिलेंगे। हाँ कल ही। क्योंकि जब दफ्तर से लौटूंगा तो तुम होमवर्क कर सो चुकी होगी। स्कूल से बच्चे सुरक्षित घर लौट आएँ और रात को गहरी नींद में सो रहे हों, तो माँ-बाप को भी चैन की नींद आती है। मगर आज उन लाखों माँ-बाप की नींद उड़ी हुई है, जिनकी बेटियाँ छोटी हैं, जिन पर न जाने कौन घात लगाए बैठा है। यह खतरे की घंटी है जो बता रही है कि समाज के भीतर कुछ बिखर रहा है। वह क्या है? अगर कुछ बिखर रहा है, तो वह है, मनुष्यों के बीच आपसी विश्वास। दुखद यह है कि यह समाज भरोसे को जगाने के बजाय उसे तोड़ने में लगा है।

अस्पताल के सघन चिकित्सा कक्ष से अब बाहर आ गई उस मासूम को याद कर मन उदास है। मगर इस उदासी के बीच हमें उम्मीदों की लौ जलाए रखना है। सूखती हुई आँखों में सपनों का पानी भरना है। उन बच्चों के लिए कुछ करना है, जिनकी बेबसी आपको चैन से बैठने की इजाजत नहीं देती। अब हाथ पर हाथ धरे नहीं बैठ सकते। मैं भी नहीं बैठूंगा।

दफ्तर जाने का समय हो गया है। निकल गया हूँ घर से।...प्लेटफार्म नंबर एक पर भीड़ कम है। मगर मैं हमेशा की तरह अंतिम छोर पर हूँ। सामाजिक उलझनों की अंतिम गाँठ पर मेरी निगाह है। अगर यह खुल जाए, तो हम कई समस्याओं को सुलझा सकते हैं। क्योंकि कई समस्याएँ कानून के डर से भी दूर नहीं हो रही, तो इसकी वजह क्या है? मैं यह

अकसर सोचता हूँ। सोचने के इसी क्रम में हुडा सिटी सेंटर की मेट्रो आने की घोषणा हो रही है।...आठवें डिब्बे के दरवाजे मेरे सामने खुल गए हैं। कोच में एक ठंडी खामोशी पसरी हुई है। ठीक वैसी ही, जैसे हमारे दिलों में है। इस समाज में है। कोने की सीट पर बैठ गया हूँ। मैंने आँखें मूंद ली हैं।

...मासूम बच्चियों की चीखें मेरे कानों में गूँज रही हैं-...पापा...पापा,. ..मम्मी-मम्मी...बचाओ मुझे। आप उसे क्यों नहीं सुन रहे? क्या इसलिए कि वह आपकी बेटी नहीं? नारी देह को उत्पीड़ित और अपमानित करने के लिए अब एक आसान शिकार है हमारी बच्चियाँ। उन्हें बचाना होगा। वह हैवान हमारे घर के भीतर हो सकता है, तो सड़क पर भी। कहीं भी हो सकता है। किसी भी रूप और रिश्ते में हो सकता है। उन्हें पहचानिए, उन पर नजर रखिए।...एक के बाद एक स्टेशन निकलते जा रहे हैं। किसी अनाम मंजिल पर निकल जाना चाहता हूँ। मगर पता नहीं, वह मंजिल कहाँ हैं। अगला स्टेशन राजीव चौक है। फिलहाल तो मेरी यही मंजिल है। इस स्टेशन के आने की उद्घोषणा ने मुझे सीट से उठने के लिए विवश कर दिया है।

कोच के दरवाजे खुलते ही मैं प्लेटफार्म पर आ गया हूँ। थोड़ी भीड़ है। मगर ज्यादातर युवा यात्री हैं। लड़के-लड़कियों में मित्रता कितनी सहज है। उनका बरबस गले लग जाना या हाथों में हाथ लेकर चलना कितना सहज लगता है। इन्हें देख कर किसी को असहज क्यों होना चाहिए। यह प्रेम का देश है। मीरा और राधा की भूमि है। प्रेम की जड़ें यहाँ बहुत गहरी हैं। मगर इस देश में कामनाओं पर वासना इस कदर भारी हो गई है कि अब उसका विकृत रूप दिखाई देने लगा है। ऐसा कोई दिन नहीं जाता जब बलात्कार की घटनाएँ न होती हों। सबसे दुखद यह कि मासूम बच्चियाँ दरिंदों के निशाने पर हैं।

...मैं इस समय प्लेटफार्म नंबर तीन पर नोएडा सिटी सेंटर की मेट्रो का इंतजार कर रहा हूँ। यहाँ लास्ट कोच का इंतजार करते हुए अकसर मुझे प्रेमी युगल मिल जाते हैं। एक दूसरे का हाथ खींच कर एक दो पल और रुकने का मनुहार करते हुए। माथे को चूम कर दिलासा देते हुए कि, मैं हूँ न। इस सहजता में कितनी पावनता है। सोच रहा हूँ...मन के किस

कोने से हैवानियत आती है पुरुषों में?

चलिए नोएडा सिटी सेंटर की मेट्रो आने की घोषणा हो रही है। मेट्रो में सवार होने के साथ मोबाइल की बीप ने मेरा ध्यान खींचा है। वाट्सऐप पर मेरे प्रिय मित्र ने थॉमसन रायटर्स फाउंडेशन की रिपोर्ट भेजी है- वेलकम टू द वर्ल्ड्स मोस्ट डेंजरस कंट्री। इस रिपोर्ट में भारत को महिलाओं के लिए सबसे खतरनाक देश बताया गया है। इसे पढ़ते हुए कई स्टेशन निकल गए हैं। मैं इसके कई बिंदुओं से सहमत नहीं। यह पश्चिमी देशों की हमारी छवि धूमिल करने की कोशिश है।...अगला स्टेशन अक्षरधाम है। मेट्रो की उद्घोषणा हो रही है।

मेरे मन में रायटर्स की रिपोर्ट को लेकर उथल-पुथल मची है। कोई दो राय नहीं कि इस तरह की रिपोर्ट के लिए हैवान हो गए कुछ पुरुष ही जिम्मेदार हैं। मगर जिस देश में कामसूत्र लिखा गया हो। जिस देश में यौन क्रीड़ाओं को पत्थरों पर खुदवा दिया गया हो। जो समाज यौन विमर्श के लिए खुला रहा हो, वह समाज कैसे और क्यों कामुक समाज में बदलता जा रहा है? भारतीय पुरुषों की माससिकता क्यों बदल रही है। वह हर स्त्री को भोग्या के रूप में क्यों देखने लगा है? किसी भी तरह स्त्री देह को भोगने के लिए उनमें राक्षसी प्रवृत्तियाँ कहाँ से जन्म ले रही हैं। वह मासूम बच्चियों में भी स्त्री देह क्यों देखने लगा है। उनकी वहशियाना हरकत को देख ईश्वर उसे वहीं मौत की सजा क्यों नहीं दे देते। धरती का कलेजा फट क्यों नहीं जाता। सचमुच खतरे की घंटी बज रही है। हमारे संस्कार और मूल्य मर रहे हैं।

...मयूर विहार के दो स्टेशनों के बाद मेट्रो न्यू अशोक नगर की तरफ बढ़ रही है। मैं निर्विकार भाव से दिल्ली के बदलते हुए चेहरे को देख रहा हूँ। मेट्रो गंदे नाले को पार कर रही है। मगर हम अपने भीतर बह रहे गंदे नाले को कब पार करेंगे? अच्छे-बुरे रास्ते को पार करते हुए मेट्रो हो या ट्रेन अपनी मंजिल पर पहुँचती है। मगर मनुष्यों के मन में यह भावना क्यों नहीं आती। वह सही मंजिल की ओर क्यों नहीं पहुँचता। वह क्यों गलत राह पकड़ लेता है। यह सवाल है आपसे। उद्घोषणा हो रही है.. .अगला स्टेशन न्यू अशोक नगर है। दरवाजे बायीं ओर खुलेंगे। कोच के दरवाजे खुल गए हैं। मैं सीढ़ियों से उतर रहा हूँ।

...स्टेशन के बाहर आज रिक्शे वाले नहीं दिख रहे हैं। मैं पैदल चल पड़ा हूँ। सामने ही स्कूल है। सत्रह-अठारह साल का एक लड़का दो बच्चियों को खींचता हुआ ले जा रहा है। मैं उनके पीछे चल रहा हूँ। वह लड़का कह रहा है- चल मेरे साथ, चल न। चाकलेट दूँगा। बच्चियाँ उसके साथ जाना नहीं चाहतीं। वे हाथ छुड़ाने की भरसक कोशिश कर रही हैं। मगर मासूम उसकी गिरफ्त से छूट नहीं रहीं। मुझे याद आई वह बच्ची, जिसे हाल में हैवान लड्डू खिलाने के बहाने अपने साथ ले गया था।

मुझे फिर किसी अनहोनी की आशंका लग रही है। मैं उन बच्चियों के पास पहुँच गया हूँ। उनसे पूछ रहा हूँ- इसे जानती हो क्या। इनका जवाब है- नहीं अंकल। ये हमें नहर किनारे चलने के लिए कह रहा है। यह सुन कर मैंने गुस्से में लड़के से पूछा-वहाँ क्यों ले जाना चाहता है इन बच्चियों को? मेरे जोर से बोलने पर वहाँ दो-तीन लोग आ गए हैं। वह सवालों से घिर गया है। पकड़े जाने के डर से वह घबरा गया है। लोगों ने उसे पकड़ना चाहा, मगर वह देखते ही देखते गायब हो गया।

मैं बच्चियों को समझा रहा हूँ- कोई अनजान आदमी चाकलेट या मिठाई दे तो तुरंत शोर मचा देना। नहीं तो वह पकड़ कर ले जाएगा। समझी। यह सुन कर बच्चियाँ डर गई है। '....डरो मत। तुम बच गई हो। अब तुम इस बात को याद रखना। रखोगी न?' मैंने उसे प्यार से समझाते हुए कहा। वे कह रही हैं- हाँ अंकल। हमेशा याद रखेंगे इस बात को। हम कभी नहीं लेंगे किसी से भी कोई चाकलेट। हम घर जाएँ अंकल?

दस-बारह साल की इन बच्चियों को लौटते हुए देख रहा हूँ। सोच रहा हूँ कि छह सात साल बाद ये खुद समझदार हो जाएँगी। अपना अच्छा-बुरा समझने लगेंगी।...मैं पैदल ही दफ्तर के लिए चल पड़ा हूँ। आज अपनी सजगता से इन्हें किसी अनहोनी से तो बचा लिया, लेकिन लाखों बच्चियाँ हर पल खतरे में हैं। हो सके तो आप उन्हें बचाइए। शायद उनको आपकी जरूरत हो।

(8 जुलाई, 2018)

●●●

www.ingramcontent.com/pod-product-compliance
Lightning Source LLC
LaVergne TN
LVHW102036051026
849518LV00014B/1993
* 9 7 8 9 3 5 8 6 9 2 5 6 3 *